GIPFELGLÜHEN

AF221081

© 2022 Ivonne Keller | Stina Jensen

Robert-Bosch-Straße 48

61184 Karben

info@ivonne-keller.de | www.ivonne-keller.de

info@stina-jensen.de | www.stina-jensen.de

*Bibliografische Information der Deutschen Nationalbibliothek:
Die Deutsche Nationalbibliothek verzeichnet diese Publikation in
der Deutschen Nationalbibliografie; detaillierte bibliografische
Daten sind im Internet über http://dnb.dnb.de abrufbar.*

Lektorat: Ricarda Oertel, www.lektorat-oertel.de

Covergestaltung © Traumstoff Buchdesign traumstoff.at.vu

Covermotive © Vera Patrunina shutterstock.com

Herstellung und Verlag: BoD – Books on Demand, Norderstedt

ISBN: 978-3-756-20116-7

DIE AUTORIN

STINA JENSEN liebt das Reisen und saugt neue Umgebungen in sich auf wie ein Schwamm. Meist kommen dabei wie von selbst die Figuren in ihren Kopf und ringen dort um die Hauptrolle in ihrem nächsten Roman. Wenn sie nicht verreist, lebt die Autorin mit ihrer Familie in der Nähe von Frankfurt am Main.

Die INSEL- und GIPFELfarben-Reihe (Stand 2022):
Inselblau
Inselgrün
Inselgelb
Inselpink
Inselgold
Gipfelblau
Gipfelgold
Inseltürkis
Gipfelrot
Inselrot
Gipfelpink
Inselhimmelblau
Gipfelglühen

Weitere Romane finden Sie auf
www.stina-jensen.de

GIPFELGLÜHEN

STINA JENSEN

1

PROLOG

*D*as Video war verwackelt. Dennoch erkannte man eine Braut und einen Bräutigam vor einem Pult, dahinter den Standesbeamten. Mein Vater hatte es sich nicht nehmen lassen, den Camcorder – eine Handkamera mit Aufnahmekassette, die er damals schon seit Jahren besaß – während der gesamten Zeremonie auf seiner Schulter zu balancieren. Je länger man auf den Fernseher schaute, desto schwindeliger wurde einem.

»Und hiermit erkläre ich Sie zu Mann und Frau«, sagte der Beamte auf dem Bildschirm. Er lächelte dem Bräutigam auffordernd zu. »Sie dürfen die Braut jetzt küssen.«

Mein jüngeres Ich im dunkelblauen Anzug beugte sich zu seiner großen Liebe Ines hinüber und senkte seine Lippen auf die der frischgebackenen Ehefrau.

Die Kamera schwenkte ins applaudierende Publikum. Meine Mutter wischte sich Tränen der Rührung aus den Augen.

Ich erinnerte mich daran, wie unendlich erleichtert auch ich in diesem Moment gewesen war. Ines war nicht davon gerannt, niemand hatte »Einspruch!« gerufen. Nein, diese Wahnsinnsfrau hatte »Ich will« gesagt. Zu mir, der ich mich insgeheim für einen Langweiler hielt. Für spannende Abenteuer war ich jedenfalls weder berühmt noch berüchtigt.

Antonia, die mich gebeten hatte, ihr das auf den 2.2.2002 datierte Hochzeitsvideo von mir und Ines zu zeigen, schlug die Hände an die Wangen. »Ich kann nicht fassen, wie jung du da bist, Sebastian. Kein einziges graues Haar, nicht die kleinste Falte. Du siehst aus wie ein Junge!«

Sie stieß ihren Freund Conny in die Seite, der mir zuzwinkerte. »Ihr wart beide ganz schön jung«, bestätigte er.

Das stimmte. Ines und ich waren erst sechsundzwanzig gewesen. Wir hatten nicht heiraten müssen. Ella war noch nicht einmal geplant. Ich hatte gerade das Referendariat beendet und meine Stelle als Lehrer angetreten. Und trotzdem hatten wir es nicht abwarten können, »Ja« zueinander zu sagen.

Ich wackelte mit den Augenbrauen. »Ich hatte eigentlich gehofft, ich hätte mir bis heute etwas von meinem jungenhaften Charme bewahrt.«

Conny warf mir einen anerkennenden Blick zu. »Hast du, aber wie!« Er zeigte zum Fernseher. »Deine Frau war allerdings ein Feger, alle Achtung. Wie ist einer wie du an ein solches Prachtweib gekommen? Ich hab gedacht, nur ich wär hier der Glückspilz, ha?«

Antonia verdrehte die Augen. »Hört mal auf mit eurem Geprahle, ihr Gockel.«

Ich schmunzelte. Dass ich eine Frau wie Ines abbekommen hatte – so zart, so hübsch und liebenswert, dabei von einem unerschütterlichen Selbstbewusstsein –, hatte mich selbst am allermeisten gewundert. Sie war einen Kopf kleiner als ich, und trotzdem hatte ich zu ihr aufgesehen. Ich war wahrhaftig nicht der Einzige gewesen, der in sie verschossen war. Zwar sah ich nicht übel aus, doch ich hatte eben nie zu den Coolen gehört. Schon damals glänzte ich eher durch meine Hilfsbereitschaft und Zuverlässigkeit. Ines hatte das als vorteilhaft erkannt.

»Ich will einen Mann«, hatte sie zu mir gesagt, »der nicht gleich bei der ersten Schwierigkeit flüchtet.«

Und doch hatte ich viele Jahre später, in den letzten Wochen ihres Lebens, genau das getan.

Auf dem Fernsehbildschirm schnitten Ines und ich gerade die Hochzeitstorte an. Meine Frau hatte auf ein dreistöckiges Exemplar bestanden: eine Etagere aus Nusstorte, Himbeersahne und Schokocreme. Obenauf das obligatorische Hochzeitspaar aus Marzipan. Wir hatten der Konditorin vorab Fotos von uns geschickt, und es war ihr tatsächlich gelungen, uns nachzubilden.

»Gab es eigentlich auch Krisen in eurer Ehe?«, fragte Antonia jetzt. Sie und ich hatten uns vor zwei Jahren bei einem Wanderurlaub auf Teneriffa kennengelernt. Dort hatte ich ihr anvertraut, was ich getan hatte, als Ines im Sterben lag. Über die Jahre hatten wir den Kontakt gehalten. Als es ihr im letzten Winter nicht gutging, bot ich ihr mein Gästezimmer für eine Auszeit an. Dabei lernte sie Conny kennen.

»Krisen? Eigentlich nicht. Wir hatten wirklich Glück miteinander.« Ich zuckte die Achseln. »Was würde ich dafür geben, noch mal so eine Frau zu finden.«

Conny klopfte mir auf die Schulter. »Man sollte nie die Hoffnung aufgeben, mein Lieber.« Zärtlich zog er Antonia an sich. »Das Glück kommt genau dann, wenn du's am wenigsten erwartest.«

2

―――――

*H*appy birthday, Bruderherz!«

Ich hatte den Anruf meiner Schwester auf Lautsprecher gestellt, meine Hände waren zu klebrig, um das Smartphone in die Hand zu nehmen. An Geburtstagen war es im Kollegium Tradition, etwas zu essen mitzubringen und im Lehrerzimmer bereitzustellen. Ich hatte mich für Krapfen entschieden, wie man Kreppel oder auch Berliner hier in Bayern nannte, und mir einen in mein Büro mitgenommen. Alles, was man unbeaufsichtigt stehen ließ, war innerhalb eines Wimpernschlags vertilgt.

Ich rieb meine Fingerspitzen an einer Serviette blank und bedankte mich für Natalias Glückwünsche.

»Was hast du denn heute noch so vor?«, fragte sie. »Ich hoffe, die Kids verwöhnen dich nach Strich und Faden!«

Dass neben meinen beiden Jungs nun auch meine

Tochter bei mir hier in Füssen wohnte, war noch brandneu. Ella, die bis vor kurzem bei Natalia in Wiesbaden gelebt hatte, war nach dem schriftlichen Abitur endlich ebenfalls zu mir gezogen. Angeblich konnte sie sich in den kommenden drei Wochen genauso gut hier für ihre nächsten Prüfungen vorbereiten. In Hessen waren zwei mündliche üblich, eine davon durfte auch eine Präsentation sein. Bei der Präsentation hatte Ella sich für Geschichte entschieden, bei der mündlichen für Mathe. Mich hatte es verwundert, dass sie so dringend her wollte; ich hatte eigentlich den Eindruck gehabt, sie hätte seit einiger Zeit einen Freund. Zumindest war neben Samira, die Ellas langjährige beste Freundin war, plötzlich auch immer wieder ein Mika in ihren Erzählungen aufgetaucht. Als ich sie jedoch nach dem Jungen fragte, hatte sie abgeblockt. Anscheinend war die Sache schon wieder zu Ende. Die Laune, die sie an den Tag legte, sprach dafür. Auch stylte sie sich gar nicht wie sonst. Üblicherweise verbrachte meine Tochter Stunden im Bad, föhnte aufwendig ihr Haar und tuschte die Wimpern. Seit sie hier war, nahm sie es mit der Körperpflege nicht allzu genau.

»Heute Morgen haben sie mir zumindest ein Ständchen gebracht«, beantwortete ich Natalias Frage. »Außerdem gab es einen Kinogutschein für zwei.« Ich grunzte heiter. »Jetzt sag mir mal, mit wem ich zu zweit ins Kino gehen sollte? Für die Beschaffung der anderen beiden Karten bin dann wohl ich zuständig.«

»Aber heute Abend, da werden sie dich doch hoffentlich verwöhnen? Du hast Gäste, oder? Ich hatte es Ella ans Herz gelegt, dich zu unterstützen. Du solltest heute an erster Stelle stehen – auch wenn sie Stress hat.«

»Was meinst du denn mit Stress?«, fragte ich lachend. »Spielst du darauf an, dass sie so viel fürs Abi zu tun hat? Bisher ist davon leider noch nicht viel zu sehen. Deine mahnenden Worte wegen meines Geburtstags scheint sie aber zu beherzigen, sie wollte etwas kochen. Mal schauen, was draus wird. Abgesehen davon, Schwesterherz, du weißt, ich bin wunschlos glücklich.«

Natalia klang nachdenklich. »Sie lernt nicht? O je. Frag sie, ob du sie unterstützen kannst, vielleicht braucht sie das. Was dich betrifft: Wunschlos glücklich? Na ja. Du könntest noch ein bisschen mehr vom Leben erwarten, alter Herr. Du weißt, was ich meine. Wie alt bist du geworden?«

Sie wusste es ganz genau. Sechsundvierzig. Damit ging ich gerade noch als Mittvierziger durch. »Warum sollte ich mehr erwarten?«, widersprach ich. »Meinetwegen können die nächsten Jahre so weitergehen wie jetzt. Was will ich mehr als drei gesunde Kinder, ein hübsches Reihenhäuschen vor bezaubernder Bergkulisse, einen Job als Schulleiter eines Gymnasiums und neue Bekannte, mit denen ich mich regelmäßig treffe? Außerdem treibe ich Sport, bin noch –«

»Es soll so bleiben wie es ist? Fällt dir nicht selbst auf, was bei deiner Aufzählung fehlt?«

So lieb Natalia war und so sehr sie mich nach Ines' Tod auch unterstützt hatte, so gern provozierte sie mich.

Am liebsten ritt sie auf meinem Liebesleben herum. Ja, ich sehnte mich nach großen Gefühlen. Nach einer Frau, die mich von den Füßen reißen würde. In den letzten Jahren hatte ich sogar eine Weile aktiv versucht, eine neue Liebe kennenzulernen, nachdem die Trauer um Ines endlich in ein erträgliches Maß übergegangen war. Ella hatte mich obendrein mal auf Tinder angemeldet. Ab und zu hatte ich sogar für die ein oder andere Frau geschwärmt. Doch entweder die Auserwählte interessierte sich nicht für mich, oder sie entpuppte sich als allzu bedürftig und anhänglich, was mir bald zu anstrengend wurde.

Außerdem – und von dieser Einschränkung ahnte Natalia nichts – gab es noch einen weiteren Grund für meine Zurückhaltung in Liebesdingen. Angenommen, ich verliebte mich so richtig. Dann wäre es doch wichtig, zu dieser neuen Liebe ehrlich zu sein. Ihr davon zu erzählen, was ich getan hatte, als Ines im Sterben lag. Doch was würde es für meine Familie bedeuten, wenn das rauskam? Vielleicht hätte ich zwar eine neue Liebe. Aber die meiner Kinder würde ich verlieren.

Insofern blieb es bei der Sehnsucht.

»Nein, ich widerspreche«, schloss ich das Thema ab. »Mir fehlt überhaupt nichts. Und jetzt muss ich Schluss machen, ich hab noch ein bisschen zu tun.«

Zum einen hatten mir die jungen Redakteure der Schülerzeitung für die letzte Ausgabe dieses Schuljahres einen Fragebogen zukommen lassen, in dem ich ein paar persönliche Dinge von mir preisgeben sollte. Wahrscheinlich wollten sie mich aus der Reserve locken, nachdem sie mich in der ersten Ausgabe nach meinem Dienstantritt hier als »Der Direx mit dem Stock im Arsch« bezeichnet hatten. Da hatte ich natürlich geschluckt. Andererseits hielt ich mich nun mal sehr gerade. Das war auch wichtig, wenn man bei meiner Körpergröße keinen Buckel bekommen wollte. Und ja, ich war manchmal etwas steif und förmlich. Bisher hatte ich noch nicht viele Facetten von mir zeigen können. Deswegen übersahen mich die Schüler auch geflissentlich auf dem Flur. Ich würde ihnen aber bei ihrem Fragebogen beweisen, dass ich auch ein paar lockere Sprüche auf Lager hatte. Außerdem erwartete ich noch einen Schüler, Jakob Hübner, der um ein Gespräch gebeten hatte. Danach war endlich Wochenende. Heute Abend kamen Conny und Antonia zu Besuch. Hoffentlich bekam Ella das mit dem Essen hin. Schön wäre es schon, ein bisschen verwöhnt zu werden.

Ich straffte mich und zog den Fragebogen meiner Schüler zu mir heran.

Die ersten Zeilen verlangten die üblichen Koordinaten wie Name, Geburtstag, Anzahl der Kinder. Ich schluckte. Die Frage nach meiner Lieblingsfarbe beantwortete ich mit »Alle, die mir stehen, also Blau ;-)«. Die nach meinem Lieblingsessen mit »Fleisch ist mein Gemüse«. Danach wurde es knackig.

Lügen Sie manchmal, Herr Liebermann?

Ich blies die Wangen auf. War es eine Lüge, wenn man etwas für sich behielt?

Ein Klopfen an der Tür unterbrach meine Gedanken. »Chef?« Meine Sekretärin steckte den Kopf zur Tür herein. Gerlinde Schmitz war nicht nur meine Assistentin, sondern auch Ansprechpartnerin für die Schüler. Allerdings plante sie lieber meine Termine, als Pflaster auf Kinderknien anzubringen. Ihr Spitzname war »der Drachen«, und in gewisser Weise schien sie das zu genießen. Durchs viele Rauchen hatte sie eine sonore Stimme, die besonders zur Geltung kam, wenn sie leise sprach. So wie jetzt.

»Jakob wäre da – sind Sie soweit?«

Ich nickte und legte den Stift ab. Jakob Hübner war nicht nur mein Schüler, ich kannte ihn auch privat. Er war der Sohn von Carola, Connys Ex-Schwägerin, die seit meinem Umzug hierher ein Auge auf mich geworfen hatte und bisher noch immer nicht begriffen zu haben schien, dass zwischen uns nie etwas laufen würde. Nicht nur wegen Jakob – mit der Mutter eines Schülers eine Beziehung anzufangen, wäre merkwürdig gewesen –, sondern weil sie keinerlei Emotionen in mir weckte. Jedenfalls keine positiven. Sie war in jeder Hinsicht das Gegenteil von Ines. Nicht, dass ich eine Doppelgängerin gesucht hätte. Aber eine, die ihr zumindest vom Wesen her ähnelte. Carola war pushy und gleichzeitig unterwürfig, eine Mischung, mit der sie mich permanent überforderte. Und sie besaß null Antennen für ihre Umwelt. Daher hatte sie ihre Bemühungen um mich noch immer nicht eingestellt. Obwohl ich schon unzählige Einladungen von ihr ausgeschlagen hatte.

Jedenfalls waren Jakob und ich ihretwegen per du. Da ich ihn aber nicht unterrichtete, war das kein

Problem. Entschlossen schob ich den Stuhl zurück und schlüpfte in mein dunkelblaues Jackett.

Jakob klopfte, und ich bat ihn herein. Der Achtzehnjährige glänzte normalerweise durch seine athletische Haltung, die von der Mitarbeit in der Landwirtschaft herrührte. Heute ließ er jedoch die Schultern hängen. Ihm war natürlich bewusst, dass sein Abitur auf der Kippe stand, nachdem die schriftlichen Ergebnisse nicht überragend gewesen waren. In der Englisch-Nachprüfung musste er sechs Punkte erreichen. Carola hatte mich deswegen auch schon kontaktiert. Ich hatte sie allerdings gebeten, das zu unterlassen.

»Mensch Jakob, was bringt dich zu mir?«, gab ich mich ahnungslos, wollte erst einmal ihn reden lassen.

Im privaten Umfeld sprach Jakob breiten Allgäuer Dialekt. An der Schule gab er sich zum Glück Mühe. »Der Vater killt mich, wenn ich durchfall«, sagte er und sank auf den Stuhl vor meinem Schreibtisch. »Du musst mir helfen.«

Hubert Hübner, Carolas Ex-Mann, war ein bäriger Typ. Soweit ich wusste, war er allerdings nie handgreiflich geworden. Laut wohl schon öfter.

Jakob lehnte sich vertraulich nach vorn. »Wenn du mir einen Tipp gibst, was drankommt, dann geb ich mein Bestes. Aber auf alle möglichen Stücke von dieser Pappnase kann ich mich echt nicht vorbereiten.«

Die »Pappnase« war William Shakespeare.

»Wenn's Hamlet ist, geht's ja noch«, sprach Jakob weiter, »oder das andere, wie heißt es noch«, er sah in die Luft. »Viel Krach um nichts?«

Ich breitete die Hände aus. »Gib einfach Gas, Jakob. Lass die Arbeit auf dem Hof ruhen und steck den Kopf in die Bücher. Dann wird das schon.« Ich hätte ihm sagen können, dass von einem verhauenen Abi die Welt nicht unterging – die Gefahr war in seinem Fall tatsächlich groß –, aber das hätte ihm jetzt nicht geholfen.

Ellas Noten dieses Schuljahres waren auch nicht berühmt ausgefallen. Aber zu den Abiklausuren hatte sie sich wieder gefangen. Vor einer Woche hatte sie die Ergebnisse aus der schriftlichen Prüfung erhalten. Drei Mal neun Punkte. Das war nicht berauschend, aber sie war weit davon entfernt, nicht zu bestehen. Jetzt mussten nur noch die zwei letzten Noten einigermaßen ausfallen, und ihrem Lehramtsstudium in Augsburg stand nichts im Wege. Dass sie beruflich in die Fußstapfen des Liebermann-Clans treten wollte, erfüllte mich mit Stolz. Meine Eltern waren beide Gymnasiallehrer, meine Schwester unterrichtete an einer Berufsschule.

»Wie soll ich sechs Punkte rausreißen, no way!« Jakob faltete die Hände. »Ich muss das packen, verstehst?«

»Ich kann das Prüfungsergebnis auch nicht beeinflussen, es tut mir wirklich leid, Jakob. Es kommt allein auf deine Leistung an.«

Wohlwollend schob ich ihm das Glas mit den Naschereien zu, die ich hier für die Schüler bereithielt. Die Lakritzschnecken waren immer am schnellsten weg. Auch Jakob nahm sich eine.

»Vielleicht könnst aber der Brode einfach stecken, wie viele Punkte ich brauch.« Knisternd packte er die

Süßigkeit aus und rollte ein Stück Lakritz ab, steckte es sich in den Mund.

Ich sah ihn bedauernd an. »Solche Ansagen machen wir nicht, Jakob. Aber du kannst dir sicher sein, dass es nicht an einem Punkt scheitern wird.« Ich zwinkerte. »Im Zweifel für den Angeklagten.«

Der Junge schob das Kinn vor. »Deine Buben sind hier auf der Schule, wie wär das für dich, wenn die durchfallen würden? Da würdst doch auch mit den Lehrern reden.«

Energisch schüttelte ich den Kopf. »Eher würde ich mir die Zunge abbeißen.« Ich schob den Stuhl zurück und hielt ihm die Hand hin. »Du hast noch vier Wochen Zeit, dich vorzubereiten. Mach das Beste draus.«

Nachdem er gegangen war, fischte ich ein Karamellbonbon aus dem Glas und steckte es in den Mund. Dann zog ich wieder den Fragebogen der Schülerzeitung zu mir heran.

Lügen Sie manchmal, Herr Liebermann?, las ich die Frage erneut. Klackernd lutschte ich am Bonbon.

Zum Beispiel bei diesem Fragebogen. Und ganz besonders bei der Antwort zu dieser Frage. ;)

Als ich später das Lehrerzimmer betrat, lagen noch zwei Krapfen auf dem Tablett. Ich hoffte, dass inzwischen alle einen abbekommen hatten, besonders Luisa Falk, meine Lieblingskollegin. Die Sechsunddreißigjährige unterrichtete wie ich Sport und Biologie und rieb sich zwischen Familie und Job auf, aber sie klagte nie. Im Gegenteil, sie verbreitete immer gute Laune. Den Schülern zeigte sie gutmütig deren Stärken auf und schaffte es, sie anzuspornen. Sie hatte eine jugendliche Ausstrahlung. Meist trug sie Sportklamotten und das lockige Haar zu einem wuscheligen Knoten gebunden. Luisas Mann Daniel leitete einen Supermarkt, die beiden hatten fünfjährige Zwillingsmädchen, deren Namen mir zu merken ich längst aufgegeben hatte. Manchmal trafen wir uns zum gemeinsamen Wandern. Sie war die einzige Kollegin, mit der ich privat Kontakt hielt. Für abends hatte ich sie und ihre Familie eben-falls eingeladen, doch leider stieg heute auch ein Sommerfest beim Supermarkt, da waren sie bereits verpflichtet.

Eben betrat sie das Lehrerzimmer und war in drei Schritten am Tablett, schnappte sich das vorletzte Zuckerteil. »Hey, alles Gute fürs neue Lebensjahr!«, wünschte sie und stieß mich in die Seite. Sie biss ein Stück ab und leckte sich über die Mundwinkel. »Da hab ich ja gerade noch Glück gehabt«, sagte sie kauend. »Ich dachte schon, die Frau Doktor war schneller.« Ihr Blick ging zu Renate Brode, die auf Herrn Fernández einredete. Der junge Kollege checkte gleichzeitig Nachrichten auf seinem Handy. Luisa und ich zwinkerten uns wissend zu. Frau Doktor erzählte gern von ihren Enkelkindern. Die Zusammenhänge zwischen ihren Krankmeldungen und den Geburts-tagen der Kleinen, zu denen ihre Tochter Unterstüt-zung benötigte, waren unverkennbar. Mir waren da allerdings die Hände gebunden. Selbst dann, wenn

Kollegen noch so offensichtlich kein Gespür für die Bedürfnisse Heranwachsender oder spannend gestalteten Unterricht besaßen. Im Schulbetrieb ging es anders zu als in der freien Wirtschaft. Meine Möglichkeiten beschränkten sich auf diplomatisch vorgebrachte »Ratschläge«.

Ich war jetzt seit fast einem Schuljahr Direktor und hatte mir ein stabiles Standing erarbeitet. Besonders die älteren Kollegen waren mir anfangs zurückhaltend begegnet. Zum einen kam ich aus Hessen, außerdem war ich in ihren Augen auch noch reichlich jung für so einen Job. Und durch meine reservierte, manchmal etwas distanzierte Art wirkte ich mitunter arrogant. Ich wusste darum, aber es war nicht leicht, das abzulegen.

»Lass uns mal wieder wandern gehen«, unterbrach Luisa Falk meine Gedanken. »Dann kehren wir auf einer Hütte ein und stoßen dort noch mal auf deinen Geburtstag an, was meinst du? Ich möchte auch endlich mal deine Ella kennenlernen.«

Die Idee gefiel mir. Luisa würde es bestimmt gelingen, die gerade wieder etwas ruppige Schale meiner Tochter zu knacken. Ich versprach meiner Kollegin, bald in den Kalender zu schauen und ihr ein paar Termine zu nennen.

An den Fahrradständern verabschiedeten wir uns mit einer Umarmung. Luisa entriegelte das Kettenschloss zu ihrem Fahrrad. Sie fuhr bei Wind und Wetter mit dem Drahtesel, genau wie ich.

Mir zulächelnd setzte sie ihren Helm auf den Kopf. »Bis bald, mein Lieber, hab noch einen tollen Tag.«

»Du auch, grüß die Familie!«

Wir winkten uns zu und fuhren in getrennte Richtungen davon.

Es war der erste richtig milde Tag dieses Sommers. Die Luft erinnerte an die meiner Kindheit, wenn ich zum ersten Mal kurze Hosen getragen hatte und der laue Wind um meine Beine streifte. Mit der Hand wehrte ich eine Hummel ab, deren Flugbahn meinen Weg kreuzte. Gut gelaunt pfiff ich vor mich hin.

3

Den Haustürschlüssel steckte ich in der Erwartung ins Schloss, von einem Duft nach gebratenem Fleisch, Knoblauch und frischen Kräutern empfangen zu werden. Ella hatte ein mediterranes Ofengericht mit Hühnchen geplant, dazu sollte es Tagliatelle geben. Für eine größere Gruppe war das schnell zuzubereiten, hatte sie gemeint. Doch es roch nach ... nichts.

»Ella? Anton? Emil?«, rief ich nach meinen Kindern. Die Jungs fuhren zwar morgens immer mit mir zur Schule, nachmittags traten wir aber unabhängig voneinander den Rückweg an.

Keine Antwort. Ich stellte meine Tasche im Flur ab, schob die Schuhe unter die Garderobe zu denen der Kinder und betrat die Küche, betrachtete die Hähnchenteile auf der Anrichte. Zwei Kräutertöpfe, die Pakete mit Nudeln.

Ratlos machte ich kehrt, ging ins Wohnzimmer und

entdeckte die Kinder durch die geöffnete Terrassentür im Garten. Ella lag in der Hängematte. Anton und Emil kickten sich den Ball zu. Als Tore hatten sie Gartenstühle aufgestellt.

»Hallihallo zusammen.« Abwartend blieb ich auf der Terrasse stehen.

»Ach Mensch, Papa!« Die Hängematte wackelte. Ellas Bein hing über den Stoff, der Fuß steckte in einem Verband.

»Was hast du denn angestellt?«, fragte ich und begab mich auf den Weg zu ihr.

Mein vierzehnjähriger Sohn Anton und Emil, der vor kurzem elf geworden war, stellten ihr Spiel ein und gesellten sich zu uns. »Sie wollte nur mal kurz ein Tor schießen, aber das ist leider schiefgegangen«, stellte mein älterer Sohn fest.

Ella schob das Kinn vor und deutete vorwurfsvoll auf Emil. »Weil der Herr mir ein Bein gestellt hat!«

»So macht man das beim Fußball, wenn man kein Tor will!«

Die beiden blitzten einander wütend an.

»Ist es geschwollen?«, fragte ich. »Ihr hättet das erst mal kühlen sollen, bevor ihr einen Verband drum wickelt.« Ich schwankte zwischen Mitleid und Ärger. Was bedeutete das jetzt für mich? Eine Fahrt in die Notfall-Ambulanz? Zumindest aber gleich selbst in der Küche zu stehen.

Ich reichte meiner Tochter die Hand und zog sie aus der Hängematte. Während sie einbeinig an meinem Arm die Stufen zur Terrasse empor hopste, kickten Emil und Anton sich wieder den Ball zu.

»Carola hat übrigens angerufen, um dir herzliche Grüße auszurichten«, presste Ella zwischen den Zähnen hervor. »Ich hab eh zu viel Zeug eingekauft, und du wolltest ja ursprünglich mit mehr Leuten feiern, also hab ich ihr gesagt, du würdest dich bestimmt freuen, wenn sie heute Abend auch vorbeikäme. Jakob bringt sie auch mit.«

Ich blieb stehen und sah meine Tochter entgeistert an. »Wie kannst du das denn einfach so machen? Du weißt doch genau, dass ich Antonia und Conny eingeladen habe. Das gibt doch nur eine komische Stimmung.« Als ich Conny kennenlernte, hatte er seit Jahren kein Wort mit Carola gewechselt, und das, obwohl sie mit seinem Bruder verheiratet war. Nach deren Trennung waren sie sich dann vollends aus dem Weg gegangen. Zwar hatten sie inzwischen ihr Kriegsbeil begraben. Beste Freunde waren sie aber noch immer nicht.

»Hat das mit Jakob zu tun?«, hakte ich nach. »Wenn du dich mit ihm verabreden möchtest, kannst du das doch einfach machen, ohne seine Mutter zu meinem Geburtstag einzuladen.«

Dass die beiden nun auch kamen, passte mir wirklich nicht.

Ella funkelte mich zornig an. »Wieso mit Jakob, wie kommst du auf die Idee? Ich wollte nur nett sein. Chill doch mal! Zwei Leute mehr oder weniger ist doch kein Weltuntergang. Die sollen sich außerdem alle einfach wie fucking erwachsene Menschen verhalten.«

Ich verkniff mir einen Kommentar und half ihr

brummend aufs Sofa, bettete ihren Fuß auf einen Stapel Kissen.

»Mach mal den Verband ab«, wies ich sie an, »ich hol dir ein Kühlpack.«

Zu meinem Verdruss war im Gefrierschrank keines zu finden, vermutlich hatten die Jungs sie nach dem Sport benutzt und nicht wieder zurückgelegt. Ewig dasselbe. Ich zog ein Paket Erbsen hervor, das taten sie in amerikanischen Filmen auch immer. Im Wohnzimmer versorgte ich den Knöchel von Ella, die beteuerte, sie werde sich gleich um alles kümmern. Das war utopisch – in anderthalb Stunden kamen die Gäste. Also setzte ich einen Pott Kartoffeln auf und würzte die Hähnchenschenkel, legte sie auf ein Backblech und gab das Gemüse dazu. Zwischendurch warf ich einen Blick auf meine Tochter, die auf ihrem Lager auf dem Sofa eingeschlafen war. Na prima.

Ich rief den Jungs zu, dass sie den Terrassentisch für acht Personen decken sollten, und widmete mich Salat und Dips. Dann sah ich nach dem Tisch, stellte fest, dass meine Söhne ihn zwar gedeckt, aber vorher nicht abgewischt hatten. Anschließend diskutierten wir darüber, ob die Ketchup-Reste vergangener Mahlzeiten und der mit ihnen eine Verbindung eingegangene Blütenstaub auf der Tischplatte tatsächlich störten oder nur jemanden so Pingeligen wie mich.

An Tagen wie diesen sehnte ich mich nach einer Partnerin. Immerzu der einzige Erwachsene in der Familie zu sein, war wahnsinnig anstrengend. Andererseits: So sehr ich auch manchmal eine Frau an meiner

Seite vermisste, nervten mich die weiblichen Exemplare, die dachten, was mir fehle, sei eine Ehefrau.

Als alles fertig vorbereitet war und im Ofen brutzelte, blieben fünf Minuten für eine Dusche. Ella war wieder wach, der Fuß noch immer leicht geschwollen. Sie nahm vorsichtshalber schon mal am gedeckten Tisch Platz und ließ sich von mir ein Wasser bringen.

Unter der Dusche hörte ich die Gäste eintrudeln. Den Stimmen nach alle gleichzeitig, Emil öffnete die Tür. Wer fehlte, war der Hausherr. Ich beeilte mich. Die Rasur sparte ich mir, ebenso den Föhn. Mit feuchtem Haar stieß ich zu den anderen. Ich wurde geherzt und geküsst, Carola strich mir übers nasse Haupt, sagte »Schau, so ein lässiger Typ bist du, das mag ich so an dir, du machst dir keinen Stress.«

Ich brummte nur und nahm ein Glas Sekt von Conny entgegen, der eine Flasche mitgebracht und sie gleich geöffnet hatte. An Carola schien er sich nicht die Spur zu stören, im Gegenteil, er freute sich offenkundig, auch Jakob mal wieder zu sehen. Genauso wie Ella, die mit einem Mal gar nicht mehr so schlimm humpelte. Sie bat den Jungen in den Garten, dort schwatzten sie in der Hängematte, die sie als Schaukel benutzten, steckten die Köpfe zusammen und schauten dabei zu uns hinüber. Einmal flog ein Gesprächsfetzen an mein Ohr, etwas wie »deswegen von der Familie verstoßen.« Ging es um seinen Kummer wegen der bevorstehenden Prüfung? So schlimm würde es ja hoffentlich wirklich nicht werden, selbst wenn er durchfiele.

Antonia bot sich an, nach dem Essen zu sehen,

befahl mir, mich zu setzen, und rief die Jungs zu sich, um mit ihr aufzutragen.

Wir stießen noch einmal an, und alle sangen mir ein Ständchen. Anton besorgte eine Lautsprecherbox und spielte Sommerbeats, Ella trug mit Jakobs Hilfe Kerzen herbei. Ich musste zugeben, dass ich mich vollkommen umsonst aufgeregt hatte. Was wollte man mehr an seinem sechsundvierzigsten Geburtstag als die Familie und liebe Freunde um sich?

Carola saß neben mir, sie legte eine Hand auf meinen Arm. Liebevoll lächelte sie mich an. »Der Jakob war heut bei dir, stimmt's?«, raunte sie. »Ich find es gut, dass du ihm in den Arsch getreten hast.« Nun lehnte sie sich vertraulich zu mir hinüber. »Aber wenn's drauf ankommt, dann schaust schon, dass nix schiefgeht, oder? Du hast doch bei der Prüfung den Vorsitz?«

»Das weiß ich noch gar nicht«, antwortete ich ausweichend. Zwar war ich bei fast jeder Mündlichen dabei. Aber bei Schülern, mit denen ich privat in Verbindung stand, wollte ich das besser vermeiden. Es war müßig, Carola zu erläutern, dass ich da rein gar nichts machen konnte. Das sollte ihr eigentlich ihr gesunder Menschenverstand sagen.

»Wenn das alles rum ist und unsere großen Kinder ihr Abi in der Tasche haben, machen wir vier uns mal einen schönen Abend, was meinst?« Ihre Hand ruhte noch immer auf meinem Arm.

Zum Glück hob Conny sein Glas und prostete mir zu, lobte mich für das leckere Essen. Ich wand mich aus Carolas Griff und stieß mit ihm an. Eine Antwort auf ihren Vorschlag blieb ich ihr schuldig. Ich würde ihr wohl demnächst mal mit der Holzhammer-Methode beibringen müssen, dass aus uns nichts werden würde. Aber nicht heute. Dazu flackerten die Kerzen zu heimelig in der Abenddämmerung, schmeckte das Essen zu lecker und der Wein zu süffig.

Wenig später tauschte ich den Platz mit Conny, weil Antonia sich mit mir unterhalten wollte. Wir schwelgten in Anekdoten, lachten. Als es kühler wurde, entzündeten die Kinder ein paar Holzscheite in einer gusseisernen Schale, und wir rückten alle im Garten zusammen. Der Abend hätte mir als Highlight in Erinnerung bleiben können. Im Nachhinein kam mir die ganze Feier jedoch vor wie ein unwirklicher Film. Wie ein Prolog, der einem vorgaukelte, dass alles in schönster Ordnung wäre.

Denn dann kam der Anruf von Frau Schmitz.

Wenn das Diensthandy klingelt, muss ich rangehen, egal ob Wochenende, Geburtstag oder sonst etwas. Das Gerät lag im Wohnzimmer auf der Anrichte, dort legte ich es immer ab. Ich entschuldigte mich kurz bei meinen Gästen und ging hinein.

»Herr Liebermann.« Die Stimme meiner Sekretärin klang noch rauer als sonst. »Ich muss ... Ich habe leider ...«, stotterte sie. Dann schwieg sie. Lediglich ihr stoßender Atem war zu hören.

»Frau Schmitz?«, fragte ich besorgt. »Geht es Ihnen nicht gut?«

»Es ist etwas passiert, Herr Liebermann. Etwas Schreckliches.«

»Was denn?«, flüsterte ich. Ich dachte an einen

Amoklauf. Dabei war es Freitagabend. Alle waren zu Hause.

»Die Frau Falk, Herr Liebermann. Die Frau Falk. Sie ist …« Ihre Stimme war nur mehr ein Piepsen. »Tot.«

»Welche Frau Falk?«, fragte ich verständnislos. Ich kannte nur eine, und das war Luisa. Die konnte nicht gemeint sein. Ich hatte sie vorhin noch gesprochen, bevor wir mit den Rädern in verschiedene Richtungen davongefahren waren.

»Na – unsere Frau Falk.« Die Stimme meiner Sekretärin brach.

Fassungslos starrte ich zu den Gästen im Garten. Anton hatte die Musik lauter gedreht. Etwas Fröhliches, Rhythmisches drang an mein Ohr. Wie aus einer Parallelwelt.

»Tot?«, raunte ich.

Meine Hände zitterten. Mein Herz raste. Das konnte unmöglich stimmen. »Aber wie soll das denn –? Und wann –?«

Später erinnerte ich mich nicht daran, wie ich das Gespräch mit Gerlinde Schmitz beendet hatte. Wusste nicht mehr, wie ich vom Wohnzimmer zurück in den Garten gelangt war. Die entsetzliche Neuigkeit überlagerte alles. Ich saß auf einem Stuhl bei den anderen und stierte vor mich hin.

Anton stellte die Musik aus.

Carola taxierte mich mit einem besorgten Blick. »Hey«, sagte sie und stupste mich an. Als ich nicht reagierte, trat sie hinter mich und knetete meine Schultern. Ich ließ es geschehen.

»Was ist denn passiert?«, brach Conny das Schweigen.

»Ein anaphylaktischer Schock«, murmelte ich tonlos. »Meine Kollegin ist von einer Wespe gestochen worden. Wahrscheinlich saß das Vieh schon im Fahrradhelm, als sie ihn aufgesetzt hat. Bis man herausgefunden hat, was überhaupt los ist, war sie schon tot.«

Mein Verstand weigerte sich, meinen eigenen Worten zu glauben.

Carola ließ von mir ab und sank auf ihren Stuhl zurück. Ihre Hand ging zu ihrem Mund.

»Wer denn, Papa?«, flüsterte Anton.

»Frau Falk«, presste ich hervor.

Emil und er sahen mich mit aufgerissenen Mündern an. Sie war ihre Sportlehrerin gewesen. Auch die von Jakob.

Carolas Sohn und Ella hatten sich inzwischen wieder in die Hängematte zurückgezogen und alberten dort herum. Nicht wissend, welche Bombe gerade eingeschlagen war.

»Wie entsetzlich«, hauchte Carola. Sie presste sich beide Hände auf die Brust.

Ich nickte mechanisch und trank einen Schluck aus dem Wasserglas, das Antonia mir hinhielt. Es konnte mir die Enge in meiner Kehle nicht nehmen.

»Können wir dir irgendwie helfen?«, fragte Conny.

Tonlos schüttelte ich den Kopf. »Ich werde ein paar Telefonate führen müssen.« Ich hörte meine Stimme wie von weit weg.

»Okay, aber jetzt atmest du erst mal tief durch«,

stellte Antonia klar. »Du siehst aus, als ob du gleich vom Stuhl kippst.«

Ich rieb mir die Nasenwurzel. Ließ langsam den Atem zwischen den Lippen entweichen. Ich musste Ruhe bewahren, wenn ich Luisas Mann anrief. Daniel hatte Frau Schmitz und nicht mich angerufen, weil ich Geburtstag hatte. Hatte mich nicht stören wollen. Aber ich durfte ihn damit nicht allein lassen. Wir waren befreundet. Und ich wusste haargenau, was er gerade durchmachte.

»Entschuldigt mich bitte«, sagte ich zu meinen Gästen und ging mit wackeligen Knien ins Haus. Mit zitternden Fingern zog ich mein Handy hervor, wählte den Festnetzanschluss der Falks. Zumindest auf den Anrufbeantworter wollte ich Daniel sprechen, falls er nicht ranging. Doch Luisas Mann meldete sich mit belegter Stimme.

Augenblicklich spürte ich einen riesigen Kloß im Hals. Ich räusperte mich und sprach ihm mein Beileid aus. »Wenn ich irgendetwas für dich tun kann ... Ich bin da.« Ich meinte es von ganzem Herzen.

»Danke. Das bedeutet mir viel.«

»Ist deine Familie bei dir?«, erkundigte ich mich. »Kümmert sich jemand um die Mädchen?«

»Das Haus ist voll«, bestätigte er. »Und jeder hat etwas zu Essen mitgebracht. Als ob jetzt irgendwer was essen könnte.«

Ich lächelte bedrückt. Bei Ines' Tod war es genauso gewesen.

»Du wirst doch bei der Beerdigung im Namen der Schule eine Rede halten?«, fragte er.

»Aber ja, natürlich.«

»Ich schaffe das nicht. Wenn ich etwas sagen soll, breche ich zusammen.«

»Das übernimmt doch ein Pfarrer«, beruhigte ich ihn. »Niemand erwartet, dass du das tust.«

»Luisa ist ... Wir sind nicht religiös. Das würde ihr nicht gefallen«, antwortete er. »Wir wollen jemanden Neutrales. Aber der Bestatter gefällt mir auch nicht dafür. Und da noch niemand in der Familie ...« Seine Stimme brach. Er schluchzte. »Weißt du jemanden, der für uns sprechen könnte?«

»Ich kann mich umhören«, bot ich an. »Bestimmt gibt es jemanden, der freie Reden hält.«

Daniel schnäuzte sich die Nase. »Es müsste jemand Einfühlsames sein. Jemand, der für ihre Eltern und ihre Schwester spricht, genauso wie für mich. Ohne Plattitüden.«

»Ich kümmere mich darum«, versprach ich. »Ich lass dich nicht allein.«

Zum Schluss kam ich noch darauf zu sprechen, dass ich spätestens morgen die Kollegen, Eltern und Schüler per E-Mail informieren würde. Zu groß wäre der Schock für alle, wenn sie erst am Montag beim Eintreffen in der Schule vom Tod der beliebten Lehrerin erfuhren. »Ist es in Ordnung, wenn ich die Todesursache nenne?«, fragte ich. »Sonst kommen tausend Nachfragen.«

Daniel gab mir grünes Licht. Meinte, ich würde da schon die richtigen Worte finden. Hoffentlich.

Als ich aufgelegt hatte, trat ich zurück auf die Terrasse und blickte in die Runde meiner Geburtstagsgäste. »Gebt mir bitte noch einen Moment. Ich möchte im Internet nach einem Trauerredner für die Beerdigung schauen. Das habe ich eben Luisas Mann zugesagt.«

»Du brauchst nicht lange suchen«, sagte Carola prompt. »Ich kenn da wen, sie heißt Maja Blum.«

Und so nahm dieser beschissen schöne Sommer seinen Anfang.

4

Am Samstagmorgen traf der erweiterte Kreis der Schulleitung zur Krisensitzung zusammen. Wir waren uns einig, dass ich noch heute eine E-Mail an die Elternschaft und das Gesamtkollegium formulieren, weitere Mails schreiben und bestimmte Kolleginnen und Kollegen anrufen würde.

Neben allem Aktionismus lief bei mir ein ganz eigener Film ab. Die Schulleiterrunde wusste davon, dass ich Witwer war, aber in diesem Moment dachte niemand daran. Hier und jetzt leitete ich den Krisenstab. Dass ich mich innerlich meilenweit fortwünschte, weil mir der nötige Abstand fehlte, gab ich nicht preis. Man versprach sich von mir, der Fels in der Brandung zu sein. Dass ich wusste, was zu tun sei. An meiner früheren Schule hätte ich das auch vom Direktor erwartet.

Die Oberstufenleiterin, eine Musik- und Kunstlehrerin, schlug vor, den Musikpavillon als Trauerraum einzurichten. »Ich würde mit einer Gärtnerei sprechen, die könnten ein Foto von Luisa mit Blumen schmücken und eine große Kerze aufstellen«, versprach sie. »Die Schüler hätten dann die Möglichkeit, selbst auch Blumen dort abzulegen. Zusätzlich könnten wir Sitzkissen auslegen.« Sie wollte außerdem die Schüler von Luisas Bio-LK bitten, beim Dekorieren zu helfen. Erfahrungsgemäß tat es den Jugendlichen gut, wenn sie etwas beitragen durften.

Ein anderer Kollege bot an, sich um einen Seelsorger zu bemühen. Ich war dankbar für die Unterstützung. Damit die Schüler im Trauerraum nicht allein waren, legten wir einen Schichtplan für die Aufsicht an. Der Verlust eines Lehrers ging immer nahe. Wenn es sich dann auch noch um eine so beliebte Lehrerin wie Luisa handelte, war es besonders hart. Es würde vieler tröstender Worte bedürfen.

Nachdem am Nachmittag alles Notwendige besprochen und in die Wege geleitet worden war, blieb ich allein in meinem Büro zurück. Erschöpft legte ich den Kopf in die Hände. Jetzt die E-Mail an alle Kollegen und die Elternschaft. Das würde schon schwer genug.

Und dann war da noch mein Versprechen an Daniel, dass ich ihn bei der Suche nach jemandem für die Trauerrede helfen würde. Als Carola am Abend zuvor mit Jakob den Heimweg antrat, hatte sie mir noch einmal ihre Freundin ans Herz gelegt. Jene Maja Blum sei auf Reden aller Art spezialisiert. Sie sei ausgesprochen sensibel und habe ein hervorragendes Gespür. Das klang gut. So jemanden brauchte Daniel in dieser Situation.

Ich gab den Namen Maja Blum in die Suchmaschine ein. Offenbar verfasste die Frau nicht nur Trauerreden, sondern war außerdem Fotografin. Sie setzte Familien, Hochzeiten und Firmenevents eindrucksvoll in Szene. Die Bilder auf der Homepage erzählten eine Geschichte. Sie brachten dem Betrachter die Menschen auf den Fotos sehr nahe. Im Impressum fand ich ihre Adresse und ihre Telefonnummer. Beides notierte ich für später.

Ich schloss das Browserfenster und starrte auf das leere Dokument auf meinem Bildschirm. Zögernd begann ich zu schreiben.

Liebe Kolleginnen und Kollegen,
liebe Schülerinnen und Schüler,
liebe Eltern,
liebe Ehemalige,
am gestrigen Abend hat uns eine furchtbar traurige Nachricht erreicht. Unsere liebe Kollegin und beliebte Lehrerin Luisa Falk ist plötzlich und unerwartet an den Folgen eines Wespenstichs verstorben. Wir sind zutiefst erschüttert und bestürzt. Unser Mitgefühl gilt ihrer Familie.
Dieses Ereignis bedeutet einen tiefen Einschnitt in unseren Schulalltag. Wir werden daher den Musikpavillon als Trauerraum einrichten, der in der kommenden Woche für die Schülerschaft und alle Lehrkräfte offen sein wird. Herr Pastor Meinhardt von der Maria-Hilf-Gemeinde und sein Team werden uns bei den Gesprächen mit den Schüler:innen unterstützen. Wir werden darauf Rücksicht nehmen, dass viele Menschen an unserer Schule betroffen und traurig sind.

*Manches wird in der kommenden Woche anders laufen als
sonst.*
Alles Weitere werden Sie in den nächsten Tagen erfahren.
Mit herzlichen Grüßen
- Sebastian Liebermann -
Direktor

Ich drückte auf *Senden* und ließ erschöpft die Schultern kreisen. Malte mir aus, was sich jetzt in einigen Familien abspielen würde. Manche Eltern erreichte meine Nachricht vielleicht beim Wochenendeinkauf.

Abermals starrte ich auf den Text, der es mir noch einmal schwarz auf weiß bestätigte: Luisa war nicht mehr. Dabei sah ich ihr fröhliches Gesicht noch so leibhaftig vor mir! Sie war so präsent, als könnte sie jede Sekunde in mein Büro spazieren, sich mir gegenüber auf den Stuhl fallen lassen und sich eine Lakritzschnecke aus dem Glas fischen. Mit einem Mal überfiel mich eine bleierne Schwere. Seit gestern Abend hatte ich im Automodus alles erledigt, was nötig war, ohne mir zu erlauben, auf meine Gefühle Rücksicht zu nehmen. Zu trauern um diese wunderbare Kollegin, diesen wertvollen Menschen, diese liebe Frau und Mutter. Ich wollte hier nicht heulen. Doch ich konnte nichts dagegen tun.

Später fuhr ich den Computer herunter und begab mich auf den Heimweg. Ella und Anton hatten versprochen, sich um die Einkäufe zu kümmern. Emil würde staubsaugen. Wenn es drauf ankam, konnte ich auf meine Kinder zählen.

Zu Hause klingelte ich bei Carola durch. Zwar hatte ich mir die Nummer ihrer Bekannten notiert. Allerdings war mir noch etwas eingefallen, das ich vorher klären musste.

»Diese Freundin von dir«, kam ich gleich nach der Begrüßung zur Sache, »die ist aber nicht wie du in Sachen Engelorakel unterwegs, oder? Bevor ich sie kontaktiere, wüsste ich das gern.«

Diese Frage war nicht besonders sensibel, allerdings unvermeidbar. Carola befragte in ihrer Freizeit mit Hilfe von Kartensets Engel, genauer gesagt die Erzengel, weil sie zu diesen angeblich einen persönlichen Draht hatte. Falls diese Maja Blum an solchen Humbug glaubte, wollte ich sie Daniel lieber nicht empfehlen. Luisa hätte sicher keinen Wert auf esoterische Formulierungen in ihrer Trauerrede gelegt.

»Zumindest hat die Maja sich schon die Karten von mir legen lassen«, antwortete Carola verschnupft. »Welche Rolle sollte das bei der Trauerrede spielen?«

»Ich denke, mein Bekannter braucht jemand Bodenständiges an seiner Seite, eine Person, die praktisch veranlagt ist und ihm Sicherheit gibt, dass diese Beerdigung zu stemmen ist.« So jemanden hätte ich mir damals bei Ines' Beisetzung auch gewünscht. Aber alle in meinem Umfeld waren mit ihrer eigenen Trauer beschäftigt gewesen.

»Lass dir versichert sein, mein Lieber, diese Beschreibung trifft hundertprozentig auf die Maja zu.« Carolas Stimme bekam nun einen sanften Ton. »Ich könnt mir übrigens vorstellen, dass auch du ein bisserl Trost brauchst. Bestimmt prasselt grad so einiges auf dich ein. Soll ich heut Abend noch mal vorbeischauen bei dir?«

Ich schloss die Augen. »Danke, ich muss mich noch um so vieles kümmern, das funktioniert leider nicht. Ich werde sie an Daniel vermitteln, mehr kann ich gerade selbst nicht tun. Mal schauen, ob sie ihm helfen kann.«

»Einverstanden. Aber wenn diese Sache ausgestanden ist, dann lad ich dich mal zum Essen ein, was meinst? Ganz ohne Engelsreading, versprochen.«

Mir war danach, einen lauten Schrei auszustoßen. Warum nur hatte ich sie angerufen?

»Ich habe für solche Dinge gerade keinen Kopf, das Ganze liegt mir wie ein Stein im Magen.« Ohne es zu wollen wurde ich laut. »Verstehst du das nicht?«

»In Ordnung, mein Lieber, kein Thema«, antwortete Carola knapp. »Gutes Gelingen mit der Maja.« Ohne einen weiteren Gruß legte sie auf.

Zerknirscht wog ich mein Smartphone in Händen. Versuchte, die in mir aufsteigende Wut auf Carola, die für diese ganze Misere nicht das Geringste konnte, zu kanalisieren. Dann wählte ich die Nummer der Trauerrednerin und lauschte dem Tuten in der Leitung.

»Maja Blum hier, wie kann ich helfen?«, meldete sie sich nach nur zweimaligem Klingeln. Ihre Stimme war angenehm. Wie die einer Hörbuchsprecherin. Als könnte nichts und niemand sie aus der Ruhe bringen.

»Sebastian Liebermann mein Name. Es geht um einen Freund«, begann ich.

*G*leich nach dem Frühstück begab ich mich zur Schule. Wir waren ein kleines Orga-Team, das gemeinsam mit den Elternvertretern und einer Handvoll Schülern und Schülerinnen den Musikpavillon herrichtete und mit Blumen verzierte. Ich half mit, Yogakissen und andere Sitzgelegenheiten herbeizutragen, beantwortete ein paar E-Mails.

Später kam Daniel Falk dazu, er wollte es sich nicht nehmen lassen, persönlich eine Fotografie seiner Frau vorbeizubringen. Seine beiden Mädchen hatten außerdem Bilder für ihre Mama gemalt, die wir an eine Pinnwand hefteten, an der auch andere ihre Grüße an die Lehrerin hinterlassen konnten. Diese Grüße würden wir nach der Beisetzung an Daniel übergeben. Luisas Mann wirkte erstaunlich gefasst. Vielleicht noch der Schock.

»Wo sind deine Kleinen?«, fragte ich ihn, nachdem wir uns umarmt und eine Weile festgehalten hatten.

»Freundinnen, Nachbarn, Familie – alle kümmern sich um die zwei«, sagte er.

Wir nickten uns zu. Verstanden einander ohne Worte.

Ich wusste, was ihn erwartete. Er ahnte noch nicht, wie es war, wenn Menschen unsicher waren, wie sie Trauernde behandeln sollten. Die engste Familie war zwar für einen da. Doch andere wechselten die Straßenseite oder ließen einfach nichts mehr von sich hören. Freundeskreise reduzierten sich. Bei fröhlichen Paar-Abenden vermochte auf Dauer keiner damit umzugehen, wenn einer wie ein Mahnmal alleine dasaß.

Es tat weh. Aber es erleichterte auch. Denn man hatte ja selbst wenig Bedürfnis auf die »Wie-geht-es-dir-inzwischen-mit-allem?«-Gespräche. Man sehnte sich danach, nach vorn zu schauen und nicht zurück.

Dabei fiel das speziell mir Jahre später noch nicht leicht. Es schien mir unmöglich, mit der Vergangenheit abzuschließen. Zum einen, weil da noch immer dieses schlechte Gewissen und die Scham für meine Tat in meiner Brust bummerten – weswegen ich mich schon bei Ines' Beisetzung gefühlt hatte wie ein Heuchler. Außerdem hatte sich inzwischen noch die Angst dazu gesellt, dass mein Fehltritt nicht ohne Folgen geblieben sein könnte.

Die ganze Sache war nicht lange vor Ines' Tod geschehen. Gerade, als ihr Körper aufgab, gegen das Bakterium zu kämpfen, das sie sich nach einer eigentlich harmlosen OP eingefangen hatte, war ich davongelaufen. In die Arme einer anderen Frau. Meine damalige Kollegin Marie Kroyer und ich hatten schon öfter spielerisch miteinander geflirtet, ohne ernsthafte Hintergedanken. Auch sie war verheiratet. Doch zu dieser Zeit schien es auch ihr nicht besonders gut zu gehen. Und so hatten wir ohne viele Worte körperliche Nähe gesucht.

Natürlich ließ ich Ines trotzdem nicht allein in diesen schweren Stunden. Die Kinder und ich wichen ihr kaum von der Seite. Die Sache mit Marie Kroyer lief nicht lange, sie und ich waren uns bald einig, dass wir uns verrannt hatten. Dass sie sich kurz darauf an eine andere Schule versetzen ließ, hatte mich je doch überrascht. Dann, Jahre später, hatte ich sie aus der Ferne mit einem kleinen Mädchen an der Hand im Einkaufszentrum gesehen. Das süße Ding sah meiner Ella zum Verwechseln ähnlich. An diesem Tag suchte ich das Weite – zu groß war mein Schock. Doch bei meinem letzten Weihnachtsbesuch in Wiesbaden hatte ich dann versucht, den Verdacht aus dem Weg zu räumen, indem ich Marie zur Rede stellte. Und obwohl sie behauptete, bei ihrer Tochter Emilia handele es sich hundertprozentig um das Kind ihres Mannes, war ein Stachel des Zweifels geblieben. Vielleicht auch, weil sie mir unangemessen heftig zu verstehen gegeben hatte, ich solle mich nie wieder bei ihr melden. Per SMS hatte sie mir sogar gedroht.

Ich hoffe nicht, dass du vorhast, mein Leben zu zerstören. Falls ja, werde ich dir deines zur Hölle machen.

Wenn das kein Geständnis war?

»Ich komme übrigens gerade von dieser Maja Blum«, unterbrach Daniel meine Gedanken. »Dein

Tipp war Gold wert. Jemand Besseren hättest du mir gar nicht empfehlen können. Sie ist unglaublich einfühlsam und professionell. Ich glaube, das wird eine Rede, die meiner Frau auch gefallen hätte.« Sein Kehlkopf hüpfte verdächtig auf und ab. »Im Moment spricht sie mit Luisas Eltern und ihrer Schwester. Wir möchten, dass jeder eine Stimme bekommt, der eine wichtige Rolle in ihrem Leben gespielt hat. Kann sein, dass sie dich auch noch kontaktiert.«

»Ich wollte allerdings eine eigene Ansprache halten – für die Schulgemeinde. Oder möchtest du das jetzt nicht mehr?«, hakte ich nach.

»Doch, doch. Sie möchte sich nur mit dir abstimmen. Damit ihr nicht dasselbe sagt.«

Das klang vernünftig.

»Wir gehen mal ein Bier trinken, wenn du dir das irgendwann wieder vorstellen kannst«, sagte ich. »Und wir treffen uns im Fitnessstudio.«

Daniel lächelte schräg. »Machen wir.«

Ich war gerade im Begriff, nach Hause zu fahren, als mein Handy klingelte. Die Nummer war unbekannt, doch ich konnte mir denken, wer dran war.

»Maja Blum hier, hallo Herr Liebermann«, sagte die Frau. Wieder fiel mir ihre angenehme Stimme auf. »Hat Herr Falk Ihnen meinen Anruf schon angekündigt?«

»Hat er«, bestätigte ich.

»Ich würde mich gern mit Ihnen unterhalten, am liebsten persönlich – wenn das geht?«

Auf einmal lächelte ich, dabei gab es dazu gar keinen Grund. »Falls Sie gerade Zeit haben, könnte ich heute noch bei Ihnen vorbeischauen«, antwortete ich.

Die Frau, die mir keine halbe Stunde später die Tür öffnete, schätzte ich auf Mitte dreißig. Einladend hielt sie mir die Hand hin. In ihren Wangen zeigten sich sympathische Grübchen. »Wenn es in Ordnung ist, duzen wir uns am besten. Ich bin das von Berufs wegen so gewohnt, weil ich die Menschen dann natürlicher erlebe.« Ihr Händedruck war fest und warm.

Ich nickte nur, mir war das recht. »Schön, dass du so kurzfristig Zeit für Daniel und uns alle findest.«

»Beerdigungen sind mir zuliebe noch nie verschoben worden, befürchte ich«, antwortete sie lächelnd und bat mich in ihre Küche, wies auf einen der Stühle an einem kleinen runden Tisch. »Magst du ein Wasser oder einen Saft? Tee?«

»Gerne Wasser, danke.«

Die Küche war ein länglicher Raum mit Einbauschränken. Auf den Regalen reihten sich verschiedene Teesorten aneinander, es gab außerdem Gewürze, Beutel mit Kräutern. Auf dem Tisch stand eine Schale mit Obst, daneben lag ein Tablet mit zugehörigem Stift. Viele Schüler nutzten diese Geräte auch im Unterricht. Anton und Emil hatte ich es bisher verwehrt. Ich legte noch Wert auf echtes Papier und Füllfederhalter.

Als die Getränke vor uns standen, setzte Maja sich dazu und schlug die Beine übereinander. Sie zog das Tablet zu sich heran, auf dessen Oberfläche ein dicht beschriebenes Dokument aufleuchtete. Die Überschrift lautete *Trauerrede Luisa Falk*. Die Worte trafen mich schmerzlich. Ich schluckte.

»Wir können uns Zeit lassen«, sagte Maja mitfühlend.

Ich nickte. »Bei mir kommen nur gerade ein paar Erinnerungen hoch. An die Beerdigung meiner eigenen Ehefrau. Ich kann so gut verstehen, was Daniel Falk gerade durchmacht.«

»Wann ist sie denn verstorben?«

Normalerweise senkten die Leute den Blick, wenn sie hörten, dass ich Witwer war oder sprachen mir ihr Beileid aus. Maja Blum nicht, das war angenehm.

»Es ist schon bald sechs Jahre her.«

»Wer hat damals die Rede gehalten?«, fragte sie. »Ein Pfarrer?«

Ich nickte. Ines' Eltern hatten darauf bestanden. Wir hatten natürlich ebenfalls im Vorfeld über alles gesprochen. Der Pastor hatte mich gefragt, welche Begriffe ich mit meiner Frau in Verbindung brächte. Ich hatte sofort einen nennen können, nämlich »treu«. Und in dem Moment, in dem ich diesen Begriff in den Mund nahm, war das ganze Elend aus mir herausgebrochen. Eigentlich hatte ich lediglich Ines' unerschütterliche Verbundenheit zu ihrer Familie gemeint. Doch bei dem Wort »treu« dachte ich an meinen furchtbaren Fehltritt, und ich konnte mich nicht mehr halten.

Maja sah mich fragend an. »Wird es trotzdem gehen?«

Als ich nickte, nahm sie ihre Notizen auf. »Wie lange kanntest du Luisa Falk?«

»Seit einem knappen Jahr. Sie war eine meiner liebsten Kolleginnen. Unglaublich engagiert und offen. Hat mit Leib und Seele ihren Beruf ausgeübt.«

»Möchtest du bei deiner Rede auch auf die

Eckdaten ihrer Laufbahn eingehen oder soll ich das übernehmen?«

Ich kratzte mich am Kopf. »Vermutlich besser ich. Bisher habe ich mir aber noch gar nicht im Detail überlegt, was ich alles erwähnen möchte.«

»Du könntest eine Anekdote aus eurem Schulalltag erzählen, die der Trauergemeinde ein Lächeln aufs Gesicht zaubert. Ein Ereignis, das sie charakterisiert. Das zeigt, was für ein Mensch, was für eine Lehrerin sie war.«

Nachdenklich trank ich einen Schluck Wasser. Allzu lange war ich ja noch nicht an der Schule. Ich hatte Luisa immer nur als unfehlbar kennengelernt. Lediglich einmal hatte sie sich etwas zickig gezeigt. Verständlicherweise. »Da gab es tatsächlich etwas«, sagte ich. »Es ging um die Planung des Sommerfestes, das in zwei Wochen stattfindet.«

Erschrocken hielt ich inne. Wem sollte bis dahin wieder nach Feiern zumute sein? Wir mussten unbedingt in der Schulleitung darüber sprechen, ob wir es nicht besser verschieben sollten.

Maja legte den Stift ab. »Erzähl, was ist geschehen?«

»Es war etwas Harmloses, sie wollte mit ihrem Sport-Leistungskurs einen Stand auf dem Sommerfest anbieten, auf dem sie vegane Smoothies und Proteindrinks verkaufen wollten. Allerdings geht es bei diesen Festen ja darum, Einnahmen zu generieren. Im Kollegium waren die Zweifel groß, ob ein solcher Stand genügend Interessenten anlocken würde.« Ich hob die Schultern. »Sportler mögen sich dafür interessieren, aber die meisten Besucher sind auf ein Stück Kuchen, eine Waffel oder einen Salat aus. Das fand sie ›old-school‹.« Ich lächelte wehmütig. Ja, das wäre schon eine nette Anekdote. Luisa hatte ihre Idee bis zum Schluss verteidigt, doch die Mehrheit hatte sich dagegen entschieden. Auch ich.

Auf der Küchenanrichte klingelte ein Handy. Maja reckte sich hinüber und nahm ab. »Maja Blum hier, wie kann ich helfen?« Sie warf mir einen entschuldigenden Blick zu.

Verstohlen betrachtete ich sie. Ihr dunkles Haar schwang in gepflegten Wellen um ihr Kinn. Die tiefen Grübchen in beiden Wangen erinnerten an Jennifer Garner. In ihrem Telefonat ging es um ein Fotoshooting. Ich versuchte, nicht zu lauschen.

Schließlich legte Maja auf und entschuldigte sich für die Störung.

»Du machst auch Familienporträts?«, fragte ich.

Sie nickte und tippte auf ihr Handy. »Da ging es gerade um ein Neugeborenes. Die Eltern möchten gern Bilder im Stil von Anne Geddes, sagt dir das was?«

»Babys in Obstkörben mit Bananenschale auf dem Kopf?«, fragte ich lachend.

Maja stimmte in mein Lachen ein, das tat gut. »Oder in einer Art Vogelnest auf den Händen der Eltern. Wichtig ist, dass die Kinder schlafen. Aber da Neugeborene das ohnehin die meiste Zeit tun, ist das gut zu machen.« Ihre Augen leuchteten.

»Du magst Kinder.« Es war eine Feststellung, keine Frage.

Sie strich sich verlegen eine Haarsträhne hinters

Ohr. »Besonders Babys.« Erneut zeigten sich die Grübchen in ihren Wangen. »Du hast drei Kids, oder?«

Das hatte ihr gewiss Carola und nicht Daniel erzählt. Es hätte mich auch gewundert, wenn die Allgäuerin sich nicht in diese Angelegenheit eingeschaltet hätte. »Stimmt«, bestätigte ich, »sie passen allerdings nicht mehr in meine Hände, weder schlafend noch wach. Darüber bin ich ganz froh.«

Wir schmunzelten. Bald verabschiedete ich mich, wir hatten uns inhaltlich gut und ausführlich abgestimmt.

Auf dem Weg durch den Flur entdeckte ich Bergschuhe und einen Trekking-Rucksack neben der Garderobe.

»Du wanderst?«, fragte ich.

Maja nickte. »Leider komme ich selten dazu, zu viel Arbeit, und manchmal fällt es mir auch nicht so leicht, mich aufzuraffen. Bisschen langweilig allein.«

Fast hätte ich ihr vorgeschlagen, einmal zusammen eine Tour zu unternehmen. Aber das wäre mir wie eine plumpe Anmache vorgekommen, wo wir uns kaum kannten. Also ließ ich es bleiben.

Noch einmal dankte ich ihr für die Unterstützung und verabschiedete mich.

Maja schüttelte mir die Hand. »Wir sehen uns bei der Beerdigung. Alles Gute bis dahin.«

Als ich nachmittags nach Hause zurückkehrte, legte ich mich erschöpft in die Hängematte und starrte in den blauen Himmel.

Emil war bei einem Badmintonturnier, zu dem ich ihn eigentlich hatte begleiten wollen, um ihn anzufeuern – nun übernahm das ein anderer Vater. Zu meinem Bedauern hatte Anton vor wenigen Wochen aufgehört zu spielen; er war nun in einem Alter, in dem jeder Termin eine lästige Verpflichtung war. Lieber traf er sich mit seinen Freunden. Hoffentlich passierte das bei Emil nicht auch noch. Mein Jüngster hatte bisher nicht so viele Freunde im Ort, und der Kontakt über den Sportverein tat ihm gut.

Ella kannte hier noch niemanden. Ich hob den Kopf. Wo steckte sie eigentlich bei diesem schönen Wetter? Ich gab es nicht gerne zu, aber ich hatte mich noch nicht daran gewöhnt, dass meine Tochter wieder bei mir lebte. Manchmal vergaß ich sie glatt. Wahrscheinlich lernte sie für die Mündliche oder bereitete ihre Geschichtspräsentation vor. Wenn man ins Büffeln vertieft war, vergaß man manchmal die Zeit.

Ich schälte mich aus der Hängematte und ging wieder hinein, pochte leise an Ellas Zimmertür. Sie hatte das ehemalige Gästezimmer gegenüber dem Wohnzimmer bezogen.

»Ja?«, erklang ein verschlafenes Brummen nach draußen.

Ich steckte den Kopf zur Tür herein. Meine Tochter lag im Bett. Sie trug noch immer ein Schlafshirt. Ihr langes Haar war zerzaust. Ich hatte sie am Schreibtisch sitzend erwartet, inmitten von verstreuten Büchern und

Heften. Doch nichts dergleichen. Stattdessen herumliegende Klamotten. Hatte sie seit ihrer Ankunft überhaupt schon mal die Nase in ihr Lernmaterial gesteckt? Mir kamen Natalias Worte in den Sinn. Dass ich Ella anbieten sollte, sie zu unterstützen.

»Hast du Lust auf einen Spaziergang?«, fragte ich.

»Sehe ich so aus?«

»Nein, aber es wäre gut«, ich zeigte zum Fenster, »es ist herrlich draußen. Wir könnten uns mal unterhalten, dazu haben wir noch gar nicht so richtig die Zeit gefunden, seit du hier bist.«

»Ja, hat mir aber auch nicht sonderlich gefehlt.« Ella betrachtete ihre Füße. Sie wirkte deprimiert.

Ich legte den Kopf schräg. »Sag mal ... diese Sache mit der Lehrerin an meiner Schule, hat dich das Ganze irgendwie mitgenommen?« Ich ging zu ihr und streichelte ihr über den Arm. »Ehrlich gesagt hatte ich gar nicht auf dem Schirm, dass das etwas in dir auslösen könnte.«

»Wovon redest du, Papa?« Meine Tochter sah mich stirnrunzelnd an. »Ich kannte die doch überhaupt nicht.«

»Na ja, aber sie war Mutter von zwei Kindern und –«

Ella seufzte. »Jeden Tag sterben Mütter von Kindern, that's fucking life.«

»Verstehe.«

»Kann ich jetzt weiterschlafen?«

»Was ist denn eigentlich mit deiner Präsentation und der Prüfung, müsstest du nicht langsam mal anfangen dich vorzubereiten? Dich einlesen? Ich kann dir helfen, wenn du willst.« Soviel ich wusste, ging es bei ihrem Geschichtsvortrag um die Rolle der Frau in der Französischen Revolution. »Mathe war im Übrigen bisher auch nicht gerade dein Steckenpferd«, erinnerte ich sie, »sagtest du nicht, du würdest entweder in Stochastik oder in –«

»Ich kümmere mich schon noch um alles, keine Sorge.«

Ich lachte trocken. »Aber wann? Ich meine, mich zu erinnern, dass die Prüfungen in –«

»*Ich* meine mich zu erinnern, dass ich im gesamten letzten Schuljahr auf mich gestellt war und allein klarkommen musste. Also lass mich doch bitte jetzt damit zufrieden.«

Sprachlos musterte ich meine Tochter. Sie war ganz schön frech. Andererseits wünschte ich mir selbstbewusste Kinder. Ich war hin- und hergerissen. Sollte ich ihr zur Probe eine Aufgabe stellen? Nein, ich hatte eine bessere Idee. Ich setzte mich zu ihr auf die Bettkante.

»Was hältst du davon, wenn du mit Jakob eine Lerngruppe bildest?«, schlug ich vor. »Er könnte dir mit Mathe helfen und du ihm mit Englisch.« Die beiden hatten an meinem Geburtstag doch miteinander geflüstert. Es war um irgendetwas mit »aus der Familie verstoßen werden« gegangen. Vielleicht hegte meine Tochter ähnliche Ängste wie Jakob, wenn es nicht so gut lief? Wobei bei ihm durch die Nachprüfung wahrlich mehr auf dem Spiel stand.

»Eine Lerngruppe mit Jakob?«

»Zuletzt hattet ihr euch doch so viel zu erzählen. Ich dachte, vielleicht habt ihr euch über die Schule ausgetauscht, er hat es auch gerade nicht leicht wegen seiner Nachprüfung.«

Ella sah mich an, als hätte ich den Verstand verloren. »Du denkst wirklich, wir haben uns über *Schule* unterhalten?«

Ich zog die Nase kraus. »Ist das so abwegig?«

»Schon.«

Ich kratzte mich am Kopf. »Ich habe etwas aufgeschnappt, da dachte ich ...«

»Aufgeschnappt?« Sie legte den Kopf schräg. »Hast du gelauscht?«

»Offensichtlich nicht, sonst würde ich mich ja jetzt gerade nicht irren.« Ich hob die Schultern. »Er meinte jedenfalls mal zu mir, sein Vater würde ihn killen, wenn er das Abi nicht schafft. Hat er etwa wirklich Angst, er würde ihn dann verstoßen?«

Ella kaute auf ihrer Lippe. »Ich weiß nicht, was du meinst, aber ich hatte ihm von Samira erzählt. Du weißt ja, ihre Eltern sind Muslime.« Sie winkte ab, als wollte sie nicht ins Detail gehen. »Whatever. Jedenfalls ging es nicht um Schule.«

»Okay, aber wenn ihr zusammen lernen würdet, könntet ihr euch öfter sehen«, schickte ich hinterher.

Meine Tochter schluckte den Köder nicht, stattdessen verdrehte sie die Augen. »Lass die Schule meine Sorge sein, okay, Papa? Ich mische mich auch nicht bei dir ein. Und wenn dir Jakobs Abi so wichtig ist, dann hilf du ihm doch einfach.« Mit diesen Worten drehte sie mir den Rücken zu und zog die Decke enger um sich.

Ratlos betrachtete ich ihre Rückseite. Sie wollte mich aus dem Kreuz haben. Und das war auch verständlich, jeder Teenager nabelte sich eines Tages von den Eltern ab. Wegen Ines' Tod hatte sie das nicht altersgemäß gekonnt, deshalb wirkte ihr Verhalten bisweilen wie nachgeholter Widerstand auf mich. Aber dann sollte sie verdammt noch mal nicht nur hier herumliegen. Dreimal neun Punkte im Schriftlichen waren nicht so berühmt, dass sie sich darauf ausruhen konnte. Sie würde sich nicht als Einzige um einen Studienplatz in Augsburg bewerben.

Seufzend stand ich auf und ließ sie allein. Bald würde ich sie mir mal in einer ruhigen Minute vorknöpfen. Wenn Luisas Beerdigung hinter mir lag. Diese Hürde musste ich erst einmal nehmen.

Als die Jungs zurückkehrten, bestellten wir Essen beim Inder. Emils Schilderungen von seinen Matches lauschte ich nur mit halbem Ohr.

Obwohl es erst dämmerte, fiel ich schon um zehn ins Bett. Ich träumte von Marie und ihrer Tochter Emilia. Die Kleine zeigte mir ihre Schulaufgaben. Ihre Schrift sah aus wie gemalt. Ich wollte platzen vor Stolz. Etwas Unangemesseneres hätte meinem Unterbewusstsein wohl kaum einfallen können.

Am Montag war nicht an Unterricht nach Plan zu denken. Die Klassen kamen mit ihren Klassenlehrern zusammen, um über das zu sprechen, was geschehen war. Vor der großen Pause veranstalteten wir eine Schweigeminute, die ich über Lautsprecher ansagte. Im Musikpavillon stapelten sich bald die Blumengrüße der

Schüler, in den Fluren herrschte nicht das übliche Lärmen, sondern bedrückende Stille. Und hatten doch einmal eine Handvoll Fünftklässler in der Pause vergessen, dass die beliebteste Lehrerin der Schule verstorben war, wurden sie von den Älteren zurechtgewiesen und verstummten sofort. Vor allem die Schülerinnen lagen einander weinend in den Armen, standen in Grüppchen beisammen, die Mienen verzweifelt verzogen.

Die Tatsache, dass ich der Letzte gewesen war, mit dem Luisa geredet hatte, hatte sich herumgesprochen. Natürlich quälte mich auch die Frage, ob ich dieses furchtbare Dilemma nicht irgendwie hätte verhindern können. Indem ich aufmerksamer gewesen wäre, als Luisa ihren Helm aufsetzte. Aber darauf, dass sich darin eine Wespe verbarg, wäre ich natürlich im Traum nicht gekommen. Jedenfalls arbeiteten wir alle auf Sparflamme, und ich war froh, als der Tag vorüber war.

Abends kochte ich Spaghetti. Beim Essen gab Ella sich wortkarg, Anton chattete am Handy. Ich ließ beide in Ruhe. War dankbar für Emils Gegenwart, der für schlechte Stimmungen noch kein Gespür besaß und mich mit seinem Geplapper davon ablenkte, dass der Termin für Luisas Beerdigung inzwischen feststand. Am Donnerstag war es schon so weit. Ich würde froh sein, wenn das alles hinter uns lag. Dazu, meine Rede zu verfassen, war ich allerdings noch nicht gekommen.

Spät abends erreichte mich eine SMS von Daniel Falk.

Könntest du morgen meinen Termin bei Maja Blum übernehmen? Ihre Rede ist fertig, sie wollte noch ein paar Dinge mit mir besprechen, aber bei

mir ist Landunter. Die Mädchen weinen nur, und ich selbst finde auch die Kraft nicht. Ich bin mir sicher, dass du das gut machen kannst – du hast das Ganze ja schon hinter dir. Ginge das? Du würdest mir wahnsinnig helfen.

Kein Problem, tippte ich sofort zurück. *Ich setze mich mit ihr in Verbindung. Halt die Ohren steif.*

6

*A*m nächsten Tag fuhr ich nach der Schule mit dem Rad zu Maja Blum. Gleichmäßig atmend trat ich in die Pedale. Wann immer ich mich bewegte, bekam ich den Kopf frei, das war bereits als Kind so gewesen. Als kleiner Junge war ich oft unausgeglichen, neigte zu Wutanfällen. Zwar war ich nie in größere Raufereien verwickelt. Aber Dinge waren schon ab und an zu Bruch gegangen. Ein Loch in der Kellertür im Haus meiner Eltern erzählte noch heute davon. Hinter dieser Tür – damals waren Hobbykeller in Mode – gab es ein Flippergerät, das mein Vater von einem Kneipenwirt günstig erstanden hatte. Jede freie Minute verbrachte ich an diesem Teil und vergaß darüber alles andere. Damit ich gelegentlich auch mal etwas für die Schule tat, sperrte mein Vater den Raum bisweilen ab. Daher das Loch in der Tür. Heutzutage hatte ich mich glücklicherweise im Griff. Kaum jemand traute mir zu, dass ich auch mal laut werden konnte. Ich war schon lange nicht mehr ausgeflippt.

Die letzten Meter den Hügel hinauf zu Majas Wohnung hob ich den Po aus dem Sattel und gab alles. In Wiesbaden hatte ich nie ein E-Bike vermisst, doch seit ich im Alpenvorland lebte, dachte ich öfter darüber nach, mir eines anzuschaffen. Während ich das Rad ankettete, schnupperte ich unauffällig an meiner Achsel. Hoffentlich belästigte ich die Frau nicht mit Schweißgeruch. Doch meine Nase streifte nur der sichere Duft nach Deo.

Beherzt drückte ich die Klingel, schon ertönte der Summer.

Heute trug Maja das Haar zu einem kurzen Zöpfchen zurückgebunden. Das brachte ihre dunklen Augen noch mehr zur Geltung. Als sie mich begrüßte, traten wieder die tiefen Grübchen hervor. Ich hätte ihr gern ein Kompliment gemacht, etwas wie »Hübsch siehst du aus«, aber das wäre bestimmt unpassend rübergekommen.

»Hi«, grüßte ich locker und folgte ihr hinein. Diesmal bat sie mich auf ihren Balkon, der an ein langgezogenes Zimmer grenzte. Ein hüfthohes Regal teilte es in zwei Bereiche. Schlafen und Arbeiten. Ich entdeckte eine Nähmaschine auf einem schweren Schreibtisch und ihre an der Wand aufgereihte Fotoausrüstung. Der Weg zum Balkon führte an ihrem Bett vorbei, das unter einem hellen Überwurf zahlreiche Kissen erahnen ließ. Die Wand daneben war mit Stoff abgetrennt. Der bedruckte Baumwolljersey zeigte eine skizzierte Berglandschaft mit Hirschen, einer Berghütte und hohen Fichten. Dahinter waren vermutlich ihre Kleider verborgen.

»Hübsch hast du es hier«, sagte ich bewundernd. »Geschickt eingerichtet.«

»Das war Antonia Zivos Werk«, erklärte Maja, während wir den Balkon betraten. »Es liegt mir zwar, Texte und Bilder zu arrangieren, aber bei meinen Wohnräumen stehe ich voll auf dem Schlauch.« Fragend sah sie mich an. »Du kennst sie auch, oder? Carolas Freundin?«

Ich nickte. Genaugenommen hatte ich Antonia und Carola miteinander bekannt gemacht.

Auf dem Balkontisch lag ein Computerausdruck, daneben zwei Gläser und eine Wasserkaraffe, in der Eiswürfel und Zitronenscheiben schwammen. Ein roter Bastschirm tauchte den Balkon in ein warmes Licht. Dafür, dass es sich um einen Geschäftstermin handelte, hatte sie es sehr einladend hergerichtet.

»Setz dich doch«, bat Maja und befüllte unsere Gläser, dann tippte sie auf den Zettel.

»Hier, der Entwurf für Daniel Falk.« Fragend sah sie mich an. »Denkst du, er schafft die Beerdigung? Ich mache mir etwas Sorgen. Am Telefon kam er aus dem Weinen gar nicht heraus.«

Wir nahmen Platz, ich faltete die Hände auf dem Tisch. »Er wird es schon schaffen, da habe ich keinen Zweifel. Dass er weinen kann, ist doch eher ein gutes Zeichen.«

»Und wie geht es dir?« Sie legte den Kopf schräg. »Du wirkst auch angeschlagen.«

»Bin ich auch«, gab ich zu. »Das Ganze trifft mich

sehr. Die Familie steht mir nah. Ich hoffe, mir versagt nicht die Stimme bei meiner Rede.«

Sie goss uns etwas zu trinken ein. »Ich vermeide bei meinen Reden meist den Blickkontakt zur Trauergemeinde, damit mir das nicht passiert. Denn natürlich berührt es mich auch zutiefst, wenn die Menschen weinen, weil eine geliebte Person gestorben ist, vielleicht sogar ein Kind.«

»Okay«, antwortete ich zweifelnd. »Wirkt das nicht distanziert, sie nicht anzusehen?«

»Wenn dein Blick über die Gemeinde hinweggeht und du etwas fixierst, das dahinter liegt, fällt das nicht auf.«

Ich nahm mir vor, ihren Tipp zu beherzigen. Sie stellte mir einige Fragen und schob mir dann den Zettel mit ihrer Trauerrede zu. Aufmerksam las ich durch, was sie verfasst hatte. Die Rede war sehr persönlich. Sie hatte an alles gedacht. Neben Daniel und seinen Töchtern kamen die Schwester, die Eltern und auch Freunde zu Wort. Luisa wurde in dieser Rede noch einmal lebendig. Als würde man sie ein letztes Mal leibhaftig vor sich sehen.

»Sehr schön geschrieben.« Ich warf Maja einen ergriffenen Blick zu. »Wir können Carola wirklich dankbar sein für ihren Tipp mit dir. Und dass du so kurzfristig Zeit hattest, war riesiges Glück.«

»Carola hat so von dir geschwärmt, wie hätte ich da Nein sagen können?« Maja zwinkerte mir zu.

Eine Sekunde lang starrte ich sie verdutzt an. Offensichtlich hatte Carola sie schon vor meinem Anruf kontaktiert. Ob ich Maja vielleicht um Rat bitten sollte, wie man sich eine lästige Verehrerin möglichst diplomatisch vom Hals schaffen konnte?

Nein, diese Sache ging natürlich nur Carola und mich etwas an.

Auf dem Weg durch den Flur fiel mir erneut Majas Trekking-Ausrüstung ins Auge. »Falls du mal wieder Lust zu wandern verspüren solltest, kannst du dich jederzeit gern bei mir melden«, bot ich diesmal an. »Meine Nummer hast du ja.«

Ihre sympathischen Grübchen zeigten sich. »Ich versuche eigentlich immer Privates von Beruflichem zu trennen.«

Hoppla. »Ich wollte dir nicht zu nahe treten«, sagte ich schnell.

Sie schüttelte den Kopf. »Bist du nicht, wirklich. Aber so fahre ich einfach am besten.«

»Alles klar.« Ich reichte ihr die Hand. »Dann bleibt mir nur, in Daniels Namen Danke zu sagen. Und alles Gute noch.«

»Für dich auch.«

Als ich vorm Haus auf die Straße trat und mein Rad entriegelte, sah ich nach oben zu Majas Balkon.

Sie lehnte am Geländer. »Falls noch etwas ist, melde dich! Und grüß' Carola von mir!«

Ich brummte eine unverständliche Antwort. Hatte Carola irgendwelche Gerüchte in die Welt gesetzt? Glaubte Maja, dass wir uns öfter sähen?

Mit Schwung hob ich das Bein über den Sattel. Auf dem Weg die Straße hinunter stellte ich die Füße aus und genoss den Fahrtwind.

Unterwegs machte ich bei einem Supermarkt halt

und besorgte vier Tiefkühlpizzen fürs Abendessen. Als ich die Haustür entriegelte, vibrierte mein Handy. Schnell legte ich die Schachteln ab und zog es aus der Hosentasche.

Hast du vielleicht Lust, am Wochenende zu wandern? Ich hab frei, schrieb Carola.

Ich blies die Wangen auf. Hatten die beiden Frauen etwa eben miteinander telefoniert? Anders konnte es gar nicht sein.

In der Küche goss ich mir ein Glas Wasser ein und trank es in großen Schlucken aus. Missmutig sah ich durch das Fenster in den Garten. Allmählich nervte es. Ich hatte mit Maja wandern wollen – ganz ohne Hintergedanken. Und nicht mit Carola, die sich vermutlich davon versprach, dass ich mich in ihre strammen Waden verliebte. Ich musste Klartext mit ihr reden. Mit Diplomatie kam man bei dieser Frau nicht weiter.

Wann machst du heute Schluss?, tippte ich eine Antwort. *Ich würde gern mal kurz mit dir reden.*

Bin um halb sieben daheim. Soll ich uns was Feines kochen?

Ganz lieb, aber ich hab dann schon gegessen. 19.30 Uhr?

Perfekt. Bringst uns einen schönen Wein mit?

Lieber Himmel.

Kann ich machen. Bis später!

Ich warf den Ofen an und gab den Kindern Bescheid, dass wir in zwanzig Minuten essen würden.

Carola und Jakob wohnten in Pfronten in einem Dreizimmer-Apartment mit Holzbalkon. Die roten und pinkfarbenen Geranien in den Blumenkästen waren noch zierlich, aber bis zum Herbst würden sich daraus dichte Blütenteppiche entwickeln.

Sie begrüßte mich mit Küsschen und bat mich in ihre Wohnung mit holzvertäfelter Decke und rotkarierten Vorhängen. Gerahmte Fotos ihrer Familie schmückten die Wände im Flur, in der Küche waren vergilbte Malereien von Jakob am Kühlschrank befestigt. Der runde Tisch vor dem Fenster war mit einem Kunstblumengesteck dekoriert.

Wie immer trug Carola ein Dirndl. Bevor ich nach Bayern gezogen war, hatte ich geglaubt, diese Trachtenkleider sähen alle gleich aus – irgendetwas in Rot oder Grün mit weißer Schürze – doch weit gefehlt. Die Allgäuerin besaß sie in zig Farben und Stilrichtungen, von klassisch schlicht bis festlich. Zugegeben, sie standen ihr hervorragend. Ihr breites Becken und die schmale Taille waren wie dafür gemacht. Carola war stets wie aus dem Ei gepellt, das dicke, honigblonde Haar in einen artigen Zopf gebunden, an dem sie manchmal, wenn sie sich unbeobachtet fühlte, herumspielte.

Ich übergab ihr die Flasche Rotwein, die von meinem Geburtstag übrig war, und setzte mich. »Für mich bitte keinen, ich muss noch fahren. Und ich wollte auch gar nicht so lange bleiben«, erklärte ich ihr vorsichtshalber gleich.

Sie hob eine Augenbraue. »Magst lieber einen Tee oder Kaffee? Ein Alkoholfreies hätt ich auch da.«

»Nur ein Wasser, danke.«

Carola schenkte uns zwei Gläser ein und setzte sich zu mir. »Wie geht's den Kindern?«, fragte sie und legte den Kopf schräg.

Über meine Sprösslinge wollte ich mich gerade am allerwenigsten mit ihr unterhalten. Sonst wären wir thematisch sofort bei Jakob gelandet.

»Alles bestens«, sagte ich knapp. »Lass uns den Small Talk ruhig überspringen.«

»O je, so förmlich? Mir schwant Übles.« Carola seufzte.

»Alles halb so wild.« Ich grinste ihr zu und trank einen Schluck. »Ich dachte nur, wir sollten mal ein paar Dinge auf den Tisch bringen.«

Sie blinzelte. »Nur zu.«

»Also. Es ist ja ziemlich offensichtlich, dass du ein ... wie soll ich sagen ... Auge auf mich geworfen hast.«

Aus dem Flur schallte ein Geräusch zu uns in die Küche.

»Ach, das ist jetzt blöd.« Carola sah über ihre Schulter. »Der Jakob ist daheim.«

Schon trat der Junge zu uns. Überrascht sah er zwischen uns hin und her. »Red's ihr grad vo mir?«

»Absolut nicht«, widersprach ich schnell. »Ich habe etwas anderes mit deiner Mutter zu besprechen.«

Jakob warf ihr einen fragenden Blick zu.

»Du, mir wäret grad gern amol alloi«, bat Carola. »Des isch ganz arg lieb.«

»Koi Problem.«

Schon war er wieder fort. Seine Zimmertür klappte.

Carola drehte ihr Glas in Händen. »Schau, wir beide

wären doch die optimale Verbindung, Sebastian. Wir stehen beruflich gut da und müssten uns nicht um Geld sorgen.«

Erwartete sie von mir, dass ich dazu etwas sagen würde? Was faselte sie denn da? Als wären wir zwei Geschäftspartner kurz vor der Vertragsunterzeichnung.

»Unsere Kinder sind aus dem Gröbsten heraus, wir wollen beide keine mehr«, fuhr sie fort. Fragend sah sie mich an. »Oder?«

Ich konnte nur irritiert den Kopf schütteln. »Das nicht, aber –«

»Siehst du.« Sie lächelte. »Und wir gäben ein hübsches Paar ab.«

»Ich will dich wirklich nicht verletzen, Carola«, erwiderte ich fest. »Aber ich muss es jetzt einfach aussprechen, da du die Zeichen, die ich dir gegeben habe, allesamt ignorierst. Zwischen uns – das wird nichts. Was du sagst, mag alles stimmen. Aber meinst du nicht auch, es gehört ein bisschen mehr dazu?«

Carola schob den Stuhl zurück und trat ans Fenster, blickte hinaus. »Ich hab gedacht, dass du bloß kokettierst.« Ihre Stimme klang gepresst.

Eigentlich hätte ich sie tröstend in den Arm nehmen müssen, aber das wäre das falsche Signal gewesen.

»Ich wollte nur höflich sein«, sagte ich leise.

»Ich bin eben nicht dein Typ.« Sie hob die Schultern und schenkte mir ein gequältes Lächeln.

»Du bist eine großartige Frau, und ich bin mir sicher, dass –«

»Erspar mir das, sei so gut.« Sie ging zur Anrichte

und öffnete mit geübten Handgriffen die Flasche Rotwein, goss sich ein Glas ein. »Du magst wirklich keinen?«

Ich schüttelte den Kopf.

Sie nahm einen großen Schluck. »Ich glaub nicht, dass es da noch wen für mich gibt, der zu mir passt. Dabei hab ich gedacht, dass ich nach der Trennung vom Hubert endlich meinen Seelenverwandten finden würde. Jemand Gebildetes, der auf sich achtet, der Familiensinn hat, und ja, er sollte halt auch ein bisserl was hermachen.« Sie zeigte mit dem Finger auf mich. »Wie ich dich letztes Jahr zum ersten Mal bei der Franzi gesehen hab, hab ich gedacht, mir fallen die Augen aus dem Kopf. Als ob die Engel meine Gebete erhört hätten, weißt.«

Ich hatte es geahnt. Jetzt kamen die Erzengel ins Spiel.

Sie hob beschwichtigend die Hände. »Keine Sorge, ich werd dich nicht weiter belästigen.« Sie trank das Glas aus und goss sich nach, setzte sich zurück auf ihren Stuhl und seufzte.

»Es tut mir leid, Carola. Aber es ist, wie es ist«, murmelte ich.

Sie nickte stumm. Dann wies sie mit ihrem Glas zur Tür. »Ich glaube, du gehst jetzt besser.«

Zögernd kam ich ihrer Aufforderung nach. Im Türrahmen wandte ich mich ein letztes Mal um. »Wir bleiben Freunde, okay?«

Carola hob das Weinglas und prostete mir zu. »Die allerbesten.«

---

7

*B*evor ich am anderen Morgen zur Schule aufbrach, warf ich einen Blick in Ellas Zimmer und fand sie tief schlafend vor. Neben ihrem Kopf auf dem Laken lag das Handy. Die Klamotten lagen wieder überall verstreut. Benutztes Geschirr stapelte sich auf den freien Flächen. Immerhin lag da ihr Geschichtsbuch auf dem Schreibtisch. Ein Schwung Zettel daneben. Zeit wurde es. Ihr blieben noch genau zwanzig Tage.

Ich radelte in der Hoffnung zur Arbeit, es könnte ein ruhiger Tag werden. Einer, an dem ich solche Dinge erledigen könnte, wie Luisas Trauerrede zu verfassen. Sie obendrein zu üben. Doch dann reihte sich ein unangekündigter Besuch an den nächsten. Kollegen baten um dringende Gespräche, und der Kopierer streikte. Zwei Stunden später gab die Kaffeemaschine den Geist auf. Im Zweifelsfall war an solchen Dingen ich schuld. Als Direktor bildete ich die Projektionsfläche für die

Befindlichkeiten des Kollegiums. Oft sorgten absurd kleine Themen für große Aufregung, besonders dann, wenn andere Angelegenheiten viel wichtiger waren.

Die bevorstehende Beisetzung von Luisa Falk hing wie eine Glocke über allem. In der Schulleiterrunde brachte ich die Frage ins Spiel, ob wir angesichts der aktuellen Ereignisse unser Sommerfest nicht lieber absagen sollten. Doch schnell waren wir uns einig, dass gerade Luisa sich gewünscht hätte, die Schülerinnen und Schüler, die schon so viel Kraft und Energie in die Vorbereitungen gesteckt hatten, nicht noch zusätzlich zu enttäuschen. Um ihr die letzte Ehre zu erweisen, wollten wir auf dem Fest einen Apfelbaum im Schulgarten pflanzen. Frau Dr. Brode würde sich mit einer Gruppe Schüler darum kümmern.

Erst gegen Nachmittag blieb mir Zeit für meine eigene Trauerrede. Ich zog mich in mein Büro zurück und skizzierte zunächst eine Einführung. Fasste Luisas Eintritt in die Schule und ihre Fächer zusammen. Anschließend ging ich auf ihre Persönlichkeit, ihren Charakter ein und was sie als Kollegin und als Lehrerin ausgezeichnet hatte. Wie ernst sie ihre Funktion als Vertrauenslehrerin genommen hatte. Genauso wie die Organisation der jährlichen Skifreizeit. Nachdenklich drehte ich den Stift zwischen den Fingern. Zum Ende hin könnte ich nun die Anekdote von der Planung des Sommerfests erwähnen, doch irgendetwas störte mich daran. Jedenfalls würde ich zum Ausklang den Wunsch äußern, dass wir Luisa in unseren Herzen bewahren und uns die Erinnerung an sie ein Lächeln aufs Gesicht zaubern sollte.

Still sprach ich vor mich hin, was ich aufgeschrieben und gegliedert hatte. Dabei fiel mir nun auch auf, was mich an der Anekdote vom Sommerfest so sehr störte. Luisa hatte bei dieser Sache nicht gewonnen. Die veganen Smoothies waren begraben worden wie sie. Mir musste etwas Besseres einfallen.

Nachmittags holte ich Emil bei Connys Schwester Franzi auf dem Lechnerhof ab, wo er die Mittwochnachmittage verbrachte. Dabei schaute er Max Lechner bei der Arbeit über die Schulter und half auch ein bisschen mit. Außerdem packte Jakob auf dem Ferienhof regelmäßig mit an und besserte damit sein Taschengeld auf.

Oft blieb ich beim Abholen ein paar Minuten und klönte mit Franzi, wenn Emil nicht aus dem Viehstall zu bewegen war, weil gerade eine Kuh kalbte. Oder weil der mobile Hühnerstall versetzt wurde und das eine höchstinteressante Angelegenheit war. Heute gab es weder Kälber noch Hühner, sondern junge Kätzchen. Bei jedem neuen Wurf versuchte mein Sohn mich dazu zu überreden, einem Katzenjungen ein Zuhause zu bieten, doch bisher hatte ich mich erfolgreich geweigert. Ich wollte keine Babys mehr, weder menschliche noch tierische. Ich hatte genug um die Ohren.

In der Nacht wälzte ich mich herum. Auch wenn ich es gewohnt war, Reden zu halten, war ich nervös. Hoffentlich triggerte diese Trauerfeier nichts in mir an, das alten Schmerz an die Oberfläche spülte. Bei Ines' Beisetzung hatte ich am Grab die Fassung verloren und mich nicht mehr beruhigen können. Mein Vater und mein Onkel hatten mich untergehakt, damit ich nicht hinfiel. Erbärmlich. Mein Schmerz war echt, aber gleichzeitig hatte ich mich gefühlt wie ein Schauspieler.

Auf jeden Fall würde ich Majas Rat beherzigen, mit niemandem Blickkontakt aufzunehmen. Einfach über die Trauergemeinde hinwegschauen, irgendwohin in die Ferne.

Am Morgen erwachte ich mit einem entzündeten Auge. Ella kramte eine antibiotische Salbe aus ihrem Kulturbeutel, die einen fettigen Film hinterließ. Ich sah aus, als hätte mich jemand geschlagen. Das auch noch.

Ich schlüpfte in meinen dunklen Anzug und band mir die einzige schwarze Krawatte um, die ich besaß, dann nahm ich die Jungs mit dem Auto zur Schule – damit würden wir später zum Waldfriedhof fahren. Etliche Schüler hatten ihre Teilnahme ebenfalls ange-kündigt. Um halb zehn rüsteten wir uns zum Aufbruch.

In der Kapelle begrüßte der Bestatter mich mit Händedruck. Daniel hatte ihn informiert, dass ich im Namen der Schule ein paar Worte sprechen würde. Er selbst stand abseits mit der Familie, hielt seine Mädchen fest an der Hand. Die Gruppe unterhielt sich leise und mit blassen Gesichtern.

Maja Blum saß bereits auf dem für sie reservierten Platz und hielt einige Moderationskarten auf dem Schoß. Sicher die Stichpunkte für ihre Rede. Sie wirkte ruhig und konzentriert. Ich nickte ihr zu und setzte mich ebenfalls, betrachtete das in Gold eingefasste Foto von Luisa, ihr strahlendes Gesicht. Der Sarg, die Blumenkränze mit Schärpe.

Dein dich liebender Daniel. Deine Töchter Tabea und Ronja.
Wie gut ich mich an all das erinnerte.

Ich zog meine Rede aus der Jackettasche und linste darauf. Die Menschen um mich herum setzten sich flüsternd. Schließlich ertönte Musik. *Someone like you* von Adele.

Mein entzündetes Auge tränte, ich wischte vorsichtig darüber.

Der Bestatter gab Maja ein Zeichen, und sie ging in ruhigen Schritten zum Pult, legte ihr Blatt ab und ließ ihren Blick über die Gemeinde schweifen, umfing Daniel und seine Töchter mit einem liebevollen Lächeln.

»Liebe Trauergemeinde«, begann sie mit ihrer samtweichen Stimme. Ihre Rede ging zu Herzen und weit über die üblichen Worthülsen hinaus. Dass sie nicht nur Daniel, sondern auch die anderen Familienmitglieder Luisas mit du ansprach und in deren Namen etwas über die Verstorbene sagte, sorgte für eine Nähe, wie ich sie bei einer Trauerfeier noch nie erlebt hatte. »Dir, Daniel, hat deine Luisa jeden Morgen einen Kaffee ans Bett gebracht«, erzählte sie gerade. »Als ihr euch kennenlerntet, da dachtest du, das wäre nur so eine Anfangsgeschichte und dass sie damit bestimmt bald wieder aufhören würde – aber das hat sie nicht. Sie hat ihn dir bis zu ihrem letzten Tag jeden Morgen gebracht und sich zu dir auf die Bettkante gesetzt. Da habt ihr dann gern zusammen den Tag besprochen oder auch gemeinsam geschwiegen. Diese Momente mit ihr hast du genossen. Jeden Tag.«

Auch wenn ich den Entwurf bereits gelesen hatte, so

brannten nun doch meine Augen. Wie würde Daniel zukünftig seine Morgen begehen? Wenn schon beim Aufwachen deutlich wurde: Sie ist nicht mehr.

Ich hätte mir einen Schluck Wasser mitnehmen sollen. Wie sollte ich diesen Kloß im Hals hinunterbekommen?

Voller Hingabe ging Maja darauf ein, wie Luisa Daniel kennen- und lieben gelernt hatte, wie sie Eltern wurden, und dass sie noch so viel miteinander vorgehabt hatten. Eine Reise nach New York zum Beispiel, die war bereits gebucht. Verstohlenes Schniefen war zu hören, das Rascheln von Taschentüchern.

Abermals schluckte ich hart. Wo sollte das noch hinführen?

Die Schwester hatte Luisa immer liebevoll »meine Luzy« genannt. »Wo immer du jetzt bist, meine Luzy«, sagte Maja in ihrem Namen, »ich bin sicher, du sorgst für gute Laune. So wie du daheim immer für gute Stimmung gesorgt hast.«

Schließlich erwähnte sie den Stich der Wespe, der diesem jungen Leben ein so jähes Ende bereitet hatte. Niemand hatte gewusst, dass sie allergisch war. Luisa selbst auch nicht, sonst hätte sie Vorkehrungen getroffen. In ihrer Handtasche hatte sie stets Pflaster für die Kinder dabei.

Ich ließ den Rest der Rede an mir vorbeiziehen und sah erst wieder auf, als mein Name fiel. Direktor Sebastian Liebermann war an der Reihe. Das war ich. Mein Zettel segelte zu Boden, mit unruhigen Fingern hob ich ihn auf. Mein Herz klopfte. Als wir aneinander vorbei gingen, nickte Maja mir aufmunternd zu.

Heute Abend würde ich mich betrinken, nahm ich mir vor. Ich würde so viel saufen wie schon lange nicht mehr.

Am Rednerpult faltete ich das Blatt auseinander und strich darüber. Ich räusperte mich, sah über die Trauergemeinde hinweg.

»Das Unbegreifliche ist geschehen«, begann ich. »Man möchte am Leben verzweifeln, wenn man darüber nachdenkt, was unsere liebe Kollegin noch vor sich gehabt hätte. Und doch müssen wir uns damit zufriedengeben, was wir von ihr bekommen haben.« Sie habe das gesamte Kollegium inspiriert, fuhr ich fort. Habe ihren Job geliebt und gelebt. Das Lehrerin-Sein sei für sie eine Berufung gewesen. »Darüber hinaus war sie auch für die Organisation der jährlichen Skifreizeit zuständig. Sie hat etwas geschafft«, sprach ich mit fester Stimme weiter, »was nicht vielen gelingt: Sie war beliebt durch alle Altersstufen. Konnte mit den Kleinen wie mit den Großen. War nicht nur Lehrerin, sondern auch Spielkameradin und Vertrauensperson. Nicht von ungefähr war sie unsere Vertrauenslehrerin – die Sorgen und Nöte unserer Schülerinnen und Schüler waren bei ihr in den besten Händen. Sie hat immer konstruktive Lösungen erarbeitet, sie hat keinen Schüler, und war er auch noch so ein schwieriger Fall«, nun lächelte ich kurz, »jemals aufgegeben.« Spielerisch hob ich den Finger. »Aber sie hatte auch ihre Prinzipien. Wenn ihr etwas gegen den Strich ging, dann machte sie das unmissverständlich deutlich.« Eigentlich hätte nun die Anekdote vom Sommerfest folgen sollen. Doch inzwischen war mir etwas Besseres eingefallen.

»Einige hier werden sich sicher an die Klassenfahrt nach München erinnern, die Luisa den Spitznamen ›die eiskalte Falkin‹ eingebracht hat«, begann ich und fuhr mir mit der Zunge über die Lippen. »Es war unsere erste und einzige Klassenfahrt, die wir gemeinsam antraten. Sie als Klassenlehrerin und ich als Begleitung.« Ich holte Luft. »Es war vor wenigen Wochen im Mai, die 5c hatte gerade eine Stadtführung hinter sich. Draußen war es ungewöhnlich heiß. Der Schweiß floss uns allen von der Stirn, wir lechzten nach einer Erfrischung. In einem Pulk strebten wir eine Eisdiele an und belegten die freien Plätze des Außenbereichs. Die Kellnerin nahm die Bestellung auf. Es wurden reichlich Eisbecher geordert.« Ich zählte auf. »Spaghettieis, Erdbeerbecher, Krokant, Joghurt ... ich bestellte einen Obstbecher. Als Letzte kam Luisa an die Reihe. In freudiger Erwartung äußerte sie ihren Wunsch. Einen großen Schoko-Bananen-Milchshake.« Wissend lächelte ich. »Leider stellte sich heraus, dass diese Eisdiele aus Prinzip keine gemischten Milchshakes anbot. Obwohl – und da versicherte sich Luisa mehrmals und vehement – obwohl es Schoko- und auch Bananeneis gab. Normalerweise hätte unsere Luisa sicherlich ihren Charme spielen lassen, doch vermutlich war sie einfach zu erschöpft. Und so verkündete sie uns allen, unser Besuch in dieser Eisdiele sei hiermit leider beendet.« Ich riskierte einen Blick in die Trauergemeinde, die an meinen Lippen hing. »Wir alle gehorchten ohne Murren«, fuhr ich fort. »Wir zogen hinter ihr her zum nächsten Supermarkt, um dort Eis am Stiel aus der Kühltruhe zu fischen. Anschließend setzten wir uns mit den Kindern an den Brunnen vor der Eisdiele. Luisa winkte freundlich.«

Als ich geendet hatte, lächelte ich wehmütig in mich hinein. »Wissen Sie, was eine Schülerin auf der Rückfahrt zu mir gesagt hat? Sie sagte, dass Luisa bestimmt eine ganz tolle Mama sei.«

Ohne es zu wollen, ging mein Blick zu Daniel und den Mädchen. Und da sah ich ihre Tränen. Eine der beiden klammerte sich an die Hand ihres Vaters und schluchzte. Verzweifelt überflog ich den Text, um den Wiedereinstieg zu finden. An die Stelle, bevor ich in Freestyle verfallen war. Doch ich fand sie nicht.

Mit dem Handrücken wischte ich mir über das wunde Auge. Jetzt bloß beruhigen. Stattdessen zitterte mein Kinn unkontrolliert.

»Jedenfalls«, krächzte ich in hoher Tonlage, »wird sie uns furchtbar fehlen. Dankeschön.«

Ich zog den Zettel vom Pult und ging mit gesenktem Kopf zu meinem Platz. Frau Schmitz legte mir von hinten eine Hand auf die Schulter.

Auf dem Weg aus der Trauerhalle hielt ich Ausschau nach Maja, die bei Daniel und seiner Familie stand. Sie umarmten einander und schüttelten Hände. Ich überlegte kurz, ob ich ebenfalls hinübergehen sollte, doch dann gesellten sich Anton und Emil zu mir. An ihren verquollenen Augen sah ich, dass ihnen das alles ebenso nahegegangen war wie mir. Ich nahm sie in die Arme, war erleichtert, es hinter mich gebracht zu haben.

Nachdem wir unseren letzten Gruß am Grab hinterlassen hatten, fuhren wir zurück zum Gymnasium, während Familie und Freunde in ein Restaurant zum gemeinsamen Mittagessen einkehrten.

Im Schulgebäude erhielt ich anerkennende Blicke. Lehrer wie Schüler flüsterten mir zu, wie ergreifend sie meine Rede fanden.

Ich war froh, und trotzdem setzte es mir zu, dass es mir nicht gelungen war, mich zusammenzureißen.

Abends zog ich mich mit einem Glas Gin Tonic auf die Terrasse zurück. Im Rattansessel ließ ich den Blick über den dämmrigen Garten schweifen. Wie bezaubernd alles blühte. Schon im Frühjahr hatte es hier vor Tulpen und Narzissen gestrotzt, jetzt wucherten Stauden in den Beeten, hübsch nach Größen und Farben geordnet. Meine Vormieter hatten ganze Arbeit geleistet. Sie hatten mir das Versprechen abgenommen, mir an jedem zweiten Wochenende ein paar Stunden Zeit zu nehmen und Unkraut zu zupfen, sonst würde mir alles über den Kopf wachsen. Bisher hielt ich mich eisern daran. Die Arbeit entspannte zudem, dabei hörte ich meistens Musik, und wenn ich Glück hatte, konnte ich Anton dazu überreden, den Rasen zu mähen.

Hinter mir vernahm ich ein Geräusch. Ella trat zu mir nach draußen. »Hast du auch einen für mich?« Sie deutete mit dem Kinn auf den Gin Tonic. Endlich trug sie mal nicht das Schlafshirt, sondern Shorts und T-Shirt. Offenbar hatte sie geduscht; ihr feuchtes Haar hatte sie zu einem Knoten hochgebunden.

Einladend klopfte ich auf den Platz neben mir. »Okay, klar.« Alt genug war sie natürlich. Obendrein wollte ich sie nicht vor den Kopf stoßen, wenn sie schon einmal freiwillig zu mir kam. Vielleicht ergab sich ein Gespräch und ich erfuhr, wieso sie es so eilig gehabt hatte, hierherzuziehen und nicht die letzten Wochen in Wiesbaden zu verbringen. Möglicherweise büffelte sie nicht, weil ihr ihre Leute fehlten. Hatte Heimweh. Vor allem hatte sie noch immer kein Wort über Mika verloren. Über Samira aber eigentlich auch nicht mehr. Dabei war der Name ihrer besten Freundin früher in jedem zweiten Satz meiner Tochter aufgetaucht.

Als auch vor ihr ein Glas Gin Tonic stand, ergriff ich die Gelegenheit und fragte zunächst nach dem Jungen. »Was macht Mika eigentlich nach dem Abi?«, tat ich beiläufig. »Will er studieren wie du? Oder macht er eine Ausbildung, geht ins Ausland oder so?«

Ella rührte klirrend mit dem Metallstrohhalm zwischen den Eiswürfeln herum. »Könnten wir über etwas anderes reden als über Mika?«

»Kein Problem«, gab ich zurück. Schade, also war Mika ein Reizwort geworden. »Und Samira? Sie wusste doch zuletzt noch nicht so richtig, was sie machen wollte, oder?«

Dass Ella sich schon so auf Lehramt eingeschossen hatte, war eher ungewöhnlich. Es erleichterte mich natürlich. Von einem Schulleiter wurde erwartet, dass der Bildungsweg der Sprösslinge reibungslos ablief.

»Hätte ich es mir doch denken können«, sagte meine Tochter. »Kaum hocken wir mal zusammen, quetschst du mich aus.«

»Ich versuche doch bloß, ein Gespräch mit dir zu führen«, widersprach ich. »Als dein Vater interessiert es mich eben, was dich beschäftigt. Seit du hier bist, hast du kaum etwas erzählt. Alles lässt du dir aus der Nase ziehen. Das ist superanstrengend, Ella«, platzte ich heraus.

Meine Tochter nahm ihr Glas und erhob sich. »Tut mir leid, dass ich so anstrengend bin. Schönen Abend noch.« Schon zog sie von dannen.

»Ella«, sagte ich schwach. »So war das nicht gemeint.«

Frustriert sah ich ihr hinterher. Warum ging eigentlich jede Unterhaltung mit ihr in die Hose? Dabei wurde ich immer für meine geschickte Gesprächsführung gelobt.

Mein Handy vibrierte.

Du hast das heute fantastisch gemeistert, Glückwunsch, schrieb Maja Blum.

Erfreut betrachtete ich ihre Zeilen. Ihr Lob tat mir bei dem Frust, den ich gerade verspürte, wahnsinnig gut.

Das Kompliment kann ich nur zurückgeben. Ich habe noch nie eine ergreifendere Trauerrede gehört.

Das freut mich :)

Versonnen starrte ich auf ihre Worte. Ich hätte gern abschließend etwas Kluges bemerkt, aber mir fiel nichts ein.

Vielleicht sieht man sich ja mal wieder, tippten meine Finger, doch dann löschte ich die Zeile. Sie hatte mir auf meinen Vorschlag mit dem Wandern einen deutlichen Korb gegeben. Ich wusste selbst, wie lästig es war, wenn jemand nicht lockerließ. Dabei wollte ich gar nichts von ihr. Ich fand sie nur sympathisch.

Hat mich gefreut, dich kennenzulernen, schrieb ich schnell.

Ich rechnete mit einem Smiley, wenn überhaupt.

Wenn du magst, komm doch morgen Abend zu einer kurzen Nachbesprechung vorbei.

Ich kraulte mir den kratzigen Bart. Nachbesprechung? Hatte ihr meine Rede doch nicht gefallen? Oder war das ein Codewort für ein Date?

Uhrzeit?, tippte ich.

19 Uhr?

Abendessenszeit. Nur Menschen in Pflegeheimen hatten dann schon gegessen. Aber hatte sie nicht gesagt, sie wollte Privates und Berufliches voneinander trennen?

Ich schickte einen erhobenen Daumen, mehr nicht. Danach grinste ich in mich hinein.

Es dauerte nicht lange, bis meine Gedanken zu Ella zurückwanderten. Vielleicht hatte ja Natalia einen Tipp für mich, wie ich besser an sie herankommen könnte. Es tat mir in der Seele weh, dass meine Tochter sich so von mir abkapselte. Entschlossen wählte ich die Nummer meiner Schwester.

Sie meldete sich keuchend. »Hey. Ist was passiert?«

Überrascht sah ich auf die Uhr. Schon nach halb elf. Aber Natalia war eigentlich eine Nachteule. »Das nicht, nein. Hab ich dich etwa geweckt?«

»Wir streamen nur gerade.« Ich hörte, wie sie Gabriel etwas zuraunte. »So, bin jetzt ganz Ohr. War nicht heute diese Beerdigung? Ella hat davon erzählt.«

»Ihr habt also telefoniert?«, fragte ich. »Es geht nicht um die Beerdigung, sondern um Ella. Ihretwegen rufe ich an.« In knappen Worten schilderte ich meiner Schwester die Schwierigkeiten, mit denen ich zu kämpfen hatte. »Ich komme überhaupt nicht an sie heran. Zwar habe ich zumindest herausgehört, dass mit Mika irgendwas vorgefallen ist. Aber sie will nicht darüber reden. Und anscheinend hat sie obendrein Krach mit Samira – jedenfalls fällt ihr Name nicht mehr. Weißt du Näheres darüber?«

Meine Schwester schwieg.

»Natti?«

»Ja, kann sein, dass sie Krach haben.«

»Was ist denn vorgefallen?«

»Du weißt, ich bin ihre Patentante.«

»Was soll das denn heißen?«

»Dadurch unterliege ich der Schweigepflicht.«

»Der Schweigepflicht?« Ich blies die Wangen auf. »Offenbar nimmt sie das Ganze so sehr mit, dass sie sich nicht allzu viel mit ihren Prüfungen beschäftigt. Wenn du mir schon nichts sagen willst – kannst du mal mit ihr reden? Sie irgendwie zum Arbeiten motivieren?«

Plötzlich stand Ella neben mir. Mit einem Klirren stellte sie das leere Gin-Tonic-Glas auf den Tisch. »Sprichst du da gerade mit Natti?«

Ich nickte stumm und verabschiedete mich eilig von meiner Schwester.

»Ich mache mir einfach Sorgen um dich«, erklärte ich Ella. »Andauernd machst du dicht.«

»Und deswegen rufst du *sie* an?«

»Ist das nicht naheliegend? Du hast das letzte Jahr

bei ihr verbracht, und offenbar kennt sie dich inzwischen besser als ich.«

»Hast du Angst, dass du die Kontrolle verlieren könntest, ja?«

»Hör zu.« Ich setzte mich gerade auf. »Wenn du nicht über deine Sorgen sprechen möchtest – akzeptiert. Aber was deine Schulsachen betrifft, da kann ich dich nicht in Ruhe lassen. Warum zeigst du mir nicht einfach, was du bisher für deine Geschichts-Präsentation vorbereitet hast? Für Mathe? Dann lasse ich dich auch wieder in Frieden.«

Ella schüttelte den Kopf. »Du bist so ein richtiger Helikoptervater, weißt du das eigentlich?«

Überrascht starrte ich sie an. Es gab niemanden, der mehr über Helikoptereltern wetterte als ich. Manche Eltern begleiteten ihre Kinder bis in den Klassenraum. Ließen sie beim kleinsten Windstoß daheim. Statteten sie mit Peilsendern aus. Und nun bezeichnete mich meine eigene Tochter so?

Flehend legte ich die Hände aufeinander. »Ich versuche euch seit Jahren Vater und Mutter zu sein. Ich gebe mir alle Mühe. Nichts liegt mir ferner, als euch zu kontrollieren. Aber ihr seid mir nun mal nicht egal, Ella. Und manchmal muss man als Eltern auch unangenehme Fragen stellen. Ich muss wissen, wenn etwas los ist, damit ich im Zweifel helfend eingreifen kann. Nicht bei jeder Kleinigkeit. Aber wenn es ums Abi geht auf jeden Fall.«

Ella presste die Lippen aufeinander. »Abi, Abi, Abi. Was anderes gibt es für dich gar nicht.«

»Ich nehme dir einfach nicht ab, dass du es dir leisten kannst, noch immer nichts zu tun.«

Ihre Augen wurden schmal. »Es stimmt nicht, dass ich nichts tue. Ich bin dran.«

Ich warf ihr einen zweifelnden Blick zu. »Ella, sei ehrlich!«

Tränen glitzerten in ihren Augen. Sie warf mir einen hoffnungslosen Blick zu und ging zurück auf ihr Zimmer.

Noch lange saß ich allein auf der Terrasse. Starrte in die Dunkelheit. Irgendwann schlich ich hinein und lauschte an Ellas Zimmertür. Drückte vorsichtig die Klinke herunter und sah hinüber zu meiner schlafenden Tochter. Die Straßenlaterne spendete genügend Licht, um etwas zu erkennen. Mein Kind hatte die Angewohnheit, die Bettdecke zwischen ihren Knien einzuklemmen. Ihr Atem ging gleichmäßig, der Mund stand einen Spalt offen.

Mein Blick schweifte durch den Raum. Vor ihrem Bett lagen der Laptop und ihr Handy.

Das Geschichtsbuch auf dem Schreibtisch war noch immer aufgeklappt, die Blätter zumindest beschrieben. Ich schlich hinüber und blätterte durch die Seiten. Ein paar Überschriften zur Rolle der Frau in der Französischen Revolution hatte sie zwar vorskizziert, aber Details fehlten. Vielleicht befand sich der Rest ja auch auf ihrem Laptop. Recherche erfolgte heutzutage online. Doch für Mathe würde sie rechnen müssen. Auf dem Computer ging das schlecht.

Leise schloss ich die Tür. Wie würde das alles nur enden?

8

*L*uisa Falk war nun seit einer Woche tot. Zwar war diese Tatsache noch immer unvorstellbar, doch wir hatten schulintern alles in die Wege geleitet, ihre Stunden aufzufüllen. Auch die Position der Vertrauenslehrerin war interimsweise durch eine Kollegin besetzt. Beim Ministerium hatte ich einen Ersatzkollegen mit Luisas Fachrichtungen beantragt. Seit die Beerdigung vorüber war, waren keine Blumen mehr vor der Schule abgelegt worden. Die jüngeren Jahrgänge lärmten wieder durch die Flure. Im Lehrerzimmer hatten sich neue Grüppchen formiert.

Es war erschreckend, wie rasch alle in der Lage waren, eine so große Lücke wie diese zu füllen. Natürlich war die Trauer noch da, sie würde uns eine ganze Weile begleiten. Doch nach nur einer Woche schauten die meisten wieder vorwärts. Für mich fühlte es sich anders an. Ich hatte eine Freundin verloren, nicht nur eine Kollegin.

Der Tag ging dennoch schnell vorüber. Dass ich die Kinder abends erneut allein ließ, stieß auf freudige Zustimmung. Meine Abwesenheit versprach unbegrenzten Zugang auf alle technischen Geräte. Die einzige Vorgabe lautete, dass Emil um zehn im Bett lag. Doch das klappte ohnehin meistens, es hielt ihn selten länger wach.

Ich nahm wieder das Rad zu Maja. In meinem Rucksack trug ich Wein als Mitbringsel bei mir. Demonstrativ hielt ich ihr die Flasche entgegen, als sie mir die Tür öffnete. Wollte damit gleich klarstellen, dass mein Besuch keine reine Nachbesprechung war. Ich wollte sie gern näher kennenlernen. Auch privat. Das war mir klargeworden, als ich mich für diesen Abend fertiggemacht hatte. Normalerweise zog ich mich nicht dreimal hintereinander um. Schließlich hatte ich mich für eine Chinohose und ein hellblaues Leinenhemd entschieden.

Auch Maja hatte sich herausgeputzt. Sie trug ein figurbetontes violettes Kleid; um ihren Hals schimmerte eine filigrane Kette. Das Haar schwang ihr wieder in hübschen Wellen um den Kopf. Und sie roch gut. Nach Sonne.

Dankend nahm sie den Wein entgegen und ging voraus zu ihrem Balkon. Draußen war es noch immer angenehm warm. Auf dem Tisch hatte sie eine Platte mit spanischen Antipasti angerichtet. Es gab einen gemischten Salat mit fruchtigem Dressing. Knackiges Baguette. Eine Flasche Weißwein wartete in einem Kühler. Es sah nicht nach einem Arbeitsessen aus.

Meine Gastgeberin befüllte unsere Gläser. »Auf

Carola«, sagte sie und stieß über den Tisch hinweg mit mir an.

Ich lachte heiser und trank einen Schluck. »Hat sie dich etwa gebeten, ein gutes Wort für sie einzulegen?«

Majas Wangen röteten sich. »Das wäre nach deinem spontanen Besuch bei ihr vermutlich vergebens.«

Wir tauschten einen Blick. Ihre Augen blitzten verschwörerisch. Hatte sie meine Einladung zum Wandern nur abgelehnt, um ihrer Freundin nicht in die Quere zu kommen?

»Deswegen auf Carola«, wiederholte Maja. »Ohne sie hätten wir uns nicht kennengelernt.« Sie lächelte warmherzig.

Besser, ich bildete mir nicht zu viel ein. Vielleicht steckte reine Sympathie hinter ihren Worten. Doch etwas war anders an ihr. Flirtender. Offensiver.

Wir unterhielten uns und aßen dabei. Ich erfuhr, dass Maja sechsunddreißig war und ursprünglich Schneiderin gelernt hatte. Gelegentlich nahm sie Auftragsarbeiten an, grundsätzlich konnte sie davon aber nicht leben. Vom Fotografieren hingegen schon. Zusätzlich zu den Trauer- und Festreden finanzierte es ihren Lebensunterhalt.

»Meine Tochter Ella fotografiert auch gerne«, sagte ich und öffnete Ellas Instagram-Account auf meinem Handy, präsentierte Maja das Profil meiner Tochter. Gemeinsam betrachteten wir die Fotocollage. Das letzte Motiv zeigte ein verzerrtes Selfie. Eine Mischung aus Kohlezeichnung und Foto. Stark schraffiert. In Höhe ihres Herzens befand sich ein ausgestanztes Loch. Zwei Hashtags. *#samiraandmika #yourippedmyheartout.*

»Was ist passiert?«, fragte Maja.

Ich scrollte zu einem Schnappschuss, der Ella zusammen mit Mika und Samira zeigte. Ich tippte darauf. »Das hier. Sie waren zuletzt wohl ein Dreiergespann. Ich dachte, Ella sei mit dem Jungen zusammen – aber offenbar hatte er eher Augen für ihre Freundin.« Nach Ellas Worten zu urteilen, machten ihre Eltern anscheinend deswegen Stress. Wünschten sie sich einen muslimischen Jungen an der Seite ihrer Tochter? Oder vor der Heirat vielleicht gar keinen? Ich kehrte gedanklich zu Ella zurück und hob ratlos die Schultern. »Wenn ich hier schon mal etwas früher reingeschaut hätte, wäre mir schon längst klargewesen, was eigentlich bei meiner Süßen los ist. Ich dachte, ihre beste Freundin und sie hätten nur einen Streit. Dass es ein Eifersuchtsdrama ist, wusste ich nicht.« Dieses Zerwürfnis und obendrein der Liebeskummer waren sicher Gründe genug, Ella vom Arbeiten abzuhalten. Die Arme. Aber was konnte ich tun, um sie zu trösten? Wie sollte ich ihr klarmachen, dass es momentan auf andere Dinge ankam?

Maja zog die Nase kraus. »Manche Leute spionieren ihre Kinder regelrecht über Social Media aus oder drehen irgendwelche peinlichen TikTok-Videos, um ihnen nahe zu sein. Es spricht eher für dich, dass du daran nicht gedacht hast. «

»Dabei hat sie mich gerade gestern noch als Helikoptervater bezeichnet, weil ich ihretwegen meine Schwester angerufen habe.«

Maja kicherte. »Helikoptervater? Du wirkst doch

ziemlich entspannt. Noch Wein?«, fragte sie und griff nach der Flasche.

Ich nickte und sah ihr dabei zu, wie sie nachgoss. Ihre Bewegungen waren anmutig. Maja hatte etwas Zartes, Feingliedriges. Und dennoch wirkte sie kein bisschen zerbrechlich.

»Genug über mich geredet«, sagte ich entschlossen. »Seit wann wohnst du eigentlich hier? Wenn Antonia dir bei der Einrichtung geholfen hat, kann das ja noch nicht so lange her sein.«

»Stimmt, erst seit letztem Herbst.« Maja stippte ein paar Krümel mit ihrem Finger auf. »Grund war die Trennung von meinem Freund. Ich brauchte dringend etwas Eigenes und bin hier ohne große Planung eingezogen.«

Ich versuchte, meine Neugierde zu zügeln. Das klang nach einem abrupten Ende. »Wie lange wart ihr zusammen?«

»Zwei Jahre und neun Monate. Anderthalb Jahre haben wir zusammengelebt.«

»Und dann habt ihr festgestellt, dass es doch nicht so gut passt?«

Maja schob sich eine Olive in den Mund. »Ich glaube, ich möchte gerade nicht so gerne über Ruben sprechen«, sagte sie kauend, legte den Kern auf den Teller. »Erzähl mir lieber weiter von dir.«

Ich legte mein Besteck ab. »Was interessiert dich denn?«

»Hm«, sie sah in die Luft. »Wie ist es denn so mit den Frauen als alleinerziehender Witwer? Warst du nach dem Tod deiner Frau wieder liiert?«

»Nein.«

»Aber es gab Bekanntschaften?«

Ich blinzelte unsicher. Was meinte sie mit Bekanntschaften? Bettgeschichten? »Ein paar, aber es ist nie etwas Festes draus geworden.«

»Mit Carola hättest du eine ganz treue Seele an deiner Seite gehabt«, warf sie ein.

»Schon, aber wenn ich eine treue Seele an meiner Seite möchte, dann nehme ich mir einen Hund.«

Sie lachte. »Im Ernst, ich kenne niemand Hilfsbereiteren als sie. Und sie steht mit beiden Beinen im Leben.«

»Außerdem kennt sie sich mit Engeln aus«, ergänzte ich vielsagend.

Mein Gegenüber hob die Augenbrauen. »Hältst du nichts von Engelorakeln?« Sie schmunzelte.

»Du etwa?«

»Ich hab mir zumindest mal die Karten von ihr legen lassen.« Maja fuhr mit dem Finger auf der Tischdecke entlang. »Allerdings hat dieses Reading mir auch keine Klarheit gebracht, insofern habe ich es nicht wiederholt.«

»Ich nehme an, vieles ist Auslegungssache?«

»Leider.«

Wir schwiegen einen Moment, jeder hing seinen Gedanken nach. Ich hätte schon gern gewusst, wonach sie die Engel befragt hatte.

»Wie müsste denn eine Frau sein, zu der du dich hingezogen fühlst?«, fragte sie plötzlich.

Ich bemerkte, wie unangenehm mir das Thema war. So wenig sie von ihrem Ex erzählen wollte, so bedeckt hielt ich mich gern bei meinen Schwierigkeiten, jemanden zu finden. Klar, da waren Frauen wie Carola, die alleinerziehende Witwer anziehend fanden, weil sie glaubten, dass einer wie ich verlässlich und treu wäre. Aber vielleicht hatte ich mich nach Ines Tod absichtlich nur zu denen hingezogen gefühlt, die nicht zu haben waren. Und solche wie Carola von mir ferngehalten. Weil ich in einer neuen Beziehung gern ehrlich sein wollte. Und wenn ich aufrichtig war, würde womöglich bald die Sprache auf meinen Fehltritt kommen. Meine Familie würde diesen Betrug niemals aushalten, sollte er jemals ans Licht geraten. Alles würde auseinanderbrechen. Diese Angst schwebte permanent über mir.

Maja sah mich abwartend an. Erwartete sie ernsthaft eine Antwort auf ihre Frage? Eine Art Stellenbeschreibung?

»Hast du nicht doch mal Lust zu wandern?«, wich ich aus. »Am Sonntag vielleicht?«

Maja steckte sich wieder eine Olive in den Mund. Würde sie mir abermals einen Korb geben? »Am Sonntag?« Sie lächelte. »Ja, das ginge.«

»Emil, mein Jüngster, wäre übrigens auch dabei. Vorher hat er zwar ein Turnier, aber danach könnten wir los. So gegen eins? Anschließend könnten wir noch im Alatsee baden gehen, das liebt er.«

Maja legte den Kopf schräg. Störte es sie, wenn eines meiner Kinder mitkam? »Was hat dein Sohn denn für ein Turnier?«

»Badminton.«

Ihre Augen blitzten. »Spielt er etwa im SVF?«

Als ich bejahte, schlug sie die Hände aufeinander. »Darf ich euch begleiten? Ich war früher selbst aktiv.«

Ich mochte ihre Spontanität. Und dass kein *Soll-ich-einen-Kuchen-backen?* folgte, wie es bestimmt von Carola gekommen wäre.

Klingt es albern, wenn ich sage, mein Herz machte bei dem Gedanken einen Sprung, dass wir den ganzen Tag miteinander verbringen würden? Aber genauso war es.

9

_A_m Samstag war ich mit Haushaltsdingen beschäftigt. Waschen, Wischen, Einkaufen. Es wäre schön gewesen, die Kinder hätten geholfen, taten sie aber nicht. Allerdings ließ ich mir die Laune nicht verderben und machte mein Ding. Dass Maja Emil und mich morgen begleiten würde, tauchte den Tag in rosarotes Licht. Immerhin hatten die Kinder versprochen, sich ums Abendessen zu kümmern.

Als ich vom Shoppen zurückkehrte, schmorten in Alufolie gewickelte Kartoffeln im Ofen und eine Schale Kräuterdip stand bereit. Bestimmt Ellas Werk. Der Tisch auf der Terrasse war gedeckt. Hervorragend. Erziehung war doch nicht vergebens. Vielleicht vergaß sie ihren Kummer allmählich. Das hätte mich riesig gefreut.

Zufrieden vor mich hin pfeifend verstaute ich die Einkäufe in den Schränken, und als der Ofen in der Küche piepte und das Ende der Garzeit signalisierte, gab ich die Dinger in eine Schüssel und balancierte sie mit dem Quark nach draußen. Dann rief ich nach den Kindern.

Emil und Anton lieferten sich ein Wettrennen auf der Treppe, Ella kam mal wieder im Schlafshirt herbeigeschlurft.

Ich dankte meinen Kindern für die perfekte Vorbereitung und setzte mich. »So fängt das Wochenende gut an.«

»Die Hälfte ist leider schon rum.« Meine Tochter faltete die Alufolie von ihrer Kartoffel.

»Für dich ist doch zurzeit immer Wochenende«, versuchte ich zwinkernd einen Scherz.

Ellas Blick schien mich durchbohren zu wollen. »Ehrlich jetzt? Du siehst mich für eine Minute und fängst schon wieder damit an?«

»Ich fange mit gar nichts an, ich stelle nur etwas fest.« Nun griff ich nach ihrer Hand. »Ich weiß, dass es wehtut, was du gerade durchmachst. Aber versuch nach vorne zu schauen. Konzentriere dich darauf, was gerade auch wichtig ist.«

Sie schob das Kinn vor. Ihr war anzusehen, dass sie kurz davorstand aufzuspringen.

Ich wandte mich Emil zu und erwähnte, dass morgen zu seinem Spiel eine Bekannte mitkommen würde. »Sie hat früher auch Badminton gespielt und will dich anfeuern.«

Emils Auge zuckte. »Wieso? Wer ist das denn?«

»Sie hat die Rede auf Luisas Trauerfeier gehalten. Sie heißt Maja Blum. Nach deinem Turnier gehen wir wandern und baden. Sobald die Spiele fertig sind, starten wir.« Ich sah zu Anton. »Willst du auch mitkommen?«

Mein mittleres Kind winkte ab. »Nö, lass mal. Ich hab wahrscheinlich schon was mit Leo und den anderen vor.«

Ich zuckte die Schultern und widmete mich der Kartoffel auf meinem Teller.

»Interessant, dass du mich gar nicht fragst«, sagte Ella.

In mir kämpften der verständnisvolle Vater und der alarmierte Gymnasiallehrer um die Oberhand. Der Lehrer gewann. »Ich hätte gedacht, dass du langsam mit dem Rechnen anfangen wolltest. Obwohl Wochenende ist. Hast du mal auf den Kalender geschaut?«

Emil schaltete sich dazwischen. »Ich wollte aber lieber, dass du allein mitkommst, Papa.« Seine Stimme zitterte verdächtig.

»Du wirst sehen, Maja ist sehr nett. Und ich werde mich voll auf dein Spiel konzentrieren und mich nicht ablenken lassen. Versprochen.«

»Finde ich gut«, warf Ella ein, »dass du dich mal zur Abwechslung auf jemand anderen konzentrieren möchtest statt immer nur auf mich.«

Anton kicherte. Er nahm sich einen Klecks Quark und klatschte ihn auf seine Kartoffel, steckte sie sich fast in einem Happen in den Mund. »Lustig bei uns«, nuschelte er.

Ich schielte zu ihm hinüber. Es hieß, dass Sandwich-Kids oft zu kurz kamen, weil man ihnen zu wenig Aufmerksamkeit schenkte. In meiner Familie traf das definitiv zu. Ich hatte kaum mitbekommen, wie sich innerhalb kürzester Zeit seine Kinderstimme in einen brummigen Bariton verwandelt hatte. Seine Beine waren plötzlich behaart. Die Augenbrauen sprießten wie bei Theo Waigel, seine Nase ragte spitz hervor. Es schien alles ein wenig aus der Form geraten.

»Was starrst du mich so an?« Anton zupfte an seinen Haaren. »Hab ich da was?«

»Quatsch, nein.« Ich schüttelte schnell den Kopf. »Geht es dir gut, mein Junge?«

Ella verdrehte die Augen.

»Yep, alles gut«, antwortete Anton und steckte sich das letzte Stück Kartoffel in den Mund.

»Ich hab wirklich gedacht, wir würden da morgen allein zusammen hinfahren«, wiederholte Emil weinerlich.

Ich biss mir auf die Lippe. Aus ihm sprachen seine Ängste, Ines oder er selbst könnte in Vergessenheit geraten. Ich würde ihm morgen besonders nah sein, um ihm das Gegenteil zu beweisen.

»Kommt gar nicht in Frage«, widersprach ich väterlich und tätschelte seine Hand. »Man muss Kompromisse eingehen, wenn man mit anderen zusammenlebt. So ist das nun mal.«

Bei diesen Worten warf ich einen leidvollen Blick in die Runde meiner Kinder und seufzte.

Am anderen Morgen brachen Emil und ich um kurz vor halb neun auf, um Maja abzuholen. Mein Sohn war wortkarg, aber das würde sich hoffentlich noch ändern.

Per Textnachricht warnte ich Maja vor, dass er sich schnell vernachlässigt fühlte und ich daher während des Turniers wenig Zeit für sie haben würde.

Kein Problem, ich bin ja schon groß, lautete ihre Antwort.

Sie war bereits im Wanderoutfit, nur an den Füßen trug sie leichte Turnschuhe. Ihre Wanderschuhe landeten zusammen mit ihrem Rucksack im Kofferraum. Beim Einsteigen reichte sie Emil die Hand. »Hey. Freut mich, dich kennenzulernen. Ich bin die Maja.«

»Hallo«, brummte mein Sohn und sah aus dem Fenster.

Auf der Fahrt zur Nesselwanger Sporthalle berichtete Maja von ihrem gestrigen Foto-Engagement. Ein Brautpaar in den Fünfzigern, für beide war es die zweite Ehe. Die Trauung war in einem alten Obstgarten abgehalten worden. Während der Zeremonie hatte eine Amsel die Gäste und das Hochzeitspaar attackiert. Offenbar saß ihre Brut in einer nahegelegenen Hecke, und der Vogel fühlte sich bedroht. Maja lachte kopfschüttelnd. »Die Hochzeitsgesellschaft schaute mehr nach dem Amselvater als nach dem Brautpaar. Und die beiden waren auch nicht wirklich bei der Sache. Als sie fertig waren, sind alle erleichtert geflohen.«

Ich war dankbar für die ungezwungene Unterhaltung, spähte ab und zu in den Rückspiegel. Emil schien sich zu entspannen.

In der Halle traf Maja auf zwei Bekannte, die sie aus ihrer Vereinszeit kannte. Die Frauen umarmten sich herzlich, Maja erfuhr, dass heute die Kinder der beiden am Start waren. Emil zog mich mit sich fort zu seiner

Mannschaft, während unsere Begleiterin bei den beiden Frauen blieb.

Dass er die ersten Matches gewann, steigerte seine Stimmung sofort. Zwischen den Spielen alberte er mit seinen Mannschaftskollegen herum, und ich gesellte mich zu Maja und ihren Freundinnen auf die Tribüne.

»Danke, dass ich mitkommen durfte«, raunte sie. »Allein der Geruch dieser Halle weckt so viele schöne Erinnerungen.«

Ich lachte. »Du magst den Geruch von Schweiß?«

Ihre Grübchen zeigten sich. »Für dich ist es der Geruch nach Schweiß. Für mich aber duftet es hier nach Sonntagen, in denen man alles gegeben hat. Es riecht nach verstauchten Knöcheln und Blasen, die sich voll gelohnt haben. Es duftet nach totaler Erschöpfung und nach Triumph. Als ich vorhin diese Halle betreten habe, hab ich all das auf einmal gefühlt. Das ist toll.« Sie strahlte.

Wie schön diese Frau war.

»Offenbar hast du deine Jugend in guter Erinnerung«, bemerkte ich bewundernd.

»Total. Diese Zeit hat mich verwöhnt. Sie hat mir Kraft gegeben, für alles, was kam.«

Es brannte mir auf der Zunge, sie zu fragen, was gekommen war, doch in diesem Moment ertönte der Anpfiff zur nächsten Runde, und ich begab mich zurück zum Spielfeldrand, um Emil anzufeuern. Er trat gegen einen kräftigen Jungen an, der erstaunlich wendig war. Davon wurde auch mein Sohn überrascht, und er verlor. Frustriert schleuderte er seinen Schläger von sich.

»Hey, das gehört dazu«, versuchte ich ihn zu trösten und hob das Teil auf. »Beim nächsten Mal bist du bei einem Jungen dieses Kalibers auf der Hut.«

Doch Emil wollte nichts davon wissen. Am liebsten wäre er gegangen. Zum Trost für das verlorene Match spendierte ich ihm ein Snickers und blieb während der Doppel an seiner Seite. Ab und zu spähte ich zur Tribüne. Maja war mit ihren Freundinnen ins Gespräch vertieft. Schließlich wurde über Lautsprecher Emils Mannschaft zum Sieger der Ranglisten-Spiele gekürt. Ich nahm meinen Sohn in den Arm und beglückwünschte ihn, sagte ihm, wie stolz ich auf ihn sei.

»Ist ja gut, Papa.« Peinlich berührt schob er mich von sich und schulterte die Sporttasche. »Gehen wir?«

Als wir zu Maja traten, verabschiedete sie sich gerade mit einer Umarmung von ihren Bekannten.

»Hauptsache, du fühlst dich nicht mehr schuldig«, sagte eine.

»Wird schon«, entgegnete Maja und wünschte einen schönen Tag. Dann wandte sie sich Emil zu und schüttelte ihm für den Sieg seiner Mannschaft die Hand.

»Lag nicht an mir.« Mein Sohn verdrehte die Augen.

Ich knuffte ihn in die Seite. »Mal nicht so bescheiden, du hast nur ein Spiel verloren.«

»Ein Spiel zu viel«, meinte mein Sohn und stapfte nach draußen.

Maja und ich warfen uns einen bedeutungsvollen Blick zu und folgten ihm.

Auf der Autofahrt streckte Maja die Hand zum Fenster hinaus und ließ den Fahrtwind durch ihre feingliedrigen Finger strömen. Ich wusste noch sehr wenig von dieser Frau, doch sie gefiel mir. Ob mehr aus uns werden könnte? Vielleicht fand sie mich zu alt. Zehn Jahre waren eine Menge.

An einer Tankstelle besorgte ich Butterbrezeln. Maja spendierte Emil mit den Worten »Für dich, junger Sportsfreund« einen isotonischen Drink in schicker Flasche, den er staunend entgegennahm. So etwas hatte er noch nie getrunken. Ich bemerkte, wie er sie vom Rücksitz aus beäugte. Vielleicht war er sich nicht sicher, ob sie sich bei ihm beliebt machen wollte oder nur nett war.

Auf dem Parkplatz unterhalb der Burgruine schlüpften wir in unsere Wanderschuhe und schulterten die Rucksäcke, schlugen den Weg über den Bergkamm in Richtung Salober Alm ein. Von dort war es dann nur noch eine halbe Stunde bis zum Alatsee.

Maja war nicht zum ersten Mal hier. Sie stiftete Emil an, mit ihr übers unebene Gelände davonzulaufen. In gespielter Verzweiflung hetzte ich den beiden hinterher. Emil quiekte vor Vergnügen.

Auf einer Bank warteten sie auf mich, und wir genossen gemeinsam die Aussicht. Durchs Tal schlängelte sich die Vils Richtung Weißen- und Hopfensee. In der grünen Landschaft wirkten die Gewässer wie blaue Kleckse. Wann immer ich in der Natur unterwegs war, überkam mich dieses Gefühl von Frieden und innerer Ruhe. Ergriffen zog ich Emil, der in unserer Mitte saß, an mich. Diesmal ließ er es sich gefallen.

Maja warf mir über seinen Kopf hinweg einen warmherzigen Blick zu und zog ihre Wasserflasche hervor. Verstohlen betrachtete ich ihre schlanken Beine, die Wanderschuhe, aus denen Ringelsocken ragten. Die Art, wie sie trank, hatte etwas Erotisches.

Maja musste meinen Blick gespürt haben. Sie blinzelte unsicher und setzte die Flasche ab. Dann fischte sie eine Dreierpackung Raffaello aus ihrer Jackentasche und bot uns welche an.

Schließlich gingen wir weiter, diesmal lief Emil voraus und versteckte sich, wir mussten ihn suchen. Unterwegs passierten uns andere Wanderer. Wahrscheinlich hielten sie uns für eine Familie. Vater, Mutter, Kind. Der Gedanke gefiel mir.

An der Alm bestellten wir Kaiserschmarrn und Johannisbeerschorle. Als bei unserem Abstieg der Bergsee in Sicht kam, war Emil nicht mehr zu halten. Er sprintete voraus und schlüpfte am Ufer in seine Badehose, hopste kreischend ins eiskalte Nass. Keuchend strampelte er gegen die Kälte an.

»Geht ihr mal schwimmen«, sagte Maja, als wir ebenfalls eintrafen und ich aus den Wanderklamotten stieg. »Ich besorg uns ein Eis, was meinst du?«

Ehe ich etwas entgegnen konnte, zeigte sie zur Gastwirtschaft am Ende des Sees. »Bis ich zurück bin, habt ihr vielleicht Lust auf eine kurze Schwimmpause?«

Heimlich sah ich ihr nach. Ihre unkomplizierte Art gefiel mir immer besser. Ich breitete ein Handtuch auf der Wiese aus und tauchte zu meinem Sohn ins Wasser. Es war gut, dass wir diesen Moment nur für uns hatten. Vielleicht hatte Maja sich ganz bewusst kurz zurückgezogen, um Emil diese Zeit mit mir allein nicht zu nehmen.

Als sie mit dem Eis zurückkehrte, schlang ich das

Badetuch um Emil und mich, und wir setzten uns neben Maja in die Sonne. Mein Sohn konnte das Eis nicht schnell genug hinunterschlingen, ehe er zurück ins Wasser sprang und sich mit der Taucherbrille auf die Suche nach Fischen begab.

Maja und ich legten uns nebeneinander ins Gras und ließen uns die Sonne ins Gesicht scheinen. Dabei berührten sich unsere Finger. Keiner von uns zog die Hand zurück.

10

————————

Es dauerte fast eine Woche, bis Maja und ich uns wiedersahen.

Schon bei der Verabschiedung nach unserem Ausflug zum Alatsee hatte ich sie gefragt, ob ich sie mal zum Essen einladen dürfte. Ich würde da einen schönen Italiener kennen.

»Total gerne, ich liebe schöne Italiener«, hatte sie geantwortet. »Freitag vielleicht?«

Seither lächelte ich versonnen vor mich hin, wann immer ich an sie dachte.

Im Schulalltag drehte sich alles um die letzten Klausuren und das geplante Sommerfest. Zu Hause gingen meine Tochter und ich einander aus dem Weg. Wenigstens zu den Abendessen setzte sie sich zu uns. Danach verschwand ich oft ins Fitnessstudio und stemmte ein paar Gewichte. Einmal kam Daniel dazu, aber er blieb nicht lange. Ihm fehlte die Kraft. Innerlich und äußerlich.

Je näher das Treffen mit Maja rückte, desto nervöser wurde ich. Diesmal war es ein richtiges Date, daran gab es keinen Zweifel. Und das erste seit Ines' Tod, bei dem ich solches Herzklopfen hatte. Mich überkam eine Gänsehaut, wenn ich an Maja dachte. Stellte mir ihr Gesicht, ihren Geruch und ihre Stimme vor. Ihre lockere Art. Sehnte mich nach einer Berührung ihrer Hände.

Die Osteria, in die ich sie einlud, lag am Weißensee. Von der edlen Außenterrasse am Seeufer hatte man einen Blick auf den Tegelberg und den benachbarten sogenannten Säugling. Es hatte länger nicht geregnet, und die Hitze staute sich. Noch immer hielten sich Badende im Wasser auf.

Da wir früh dran waren, beschlossen Maja und ich, ein Stück am See entlangzuspazieren.

Mein Herz pochte wie bei einem Schuljungen. Ob ich den Arm um sie legen sollte? Doch was, wenn sie sich entgeistert herauswinden würde? Ich war vollkommen aus der Übung.

»Bist du erkältet?«, fragte Maja.

Erstaunt sah ich sie an. »Nein, wieso?«

»Weil du dich andauernd räusperst.«

Ich schnaubte belustigt. Offenbar benahm ich mich wie ein Trottel. Ich sollte mir besser überlegen, worüber wir uns unterhalten könnten, statt in Utopien zu verweilen.

»Wusstest du eigentlich, dass ich früher auf deine Schule gegangen bin?«, unterbrach Maja meine Gedanken.

Als ich sie überrascht ansah, hob sie entschuldigend

die Schultern. »Ich hätte es längst erwähnen können, aber es ging ja vorrangig um deine Trauerrede.«

Dankbar für das unverfängliche Thema fragte ich sie über die Kollegen aus, die sie noch von früher kannte. Frau Dr. Brode hatte damals schon oft gefehlt. Nur einmal hatte sie sich richtig ins Zeug gelegt, nämlich als Majas Jahrgang beim Abistreich die Bäume auf dem Schulgelände mit Klopapier umspannt hatte. Nach einem Gewitter hing das Papier monatelang in den Baumkronen fest. Renate Brode hatte mir selbst schon davon berichtet. Angeblich hatte es seit Majas Stufe keine schlimmere gegeben.

Wir kicherten verschwörerisch. Es wäre der perfekte Moment gewesen, ihr zu gestehen, wie sehr ich sie mochte. Doch glücklicherweise ließ ich es bleiben, wollte nicht übergriffig sein. Im Nachhinein betrachtet hätte das gewiss für einen bitteren Nachgeschmack gesorgt.

Als ich das Sommerfest erwähnte, das am nächsten Tag stattfinden würde, leuchteten ihre Augen, und sie kündigte an, vorbeizuschauen. »Will doch mal sehen, was sich alles verändert hat«, sagte sie. »Einen Musikpavillon gab es früher jedenfalls nicht.«

»Ich könnte dir eine Führung geben«, schlug ich vor.

Maja legte die Hände an die Wangen. »Darf ich mal ins Lehrerzimmer? Bitte!«

Lachend versprach ich es ihr.

Schließlich schlugen wir den Rückweg zur Osteria ein. Bei unserer Ankunft versank die Sonne hinter dem Berg. Lampions verströmten ein romantisches Licht.

Stand-up-Paddler glitten auf der stillen Oberfläche des Sees an uns vorbei. Aus den Lautsprechern schallten italienische Gitarrenklänge.

Nach einem Blick in die Speisekarte gaben wir unsere Bestellung auf. Ein Kellner brachte ein Schälchen Oliven, Maja knabberte an der Steinfrucht.

»Weißt du, was mich schon lange interessiert?« Sie legte den Kern auf ihrem Teller ab.

»Ja?«

»Worüber Männer miteinander reden. Erzählt ihr euch auch mal was Tiefergehendes oder dümpelt es eher an der Oberfläche? Autos, Frauen, Sport ...«

Ich lachte. »So flach sind Männer auch wieder nicht!«

»Nicht? Worum drehen sich eure Gespräche?«

Ines hatte das schon von mir wissen wollen, wenn ich von einem Männerabend zurückkehrte. Allerdings wusste ich es selbst meistens nicht mehr genau. Man unterhielt sich eben. Über dies und das. Den Job, die Kollegen, Politik, das Weltgeschehen, auch mal über die Kinder. Selten drehte es sich um unsere Beziehungen oder berufliche Schwierigkeiten. Eigentlich nie um Probleme. Kam doch mal die Sprache auf ein leidiges Thema, handelte man es meist mit dem gutgemeinten Rat »Wird schon wieder« ab. War das verwerflich? Ich fand nicht.

»Lass uns Männern doch unsere Geheimnisse«, scherzte ich. »Das Mysterium Männergespräch sollte niemals geknackt werden.«

Maja lachte wissend.

Unsere Getränke kamen. Wir stießen miteinander

an und nahmen einen Schluck. Ich wischte mir den Bierschaum von den Lippen. Eine verlegene Stille breitete sich zwischen uns aus.

»Und?«, fragte sie. »Gibt es Dinge, die du schon immer mal über Frauen wissen wolltest?«

»Worüber unterhaltet ihr euch auf der Toilette?«, platzte ich heraus. »Ihr geht meistens zu zweit. Zerreißt ihr euch dabei den Mund über eure armen Begleiter?«

Maja zog die Nase kraus. »Vielleicht glaubst du mir das jetzt nicht, aber ich habe noch nie zu den Frauen gehört, die zu zweit zur Toilette gehen.«

Ich knabberte auf meiner Unterlippe. Gern hätte ich ihr eine persönliche Frage gestellt. Doch über ihre Trennung hatte sie zuletzt nicht reden wollen. Ihre Bemerkung, dass die Jugend ihr Kraft gegeben hatte für das, was danach kam, hätte mich ebenfalls interessiert. Oder der Satz ihrer Freundin, Maja sollte sich wegen irgendetwas nicht schuldig fühlen.

»Mir ist nicht ganz wohl dabei, dich auszufragen«, gab ich zu. »Ich möchte keine Grenzen überschreiten.«

Ihre Grübchen zeigten sich. »Dann frag etwas Harmloses.«

Verwegen wackelte ich mit den Augenbrauen. »Hattest du als Kind Haustiere?«

Sie verzog keine Miene. »Zwei Wellensittiche. Sie mochten sich nicht, rissen sich gegenseitig die Federn aus und hackten aufeinander ein. Aber dann, als einer starb, trauerte der andere sich innerhalb einer Woche zu Tode. Er fraß einfach nichts mehr.«

Ich blinzelte.

»Okay, jetzt wieder ich, ja?«, sagte sie schnell.

Ah. Offenbar handelte es sich bei diesem Fragespiel um Quidproquo. »Leg los.«

»Gab es Dinge zwischen dir und deiner Frau, über die ihr nicht miteinander reden konntet? Die ihr eher umschifft habt?«

Ich schmunzelte. »Das ist keine harmlose Frage.«

Der Kellner brachte unsere Vorspeisen. Wir griffen zum Besteck und wünschten uns guten Appetit.

Kauend spielte ich auf Zeit. Dachte an meine Affäre mit Marie, doch die war kein Thema für ein erstes Date. Etwas Fadenscheiniges wollte ich dennoch nicht antworten.

»Wir konnten nicht gut miteinander über Sex reden«, gestand ich also. »Über unsere Vorlieben. Das war schwierig. Selbst nach drei Kindern.«

Majas Augen weiteten sich.

»Mit so viel Offenheit hast du wohl nicht gerechnet«, sagte ich lachend.

Sie schüttelte den Kopf und trank einen Schluck, strich sich das Haar hinters Ohr. »Ruben und ich konnten das auch nicht besonders gut«, antwortete sie endlich. »Wäre schön, das mit jemandem zu können.«

Unser Blick ging eine Verbindung ein. Fast hätte ich »Ich nehme dich beim Wort« geantwortet.

»Das war aber nicht der Grund für eure Trennung?«, hakte ich stattdessen nach. Immerhin hatte sie den Namen ihres Ex-Freundes wieder ins Spiel gebracht. Und sie hatte mir auch eine ziemlich intime Frage gestellt.

»Nein, das war nur eine Randerscheinung unserer Probleme. Grundsätzlich hat sich herausgestellt, dass

Ruben nicht nur nicht gut über Sex reden konnte, sondern generell kaum etwas von sich preisgab. Im Nachhinein betrachtet kannte ich ihn nicht sehr gut.«

»Das heißt, es kam etwas ans Licht, von dem du nichts geahnt hast?« Ich fühlte mich unbehaglich. Hatte ihr Ex sie etwa betrogen? Wenn dem so war und zwischen uns würde sich etwas entwickeln, würde es mir doppelt schwerfallen, ehrlich zu ihr zu sein.

»Ja, man könnte sagen, Ruben hat ein Doppelleben geführt.«

Sie lachte über meinen Gesichtsausdruck. »Nicht wie du denkst wahrscheinlich.« Sie schnitt einen Streifen dünnes Kalbfleisch von ihrer Vorspeise ab und steckte ihn sich genüsslich in den Mund. »Also gut«, sagte sie schließlich. »Warum nicht. Irgendwann würde ich es dir vermutlich ohnehin erzählen.« Sie holte tief Luft. »Ruben und ich haben uns auf einer Hochzeit kennengelernt, auf der ich als Fotografin engagiert war. Er ist Koch von Beruf und war fürs Catering zuständig. Wir kamen ins Gespräch und waren gleich auf einer Wellenlänge. Haben uns privat verabredet, er hat mich bekocht, wir gingen ins Kino und auf Konzerte. Kamen uns näher. Irgendwann sind wir zusammengezogen. Beruflich war er häufig unterwegs, die Catering-Firma, bei der er gearbeitet hat, hat ihn auf Messen und Kongressen eingesetzt, auch am Wochenende, er war ein ziemlich gefragter Mann.« Nun grinste sie wehmütig. »Für mich als Kochmuffel war es schon angenehm, wenn er zu Hause was Schönes für uns gezaubert hat.« Mit der Gabel zeichnete sie Zacken in die Sardellensoße auf ihrem Teller. »Jedenfalls klagte er eines Tages über Rückenschmerzen. Er hat sich richtig gekrümmt, sich Wärmflaschen in den Rücken gelegt, ich habe ihn massiert, er hat Bäder genommen, aber nichts half. Also ließ er sich krankschreiben. Er konnte nicht lange stehen, der Schmerz lähmte ihn. Die Krankschreibung wurde verlängert. Angeblich.«

Wir aßen ein paar Bissen, ich ließ ihr Zeit.

»Ich hab mir furchtbare Sorgen gemacht«, fuhr sie fort. »Ihn gedrängt, zu anderen Ärzten zu gehen, habe mir im Internet einen Wolf recherchiert, aber so richtig konnte Ruben mir nie erläutern, wo genau es ihm eigentlich wehtat und was die Ärzte gesagt hatten.«

»Und dann?«, fragte ich.

»Er war nur noch daheim, zockte Onlinespiele und verbrachte die Tage auf dem Sofa. Gekocht hat er gar nicht mehr.«

Ich fragte mich, worauf das Ganze hinauslief. Für mich klang das nach einer Depression und nicht nach Rückenschmerzen.

»Letzten Spätsommer war ich dann wieder auf einer Hochzeit engagiert, auf der Rubens Cateringfirma das Buffet gestaltet hat. Einer seiner Kollegen bediente den Grill. Ich hab mich gefreut, ihn zu sehen und mich kurz mit ihm unterhalten, habe ihm versichert, dass Ruben total geknickt sei wegen dieser Rückengeschichte und dass ich hoffen würde, dass er bald wieder fit wäre.« Sie schnaubte. »Der arme Mann hat mich angeschaut, als hätte ich den Verstand verloren. Richtig begriffsstutzig. Und als ich ihn dann fragte, was los sei, meinte er, dass Ruben doch gekündigt worden sei. ›Weil er krank geworden ist?‹, hab ich gefragt, noch ehe ich die andere entscheidende Frage stellte, nämlich die nach dem *Wann*.« Maja zupfte an ihrer Bluse. »Gekündigt worden war er nämlich, *bevor* er mir von Rückenschmerzen erzählt hatte.«

»Er hat also seine Arbeitslosigkeit vor dir vertuscht?«

Sie nickte.

»Warum hatte man ihm gekündigt?«

Sie schob ein Stück Fleisch mit Soße auf ihre Gabel. »Weil er sich ab und zu etwas dazu verdient hat. Und zwar auf Kosten der Firma.«

Irritiert legte ich den Kopf schräg, griff nach einem Stück Brot. »Inwiefern?«

Maja legte das Besteck ab und verschränkte die Finger. »Wie gesagt, er war oft beruflich unterwegs, auch mal am Wochenende. Aber da war er nicht, wie ich dachte, für die Firma am Start, sondern auf eigene Rechnung. Die Lebensmittel für diese kleineren Events, die er selbst organisiert hat, hat er mit der Firmenkarte bezahlt. Da er auch für den Einkauf zuständig war, hatte er die Gelegenheit, hier und dort etwas mehr zu bestellen, hat es abgezweigt. Obendrein hat er die mobile Küche seines Arbeitgebers benutzt. Das Honorar für diese Privatveranstaltungen hat er in bar kassiert. Es war so richtig organisierter Betrug, verstehst du? Er hat das getan, ohne mit der Wimper zu zucken. Und als er aufflog, hat er nicht nur die Kündigung erhalten, sondern auch noch eine Anzeige.« Sie schüttelte traurig den Kopf. »Als ich das gehört habe, war ich wie vor den Kopf gestoßen – ich hatte das Gefühl, dass ich den Mann, mit dem ich zusammenlebe, überhaupt nicht kenne.«

»Vielleicht wollte er selbstständig sein und hat sich nur nicht getraut, diesen Schritt zu wagen«, mutmaßte ich.

Maja schüttelte den Kopf. »Nein, er fand schon immer, dass er zu wenig verdient. Er wollte es sich auf diese Weise zurückholen. Als ich ihn zur Rede gestellt habe, war er noch nicht mal zerknirscht, er hat sich nicht geschämt. Stattdessen hat er sich geärgert, dass er aufgeflogen war. Fühlte sich ungerecht behandelt. Schuld an allem waren die anderen, inklusive mir, die ich ihm ja gar keine andere Wahl gelassen hätte mit meinem Wunsch nach einem Baby. ›Weißt du eigentlich, was ein Baby kostet?‹, hat er gefragt – als wäre damit diese ganze Betrugsaktion eigentlich meine Schuld.«

Dass sie einen Kinderwunsch hegte, war mir neu. Aber ja, es war vollkommen natürlich. Sie war außerdem im besten Alter für ein Kind. Meine Schultern sanken. Natürlich befanden Maja und ich uns noch in einem frühen Stadium unseres Kennenlernens. Aber eines war sicher: *Ich* wollte kein Kind mehr.

»Ich will deinen Ex-Freund keineswegs in Schutz nehmen«, antwortete ich zögernd. »Aber der Wunsch nach einem Baby ist respekteinflößend. Ein Kind bringt Einschränkungen mit sich. Nicht nur finanzielle.« Ich trank mein Bierglas aus und gab dem Kellner ein Zeichen, dass ich noch eines nehmen würde.

Maja sah mich herausfordernd an. »Du erzählst mir damit nichts Neues. Aber ich sehne mich nach dieser

Verantwortung und würde die Einschränkungen gern in Kauf nehmen. Letztendlich treibt so ein Baby auch die wenigsten in den Ruin.« Sie drehte die Serviette zwischen den Fingern. »Angenommen, du würdest eine umwerfende Frau kennenlernen, in die du dich verliebst, und sie würde diesen Wunsch äußern. Da du ja schon Kinder hast und weißt, dass jede schwierige Anfangszeit zu Ende geht – würdest du ihr diesen Wunsch abschlagen?«

Erschrocken hielt ich den Atem an. Ich mochte Maja. Total. Sogar mehr als das. Bis eben hatte ich fantasiert, aus uns könnte ein Paar werden. Doch so ein Kinderwunsch, der ließ sich nicht wegdiskutieren. Allein die Vorstellung, ganz von vorn anzufangen ... »Das hat mit Wunsch abschlagen wenig zu tun«, antwortete ich und versuchte mich an einem Grinsen. »Die schwierige Anfangszeit dauert bei mir immerhin schon achtzehn Jahre an. Für mich käme es daher eher nicht noch einmal in Frage.«

Maja strich die Serviette glatt. Sie schluckte schwer. »Wenigstens bist du ehrlich.« Nach einer Weile hob sie die Schultern. »Ruben war es nicht. Er hat eine Krankheit vorgetäuscht, statt sich einen neuen Job zu suchen. Solange es ihm nicht gut ginge, könnte er sich kein Baby vorstellen, hat er gesagt. Dabei ging es ihm die ganze Zeit gut. Mit ihm hab ich einfach nur meine Zeit verschwendet.«

Der Kellner brachte die Hauptspeisen. Wir aßen schweigend. Schweres Bedauern schwebte in der Luft. Darüber, dass aus uns wohl doch kein Paar werden würde. Unsere Erwartungen an die Zukunft waren grundverschieden.

Verdammt schlechtes Timing. Hätte sie nur schon ein Kind gehabt – das wäre für mich selbstverständlich kein Hinderungsgrund gewesen. Doch der Gedanke, wieder einen Kinderwagen zu schieben oder mir die Nächte um die Ohren zu schlagen ... nein.

Da traf ich einmal eine Frau, an der mir alles gefiel. Nur das nicht.

»Schmeckt es dir?« Maja deutete mit der Gabel auf meinen Teller.

Ich nickte lächelnd.

Für den Rest des Abends verbot ich mir jeden intensiven Blickwechsel. Wollte nicht darüber nachdenken, was wir heute noch miteinander hätten teilen können. Stattdessen erzählte sie mir von ihrer Großmutter im Seniorenheim, den dortigen schwierigen Bedingungen, und dass die alte Dame unter leichter Demenz litt.

Nach dem Essen fuhr ich sie nach Hause. Unter anderen Umständen hätte sie mich vielleicht noch für einen Kaffee nach oben gebeten. Doch so verabschiedeten wir uns mit einem Wangenkuss, bei dem ich ihren weiblichen Duft in mich aufsog und mir vorstellte, ich würde ihr mit den Fingern durchs Haar fahren und sie an mich ziehen.

»Bis morgen dann beim Sommerfest am Gymmi«, sagte sie. »Ich freue mich auf die Führung.«

»Ich mich auch«, log ich.

Dann stieg sie aus, wir winkten kurz, und ich gab Gas.

11

Am anderen Morgen hatte ich meine Enttäuschung wieder im Griff. Glücklicherweise hatten Maja und ich uns noch nicht einmal geküsst. Dies war keine Trennung, sondern ein abrupter Halt bei dem Vorhaben, einander näherzukommen. Niemand hatte Zeit gehabt, sich falschen Hoffnungen hinzugeben. Keiner war gekränkt worden. Am heutigen Sommerfest konnten wir uns rein freundschaftlich begegnen. Ich würde sie wie verabredet durch die Schule führen, ihr einen Blick in die Heiligtümer des Lehrerzimmers gewähren – und gut. Vermutlich würde unsere Bekanntschaft danach im Sande verlaufen.

Als ich das Haus verließ, schlief Ella noch. Die Jungs waren schon wach und würden gleich nachkommen.

Bei meiner Ankunft auf dem Schulhof war der Aufbau der Stände bereits in vollem Gange. Ich grüßte die Helfer im Vorbeilaufen und begab mich in mein Büro, ging noch einmal den Ablaufplan durch. Mein Part heute bestand lediglich darin, von der Bühne die Schulgemeinde zu begrüßen, den helfenden Händen Dank auszusprechen und anschließend Elternhände zu schütteln und Small Talk zu halten.

Als ich wieder nach draußen trat, warf ich einen Blick zum Himmel, an dem sich dicke Wolken auftürmten. Ich checkte die Wetter-App. Sechzig Prozent Gewitterwahrscheinlichkeit.

Mein Blick glitt über die Verkaufsstände mit Kuchen, Waffeln, Crêpes und Würstchen. Außerdem standen Antipasti und Salate bereit. Für die Kinder gab es Dosenwerfen, Ballontanz und chemische Experimente. In dem Pavillon, in dem Gesichter-Bemalen angeboten wurde, entdeckte ich Daniel Falk mit seinen Töchtern. Mit in den Hosentaschen versenkten Händen wippte er leicht auf und ab, als wünschte er sich, unsichtbar zu sein. Ich gesellte mich zu ihm und lächelte ihm aufmunternd zu. Seine Mädchen inspizierten die Farbkästen und blätterten kichernd durch das Motivalbum. Nichts wies darauf hin, dass sie kürzlich die Mutter verloren hatten. Ich kannte das von Emil, der bei Ines' Tod auch noch klein gewesen war. Kinder waren in der Lage, zu verdrängen. Daniel nicht. Er hatte abgenommen.

»Ich erspare dir die Frage, wie es dir geht«, raunte ich. »Ich hoffe, du wirst nicht allzu oft mit Beileidsbekundungen behelligt.«

»Besser, als angestarrt zu werden«, knurrte er leise. »Ich weiß jetzt, wie sich Celebrities fühlen.«

»Davon kann ich ein Lied singen«, bestätigte ich.

»Ich habe eine Bitte.«

Fragend sah ich ihn an.

»Ihr wolltet heute doch einen Baum für Luisa pflanzen.« Sein Blick ging zu seinen Kindern.

»Ja?« Ich legte den Kopf schräg. Frau Dr. Brode hatte mit ein paar Schülern schon alles dafür vorbereitet.

»Ich würde dabei lieber nicht mitmachen, es soll eine Aktion von der Schule sein, okay?«

»Kein Problem«, antwortete ich. »Das hat auch niemand erwartet.«

In diesem Moment erblickte ich Maja am Eingangstor und zuckte zusammen. Insgeheim hatte ich wohl gehofft, sie würde uns das ersparen. Für eine Sekunde überlegte ich, ihr aus dem Weg zu gehen. Stattdessen winkte ich ihr zu. Majas Gesicht hellte sich auf, sie bahnte sich ihren Weg durch die Menge zu uns. Gleichzeitig rief jemand meinen Namen. Gerlinde Schmitz gab mir ein Zeichen, es ging los. Rasch entschuldigte ich mich bei Daniel und pustete kurz darauf auf der Bühne ins Mikro. Ein ohrenbetäubendes Pfeifen ertönte. Immerhin erlangte ich so die Aufmerksamkeit aller.

Während meiner Ansprache ging ich auf mein erstes Jahr an diesem Gymnasium ein. Dankte allen noch einmal für die wohlwollende Aufnahme und äußerte die Hoffnung, mich bewährt zu haben.

Aus dem Augenwinkel beobachtete ich Maja, die inzwischen bei Daniel angekommen war. Weinte er, oder weshalb wischte er sich die Augen? Eben legte Maja ihm eine Hand auf den Arm.

Schnell sah ich weg und erwähnte die Highlights des Jahres und was wir gemeinsam erreicht hatten. Die Chillout-Sitzgruppe, die die Schüler in Eigenregie aus von einem Baumarkt gestifteten Paletten zusammengezimmert hatten, gehörte dazu. Genauso wie der Ausbau des vegetarischen Mensa-Angebots.

Zum Schluss bedankte ich mich bei den Gästen fürs Kommen und bei den Helfern fürs Helfen, wies darauf hin, dass wir heute noch einen Baum zum Andenken für Luisa Falk pflanzen würden, und wünschte allen ein schönes Fest.

Unter leisem Beifall verließ ich die Bühne, dann fand ich mich bei Maja und Daniel ein. Die Gesichter der Töchter ließen einen Schmetterling und einen Löwen erahnen.

Maja begrüßte mich, als wäre nichts vorgefallen. »Wie wäre es jetzt mit der Führung?«, schlug sie mit blitzenden Augen vor. »Nachher, wenn alle satt sind, wird vermutlich öfter nach dir verlangt.«

Ihr Argument war nicht von der Hand zu weisen, also verabschiedeten wir uns mit einem »Bis später« von Daniel.

»Eins muss ich dir lassen, du hast ein Händchen für Ansprachen«, sagte Maja auf unserem Weg zwischen den Besuchern hindurch.

»Bei der Trauerrede wäre es mir allerdings lieber gewesen, ich hätte nicht angefangen zu heulen«, entgegnete ich.

Sie stieß mich in die Seite. »Ich mag gefühlvolle Männer.«

Flirtete sie etwa wieder mit mir? War ihr nach den

gestrigen Offenbarungen nicht klar, dass aus uns nichts werden konnte?

In der Ferne donnerte es. Das passte genau zu meiner Stimmung. Maja folgte mir zu unserem Hauptgebäude, in dem sich mein Büro, das Sekretariat und schräg gegenüber auch das Lehrerzimmer und der Kopierraum befanden.

»Hach, dieser Geruch«, schwärmte sie wieder.

»Du hast wirklich eine feine Nase«, bemerkte ich lachend.

»Ich verbinde viel mit Gerüchen. Erlebnisse sind bei mir oft mit bestimmten Aromen verknüpft. Und Menschen natürlich auch. Ein Parfüm kann einen sein Leben lang an jemanden erinnern. Findest du nicht?«

Damit hatte sie recht. Anfangs, als Ines tot war, hatte ich in besonders schwarzen Stunden an ihrem Parfum geschnuppert und mir vorgestellt, sie wäre noch da. Hatte mit geschlossenen Augen den Moment auf mich wirken lassen, ehe die Trauer mich wieder übermannte.

»Alles okay?«, fragte Maja.

Wir waren vorm Lehrerzimmer angelangt, und ich nickte. »Bist du bereit für den großen Moment?« Ich steckte den Schlüssel ins Schloss und öffnete mit Schwung die Tür. Besonders spektakulär fand sie es bestimmt nicht. In der Mitte des Raumes nicht mehr als unsere Tische, zu einem großen zusammengeschoben, drum herum die Stühle. Die Wände mit den Regalen und den Fächern der Lehrkräfte. Dann war da unsere überlebenswichtige Kaffee- und Teestation, daneben das Waschbecken.

Maja sah sich trotzdem so andächtig um, als

befänden wir uns im Bernsteinzimmer. Versonnen studierte sie die Pläne an der Wand mit den Terminen und Vertretungen. »Weißt du was, ich habe ein richtig flaues Gefühl im Magen, als würde ich etwas Verbotenes tun, wie nachts ins Schwimmbad einzusteigen oder schwarzzufahren.« Sie kicherte.

Ich zwang meinen Blick von ihren Grübchen weg und nickte ernsthaft. »Unerlaubtes Eindringen in diese heiligen Hallen steht unter hoher Strafe. In den allerseltensten Fällen wird mal ein Schüler eingelassen, um etwas für einen Lehrer abzuholen. Mehr aber auch nicht.«

»Ich hab nie zu den Auserwählten gehört.« Maja hob in gespieltem Bedauern die Schultern.

Nach einem kurzen Rundgang durchs Zimmer führte ich Maja weiter zur Mensa, die es zu ihrer Schulzeit noch nicht gegeben hatte. Genauso wenig wie den Musikpavillon, den sie bewundernd in Augenschein nahm. Inzwischen erinnerte hier nichts mehr daran, dass der Raum als Trauerrückzug gedient hatte. »Wir Armen mussten uns damals mit weniger zufrieden geben«, scherzte sie und betrachtete in einer Ecke das Schwarze Brett mit alten Plakaten von vergangenen Aufführungen des Schulorchesters.

»Tja«, sagte ich, »damit wären wir wohl am Ende dieser Privatführung angekommen.«

Es wäre nun an der Zeit gewesen, uns voneinander zu verabschieden, doch wir rührten uns nicht von der Stelle. Maja hob die Hand zu meinem Kinn und strich sanft darüber. Überrascht hielt ich inne, spähte zur Tür und zu den großen Fenstern, doch in dieser Ecke konnte uns niemand sehen. Majas Daumen fuhr mir über die stopplige Wange. Ich legte meine Finger auf ihre und hielt sie fest, wendete langsam den Kopf und küsste ihre Fingerspitzen.

Ein wenig erschrocken darüber, ob ich zu weit gegangen war, suchte ich ihre Augen.

Doch Maja reckte sich auf die Zehenspitzen und küsste mich. Die Härchen auf meinen Armen stellten sich auf, so schön war das. Ich kam ihr entgegen und erwiderte ihren Kuss. Fühlte mich unsicher, was das alles zu bedeuten hatte.

»Hast du morgen Abend schon was vor?«, flüsterte sie.

Ich strich ihr eine Strähne hinters Ohr. »Nein. Du?«

Sie presste amüsiert die Lippen aufeinander. »Ich bin mittags auf einer Goldenen Hochzeit engagiert, aber abends dürfte sie durch sein, die älteren Herrschaften gehen immer früh nach Hause. Magst du Lasagne? Wir könnten es uns auf meinem Balkon gemütlich machen.«

Ich wollte ihre Einladung so gerne annehmen. Aber waren wir gestern nicht in einer Sackgasse gelandet?

»Entschuldige, rücke ich dir zu sehr auf die Pelle?«, fragte Maja.

»Aber nein.« Ich fuhr mit dem Finger an ihrem Schlüsselbein entlang. »Überhaupt nicht. Ich bin nur überrascht, weil, na ja. Ich dachte, nach unserer Unterhaltung ...«

Ein Lächeln umspielte ihren Mund, sie gab mir noch einmal einen zarten Kuss. »Wir müssen ja nicht gleich heiraten, Herr Direktor«, neckte sie. »Was hältst du von 19 Uhr?«

Als wir nach draußen traten, ging der Himmel auf, und ein Sonnenstrahl bahnte sich seinen Weg durch die Wolken.

12

*H*atte am Samstag das Wetter noch gehalten, so goss es am Sonntag den halben Tag in Strömen. Die Wolken verhüllten die umliegenden Berge, Wasser tropfte von den Bäumen, sammelte sich als Rinnsal und schoss in Gullys und Flüsse. Die ausgetrockneten Wiesen dampften und rochen nach Gras.

Ich dachte an Maja, die mit diesem Geruch vielleicht auch eine Erinnerung verband. An ein Picknick auf einer Weide. Womöglich sogar an Sex. Unsere verstohlenen Küsse im Musikpavillon versetzten mich in Hochstimmung und verwirrten mich gleichermaßen. War das eine spontane Aktion gewesen, die sie heute schon bereute? Oder würden wir das Küssen wieder aufnehmen? Es schien unendlich lange her, dass ich ungehemmt geknutscht hatte, und die Vorstellung, es mit Maja zu tun, erregte mich.

Der Tag wollte gar nicht herumgehen. Ich beschäftigte mich mit dem Hausputz, wischte mal wieder gründlich durch und hörte laut Musik, verdonnerte die Jungs, ihre Betten frisch zu beziehen und aufzuräumen. Zwischendurch verharrte ich vor Ellas verschlossener Zimmertür und war kurz davor hineinzuplatzen, ließ es dann aber bleiben. Als ich am Vortag vom Sommerfest zurückgekehrt war und eine Platte mit Speisen in der Küche abgestellt hatte, stibitzte sie sich nur ein Stück erkaltete Pizza und verschwand anschließend erneut mit versteinerter Miene, die mir signalisierte, ich sollte sie bloß nicht ansprechen, in ihrem Zimmer.

War sie vielleicht depressiv? Der Gedanke versetzte mich in Alarmbereitschaft. Vielleicht sollte ich ihr vorschlagen, zum Arzt zu gehen? Doch was für einen Strick würde sie mir daraus drehen?

Insgeheim war ich heilfroh, dass ich abends etwas vorhatte und mich von den unangenehmen Dingen meines Lebens ablenken konnte.

Sicherheitshalber packte ich zwei Kondome ein. Man konnte nie wissen.

Da der Regen nachmittags aufgehört hatte, nahm ich das Rad, stoppte unterwegs an einem Erdbeerstand und erstand eine Schale der roten Früchte. Ich hätte Blumen besorgen können, aber irgendwie wäre mir das altmodisch vorgekommen. Außerdem hätte ich den Strauß gar nicht auf dem Gepäckträger transportieren können. Erdbeeren mochte Maja hoffentlich.

Als sie mir öffnete, funkelten ihre Augen. Das Haar

hatte sie heute wieder zu einem Zöpfchen zurückgebunden.

»Hi«, grüßte ich und betrat ihre Wohnung, »wirklich
nett, dass du mich noch mal einlädst.« Ich hängte die
Jacke an die Garderobe und übergab ihr das
Mitbringsel.

Sie spähte in die Tüte und lachte. »Erdbeeren? Du
bist süß.«

Im Ofen in der Küche brutzelte die Lasagne. Der
Timer zeigte eine Restzeit von fünfundvierzig Minuten.

Ich sah Maja dabei zu, wie sie die Früchte an der
Spüle abwusch. Schon winkte sie mich hinter sich her
in ein kleines Wohnzimmer.

»Der Balkon ist leider noch nass«, sagte sie und bot
mir einen Platz auf der Couch an. Dann stellte sie die
Schale Erdbeeren auf dem Couchtisch ab und steckte
sich eine in den Mund. Genüsslich verzog sie die
Lippen. »Hm. Lecker. So saftig.« Ihre Zunge fuhr über
die Mundwinkel. Erotisierend. Ich zwang meinen Blick
zu ihren Augen, die ebenso genussvoll schimmerten.

Aus Verlegenheit griff ich selbst zu einer der
Früchte und ließ sie auf der Zunge zergehen. »Wahrscheinlich die Letzten in diesem Jahr«, bemerkte ich
kauend. »Die Erdbeerzeit ist bald vorbei.«

Wir lächelten einander wieder zu, mein Gesicht
fühlte sich schon ganz angestrengt an. Ob ich sie auf
gestern ansprechen sollte? Was unsere Küsserei zu
bedeuten hatte?

»Wie war denn eigentlich die Goldene Hochzeit
heute Mittag?«, fiel mir ein unverfänglicheres Thema
ein. »Sie ist hoffentlich nicht ins Wasser gefallen?«

Maja schlug die Beine übereinander. »In dem Fall hätte ich dich angerufen und gefragt, ob du schon früher Zeit hast. Vielleicht hätten wir in die Sauna gehen können, Carola hat mir Karten für den Spa-Bereich in ihrem Hotel zum Geburtstag geschenkt.«

»Du hattest Geburtstag?«

Sie winkte ab. »Schon länger her.«

»Was Carola wohl davon halten würde, wenn wir beide zusammen saunieren?«, sinnierte ich vielsagend.

»Na ja, sie arbeitet ja sonntags nicht.« Maja kicherte.

»Das heißt also«, wich ich dem Thema Sauna aus, »die Feier war ein Erfolg und du konntest hübsche Bilder machen?«

»Ja, magst du mal schauen?« Maja zog ein Laptop vom Sideboard und stellte den Rechner auf ihren Oberschenkeln ab. Sie rückte nah an mich heran, damit ich besser sehen konnte. Ihr Bein berührte meines. Majas blumiger Duft stieg mir in die Nase. Ich schloss für eine Sekunde die Augen.

Meine Gastgeberin klickte sich durch Dateiordner, die nach Datum, Event und Namen der Auftraggeber geordnet waren. Ein Ordner trug die Bezeichnung *Chippendales-Style Bachelorette*.

»Was war das denn für eine Veranstaltung?«, fragte ich und zeigte darauf.

Maja wandte den Kopf zu mir um. Für eine Sekunde glaubte ich, sie würde mich wieder küssen wollen. Stattdessen deutete sie auf den Bildschirm. »Das war echt ein heißer Auftrag. Warte. Guck mal ...« Schon öffnete sie das erste Foto. »Im Grunde dürfte ich dir die nicht zeigen, aber die Gefahr, dass du darauf jemanden erkennst, ist verschwindend gering.«

Das Bild zeigte eine Gruppe junger Frauen in einer schmalen Einbauküche. Alle trugen figurbetonte Kleider und hielten ein Sektglas in die Kamera. Eine trug einen Haarreif mit dem Schriftzug *Bride to be*. An den Handgelenken der anderen baumelten Satinbeutel mit der eingestickten Aufschrift *Team Braut*.

»Hier sind die Mädels schon mal warmgelaufen«, erklärte Maja und klickte weiter. Die folgenden Bilder zeigten die jungen Frauen in einer Stretchlimousine. Offenbar hielten sie Station in verschiedenen Lokalen, kippten überall ein Getränk, bis sie schließlich in einer Pole-Bar landeten. Männer in Tangas bogen sich um Eisenstangen. Jung und durchtrainiert ließen sie Muskeln spielen. Auf den nächsten Bildern rekelten sich die Mädels auf den Schößen der Herren. Der Haarreif der Braut saß inzwischen schräg.

Ich schnaubte belustigt über dieses Klischee. »Darauf stehen also so junge Frauen wie du.« In gespielter Verzweiflung verzog ich die Augenbrauen. Für mein Alter war ich zwar passabel gebaut, aber es wurde immer schwieriger, die Figur zu halten. Den Traum vom Waschbrettbauch hatte ich schon vor langer Zeit aufgegeben.

Maja lachte kopfschüttelnd. »Muskeln gerne, aber die hier sind too much. Das sieht nicht natürlich aus. Abgesehen davon sind diese Jungs viel zu glatt. Ich mag Brusthaar. Und wenn das Haar dann in einem schmalen Streifen vom Bauch in der Hose verschwindet ...« Sie gab ein kehliges Brummen von sich.

Ihre Worte fuhren mir direkt in die Lenden. Brustbehaarung konnte ich vorweisen. Auch den haarigen Streifen auf dem Bauch. Am Badesee war beides zu sehen gewesen. In meiner Hose regte sich etwas. Ich hätte gern die Beine übereinandergeschlagen, doch das ging nicht. Neben mir saß Maja, auf der anderen Seite war die Sofalehne.

Maja hatte mir wieder den Kopf zugewandt und betrachtete mich. Ich wusste nicht, wo ich hinschauen sollte.

»Und du?«, fragte sie. »Worauf stehst du?«

»Behaarte Brüste und Bäuche sind jedenfalls nicht mein Fall«, versuchte ich einen Scherz.

»Das kann ich verstehen.«

Mit einem Mal spürte ich ihre Hand an meinem Oberschenkel. Ihr Blick ließ mich nicht los. Sachte bewegten sich ihre Finger weiter nach oben. Allmählich wurde es eng in der Hose. Majas Augen wanderten genau dorthin.

Also gut. Hier war inzwischen kein Irrtum mehr möglich.

Ich legte meine Hand an Majas Kinn und hob es an. »Was machst du da eigentlich?«

»Wonach sieht es denn aus?« Sie legte den Laptop beiseite. Öffnete ein Stück die Beine.

Eine Gänsehaut machte sich über meinen Körper her. Ich beugte mich zu ihr hinüber und küsste sie. Leckte mit der Zunge über ihre Lippen, die sich sofort öffneten. Ihr Atem roch nach Erdbeere. Ich streichelte über ihr Schlüsselbein zu ihrem Dekolleté, berührte die samtweiche Haut, spürte ihren aufgeregten Herzschlag unter meinen Fingerspitzen. Ihre Brust war gleichzeitig fest und weich und –

Maja nahm meine Hand und schob sie zwischen ihre Beine. Augenblicklich spürte ich ihre Feuchtigkeit an meinen Fingern.

Mein Mund wanderte zu ihrem Ohr, ich küsste behutsam ihre Ohrmuschel. »Du bist wirklich für Überraschungen gut«, sagte ich rau und streichelte sie dort, wo sie sich mir entgegenreckte.

»Du aber auch«, antwortete sie.

Hör bloß nicht auf, dachte ich.

Das tat sie dann doch, jedoch nur, um mich hinter sich her in das Zimmer zu ziehen, in dem auch ihr Bett stand. Noch im Stehen umfasste ich ihre Taille und strich über ihren Po. Küsste sie wieder. So weiche Lippen.

»Es geht hier nur um ... Du weißt schon ...«, vergewisserte ich mich flüsternd. Dass aus uns kein Paar werden konnte, lag auf der Hand.

Maja legte mir einen Finger auf die Lippen und nickte, dann zog sie ihr Shirt über den Kopf.

Sie trug einen Spitzen-BH, der ihre Brüste wunderschön betonte. Andächtig streichelte ich mit den Fingern darüber. Dann beugte ich den Kopf und küsste die weiche Haut ihres Dekolletés, streifte die Träger von ihren Schultern. Meine Hände erforschten ihren Körper, liebkosten ihre Rundungen, während wir aus unseren Kleidern stiegen. Am liebsten hätte ich sie überall gleichzeitig berührt. Sie gerochen, geschmeckt, gefühlt.

Majas Finger fuhren über meinen behaarten Bauch,

sie benetzte meine Brust mit zarten Küssen. So standen wir und streichelten uns. Ich wanderte mit meinen Händen in ihren Nacken, spürte ihr seidenweiches Haar zwischen meinen Fingern, ließ es hindurchgleiten und vergrub meine Nase an ihrem Hals. Dabei umspielten Majas weiche Hände sanft die Innenseite meiner Schenkel, streiften wie zufällig meine Hoden.

Als ich es vor Lust kaum mehr aushalten konnte, zog ich sie sachte mit mir aufs Bett. Ihren nackten Körper auf mir zu spüren, raubte mir den Atem. Ich streichelte sie zwischen den Beinen, spielte mit ihr. Majas Atem ging immer schneller.

»Hast du zufällig ein Kondom dabei?«, flüsterte sie.

Ich rollte mich unter ihr zur Seite, fischte eines aus dem Portemonnaie und streifte es über. Mit der Zunge liebkoste ich die empfindlichen Spitzen ihrer Brüste. Maja sank stöhnend auf mich herab. Ich schloss die Augen und stimmte mich auf ihren Rhythmus ein.

Später fuhr ich die feine Linie an ihrem Hals entlang und küsste ihr Schlüsselbein.

»Jetzt hast du mir gar nicht die Fotos von der Goldenen Hochzeit gezeigt«, neckte ich.

»Wer weiß, wie erotisch du die erst gefunden hättest.« Sie zwinkerte.

Ich stützte mich auf den Ellbogen ab und gab ihr einen weichen Kuss. »Gib's zu, du hast diese Verführung von langer Hand geplant. Seit wann warst du scharf auf mich?«

Sie knabberte auf ihrer Unterlippe. »Du warst mir

ehrlich gesagt schon am Telefon sympathisch. Deine tiefe Stimme fährt einem ja direkt in den Bauch. Und als du dann so spontan vorbeikamst und etwas verschwitzt warst vom Radfahren, da fand ich dich schon ziemlich männlich.« Sie bleckte verlegen die Zähne. »Aber ich wusste ja, dass Carola ein Auge auf dich geworfen hat, da wollte ich unseren Kontakt lieber auf ein Minimum beschränken.«

»Und dann hast du erfahren, dass ich nicht das geringste Interesse an ihr habe.«

Sie nickte. »Wie ich dich bei der Beerdigung dann so gefühlvoll erlebt habe, konnte ich meine Hingezogenheit zu dir nicht mehr ignorieren.« Sie fuhr mit ihrem Finger über meine Brust. »Außerdem meinte ich zu spüren, dass du mich magst. Und da es erwiesen ist, dass trauernde Menschen oft ein Ventil brauchen, standen die Chancen nicht schlecht, dass du dich darauf einlassen würdest.«

»Ist das so?« Ich betrachtete sie erstaunt.

»Der Tod und das Leben liegen nun mal nah beieinander. Einen Orgasmus nennt man nicht umsonst den kleinen Tod.«

Unversehens dachte ich an meinen Fehltritt. Sollte der Betrug an meiner Frau ganz natürlich gewesen sein? Etwas, das die Evolution so vorgesehen hatte? Hatten Menschen Sex aus Verzweiflung?

Ich hatte selten eine billigere Ausrede gehört.

In der Küche piepte der Ofen.

»Essen ist fertig.« Maja zog mich auf die Füße.

»Du willst jetzt wirklich essen?«, fragte ich verführerisch.

Sie nickte nachdrücklich und schlüpfte in ihren Slip und das Shirt. »Ich brauche was in den Magen. Auf der Feier heute hat mir keine Menschenseele etwas zu Essen angeboten.« Zärtlich küsste sie mich. »Wir können ja danach weitermachen.«

»Ich nehm dich beim Wort«, sagte ich lachend und folgte ihr.

13

*A*uf dem Heimweg pulsierte mein Körper. Es war nicht bei dem einen Mal geblieben; nach dem Essen waren Maja und ich noch einmal ins Schlafzimmer umgezogen und hatten uns diesmal mehr Zeit gelassen. Diese Frau war so sexy und schön, ich konnte mein Glück nicht fassen. Die Bilder von ihr, während wir uns liebten, begleiteten mich auf der Fahrt zurück und wollten selbst dann nicht aus meinem Kopf, als ich die Haustür entriegelte.

Es war schon nach elf, vorsichtig schaute ich in die Zimmer der Jungs, beide schliefen schon. Bei Ella klopfte ich leise an die Tür. Keine Reaktion. Wahrscheinlich schlief auch sie. Falls nicht, würde sie mich vielleicht wieder als Helikoptervater bezeichnen, wenn ich nach ihr sah, also entschied ich mich dagegen.

Leise schlich ich ins Wohnzimmer und schloss sorgsam die Tür hinter mir. Die Terrassentür stand offen, ein seichtes Lüftchen wehte herein. Ich sah über die Gartenmöbel hinweg und reckte den Hals zur Hängematte zwischen den Bäumen. Niemand da.

Mit einem glücklichen Seufzen sank ich aufs Sofa und lehnte den Kopf zurück. Mein Blick schweifte über die Fotos auf dem Regal und blieb an dem letzten Porträt von Ines und mir hängen. Ganz nah standen wir Arm in Arm. Ich lehnte mich zu ihr hinunter, unsere Wangen berührten einander. Sie trug die silbernen runden Ohrringe, die ich ihr zum Geburtstag geschenkt hatte. Was würde sie dazu sagen, dass ich mir gerade ein bisschen Glück erlaubt hatte? Würde sie sich für mich freuen?

Mein Blick ging weiter zu einem Familienfoto, das wir letztes Weihnachten bei meinen Eltern aufgenommen hatten, auch meine Schwester und ihr Freund waren mit drauf. Natalia wäre bestimmt happy für mich und Maja. Immerhin lag sie mir nun schon lange genug in den Ohren, ich müsste mich endlich verlieben. Und mal wieder Sex haben.

Das mit dem Verlieben sollte ich in Majas Fall lieber vermeiden. Aber Sex hatte ich gehabt. Und so wunderschönen, dass mir noch immer die Ohren rauschten.

Kurzentschlossen zog ich das Smartphone aus der Gesäßtasche und wählte Natalias Nummer.

»Hallo Brüderchen, ist alles okay?«, begrüßte mich meine Schwester.

»Guess what«, raunte ich heiser, »I got laid.«

Natalia klang mit einem Mal hellwach. »Flachgelegt? Von wem? Erzähl!«

Genießerisch lehnte ich mich zurück. Ach, es tat

gut, sich mal wieder so richtig männlich zu fühlen. Nicht immer nur der stets korrekte und mit den unmöglichsten Situationen jonglierende Schuldirektor und Familienvater zu sein. Sondern ein Mann, der es verstand, einer Frau höchste körperliche Freuden zu verschaffen. Allein, wenn ich an Majas Gesichtsausdruck dachte, als wir miteinander schliefen, bekam ich wieder eine Gänsehaut.

»Na ja«, unversehens fühlte ich mich verlegen, »man könnte fast sagen, ich wurde verführt.«

»Du Lügner! Wahrscheinlich hast du sie dafür bezahlt!« Meine Schwester gackerte über ihren eigenen Witz.

»Nope.«

»Nun sag schon, spann mich nicht so auf die Folter. Woher kennst du die Frau?«

»Eigentlich haben wir uns nicht durch besonders schöne Umstände kennengelernt«, begann ich und umriss Natti, wie Maja und ich uns einander angenähert hatten. »Ich fand sie auch von Anfang an sympathisch, aber ich hätte doch nie –«

»Und jetzt? Ist es etwas Ernstes?«, drängte meine Schwester.

Ich nahm die Hand von der Lehne und schlug die Beine übereinander. »Das eher nicht«, antwortete ich betreten, ohne ihr den Grund zu nennen. »Aber ich hoffe, dass es nicht nur bei dem einen Mal bleiben wird.«

»Du bist also nicht verliebt?«

Insgeheim verdrehte ich die Augen. Hätte ich Conny angerufen, wäre das Gespräch in eine andere Richtung gegangen. »Natalia, diese Frau will nichts außer Sex von mir und ich nicht mehr von ihr. Wir sind beide Singles und fühlen uns körperlich zueinander hingezogen. Wir haben unsere Bedürfnisse, die wir miteinander ausleben. Punkt.«

»Wie alt ist sie denn?«

»Mitte dreißig.«

»Wow. Und wie sieht sie aus?«

»Sie ist wunderschön«, schwärmte ich. »Sie hat so ein paar Grübchen, die mich halb in den Wahnsinn treiben. Und sie riecht unglaublich gut.«

Natalia schnalzte mit der Zunge. »Und das ist sicher nichts Ernstes?«

»Ganz sicher«, murmelte ich versonnen und dachte an Majas Profil, das so perfekt gerade war, wie gemalt. Die langen Wimpern, in einem Schwung nach oben gebogen.

»Na gut – ich gönne dir dein Affärchen natürlich von Herzen«, klang Natalias Stimme an mein Ohr. »Und ich hoffe, sie ist genauso begeistert von dir, wenn du verstehst was ich meine?«

Manchmal war es mir fast unangenehm, wie nah meine Schwester und ich uns standen. Der Film *Harry & Sally* hatte mich früh dafür sensibilisiert, dass Sexpartnerinnen durchaus in der Lage waren, einen Höhepunkt vorzutäuschen. Und Natalia hatte mir eingebläut, dass Frauen mehr Zeit bräuchten als Männer, um auf ihre Kosten zu kommen. Wenn sie sich unter Zeitdruck sähen oder die Sache ohnehin nirgendwo hinführen würde, wäre es manchmal eine komfortable Lösung, der Angelegenheit so schneller ein Ende zu bereiten.

»Ja, es war the real thing«, betonte ich.

Ein Geräusch auf der Terrasse ließ mich zusammenfahren.

Jemand erhob sich aus dem Rattansessel.

Wer –?

Ich fasste mir an die Brust.

»Interessant, was man hier so zu hören bekommt«, sagte meine Tochter und ging an mir vorbei. Sie warf sich eine Haarsträhne über die Schulter. »Auch von mir natürlich die herzlichsten Glückwünsche zum Ausleben der Bedürfnisse.«

Die Wohnzimmertür fiel mit einem leisen Klicken hinter ihr ins Schloss.

»Damn«, hauchte ich.

»Ist was passiert?«

»Ich muss Schluss machen«, sagte ich und legte auf. Dann blieb ich reglos sitzen und hoffte, dass die Hitze, die mich übermannte, bald vorüberging.

Die folgende Woche kam und ging. Es gelang mir, die peinliche Situation mit Ella auszublenden. Meine Tochter würde sicher kein Trauma davontragen, nur weil sie gehört hatte, dass ihr Vater sexuell aktiv war. Zwar wusste ich aus eigener Erfahrung, dass so etwas irritieren konnte – ich hatte mal ein benutztes Kondom im Toiletteneimer meiner Eltern gefunden –, aber mehr eben auch nicht. Trotzdem trug dieser Zwischenfall nicht dazu bei, dass wir wieder besser miteinander reden konnten.

Einige Male war ich drauf und dran, meine Tochter daran zu erinnern, dass in einer Woche ihre Prüfungen anstanden. Wollte sie fragen, ob sie nicht auch fand, dass es an der Zeit sei, endlich mit dem Lernen zu beginnen. Dabei wusste ich gar nicht, ob sie inzwischen eventuell tätig geworden war. Möglicherweise sorgte ich mich umsonst. Zu allem Überfluss schämte ich mich für diese ganze vertrackte Situation. Sagte sie nicht nur etwas über meine Qualitäten als Vater, sondern auch die als Schuldirektor aus, dass ich möglicherweise nicht in der Lage war, meine eigene Tochter zu guten Leistungen zu bewegen? Doch egal, wie ich die Unterhaltung mit ihr angegangen wäre, es wäre vermutlich zu einem erneuten Streit gekommen. Also schwieg ich.

Die Sache mit Maja erdete mich immerhin für kurze Zeit. Nachdem Ella ohnehin Bescheid wusste, machte ich mir gar nicht erst die Mühe, den Kindern zu verheimlichen, wo ich jeden Abend nach dem Essen hin radelte. Vielleicht hätte ich ihnen sonst vorgegaukelt, öfter ins Fitnessstudio zu gehen. Aber so blieb ich bei der Wahrheit, nämlich, dass ich mich mit Maja traf, die ich »sehr nett« fand. Emil pflichtete mir sogar bei, er fand sie ebenfalls »sehr nett«. Anton kannte sie noch nicht näher, er hatte sie nur auf der Beerdigung gesehen. Und Ella nicht mal das. Aber da es sich bei dem, was da zwischen Maja und mir lief, nur um ein Gspusi handelte, wie man Techtelmechtel hier in Bayern nannte, war das gar nicht nötig. Insgeheim musste ich jedoch zugeben, dass mir der Gedanke mehr und mehr missfiel. Es ging doch gar nicht nur ums Vögeln. Zwar fielen wir übereinander her, sobald Maja die Tür öffnete. Ich liebte es, beim Sex mit ihr laut und ungehemmt zu sein. Wenn die Lust mich so mitriss, dass ich alles um uns herum vergaß. Doch anschließend führten wir Gespräche, in denen sich nicht jedes Wort um Körperteile oder unsere Vorlieben drehte.

Noch war eher ich derjenige mit dem Redebedarf. Vor allem schüttete ich ihr mein Herz wegen Ella aus. Aber irgendwann würde hoffentlich auch sie ein paar Dinge von sich preisgeben. Ich wollte ihr Zeit geben.

Während wir miteinander flüsterten, schmiegte Maja sich eng an mich und fuhr mit ihrem Finger durch mein Brusthaar. Ich liebte ihr Lachen, dann vibrierte ihr ganzer Körper. Alle paar Minuten küsste ich ihren verwuschelten, wohlriechenden Schopf oder ihre Nasenspitze oder ihr Ohr. Bis wir wieder Lust aufeinander bekamen und wir erneut miteinander schliefen.

Eines war mir bereits jetzt klar. Sollte diese Sache zwischen uns irgendwann enden, würde ich sie entsetzlich vermissen. Genau das flüsterte ich ihr leichtfertig in einem besonders innigen Moment zu. Ich lag noch auf ihr, unser Atem ging schnell. Unsere Körper waren von einer feinen Schweißschicht überzogen. Ich küsste die weiche Kuhle zwischen ihrem Hals und ihrer Schulter.

Maja pustete sich eine Haarsträhne aus dem Gesicht. »Aber es muss doch gar nicht enden«, flüsterte sie.

Ich glitt vorsichtig aus ihr heraus und verknotete das Kondom, legte mich neben sie und fuhr mit meinem Finger über ihren schweißnassen Bauch, tätschelte ihn leicht. Eine unbedachte Geste, doch sie passte genau zu dem, was unausgesprochen zwischen uns stand.

»Du wünschst dir irgendwann ein Baby«, erinnerte ich sie. »Aber ich nicht.«

Sie sah doch selbst, wie meine Kinder mich beanspruchten. Sogar dann noch, wenn sie vermeintlich erwachsen waren. Die Sorgen hörten niemals auf. Sie wurden eher mit den Kindern größer.

Als sie schwieg, öffnete ich kurz den Mund, um ihr zu sagen, dass wir zumindest über einen Hund reden könnten, konnte mich aber stoppen. Das hätte sie entsetzlich gekränkt. Es zerrte in meiner Brust, ich sehnte mich so sehr danach, mit ihr zusammen zu sein, sie den Kindern vorzustellen, mich auch in der Öffentlichkeit mit ihr zu zeigen. Aber ihren sehnlichsten Wunsch würde ich ihr niemals erfüllen können.

Maja starrte an die Decke. Ich betrachtete ihre zarten Gesichtszüge, das Muttermal an ihrer Augenbraue. Eine Träne rollte aus ihrem Augenwinkel und bahnte sich den Weg zu ihrem Ohr. In einer ungeduldigen Geste wischte sie sie fort.

»Hey«, sagte ich und zog sie an mich. »Ich wollte dich nicht traurig machen.« Sie tat mir leid. Warum hatte ich denn überhaupt damit angefangen? Wir kannten uns doch erst so kurz, es wäre noch lange Zeit dafür gewesen.

Nun lächelte sie mich unter Tränen an. »Ich glaube, dass du irgendwann ein neues Kind genauso lieb haben würdest wie die, die du schon hast.«

Unweigerlich dachte ich an die kleine Emilia.

Ich zog Maja noch näher an mich und hielt sie ganz fest. »Es geht einfach nicht«, flüsterte ich unglücklich.

Sie wand sich aus meiner Umarmung und schwang die Beine aus dem Bett, verschwand Richtung Bad. Wahrscheinlich zog sie sich zum Weinen zurück. Als sie wieder auftauchte, war ich bereits angezogen. Duschen würde ich zu Hause.

Zum Abschied nahmen wir uns an ihrer Wohnungstür in den Arm. »Ciao, Herr Direktor«, wisperte sie.

Tieftraurig stieg ich auf mein Rad. Ich hatte keine Idee, wie es mit uns weitergehen würde.

Die halbe Nacht lag ich wach. Bereute meine voreiligen Worte an Maja zutiefst. Hätte sie am liebsten rückgängig gemacht. Doch Gesagtes ließ sich nicht ungesagt machen. Die Tatsache, dass wir beide morgen bei Conny und Antonia zu einer Grillfeier eingeladen waren, machte es nicht besser.

Natürlich grübelte ich nicht nur über Maja, sondern auch über Ella nach. In einem unserer Gespräche hatten wir uns über meine Tochter unterhalten und Maja hatte mir geraten, ich sollte mein Kind eigene Erfahrungen machen lassen. »Du kannst sie nicht vor jedem Fehler bewahren«, meinte sie. »Es gehört dazu, welche zu begehen, um daraus zu lernen.«

Darin stimmte ich ihr zwar vollkommen zu. Doch Ella steuerte nun mal möglicherweise auf ein grottenschlechtes Abi zu. Und für Augsburg brauchte sie einen guten Schnitt. Wie sollte ich dabei ruhig bleiben? Ihre Geschichts-Präsentation war kommenden Montag angesetzt, die Mündliche Dienstag. Morgen früh schon würde ich sie zum Bahnhof bringen. Danach war sie auf sich gestellt. Der Gedanke machte mich bald verrückt.

Jedem anderen Abiturienten hätte ich mutmachende Worte mit auf den Weg gegeben. Etwas wie »Du schaffst das schon« oder »Bei dir mache ich mir gar keine Sorgen«. Aber das wäre nicht nur gelogen gewesen. Viel mehr als das – es war so weit von der Wahrheit entfernt, dass es der reinste Sarkasmus gewesen wäre. Und seinen Kindern gegenüber sarkastisch zu sein, fand ich eine Todsünde.

Wahrscheinlich lag es am Schlafmangel und am Frust wegen Maja, dass mir am Samstagmorgen der Kragen platzte. Nachdem Emil zu einem Badmintonturnier abgeholt worden war, schlich ich vor Ellas Zimmertür herum wie ein Wolf vorm Ziegengehege. Heute musste sie mir Rede und Antwort stehen. Ich klopfte und trat ein. Genau wie ich es vermutet hatte, wies nichts in diesem Zimmer darauf hin, dass es sich bei meiner Tochter um eine Abiturientin handelte, die kurz vor ihrem Abschluss stand. Es roch nach abgestandener Luft; rasch öffnete ich das Fenster. Gab mir keinerlei Mühe, leise vorzugehen. Als mein Kind sich dennoch nicht regte, rüttelte ich an ihrer Schulter. »Aufwachen!«

Ella öffnete ein Auge. »Was ist denn?«

»Zeit aufzustehen.«

»Warum?«

»Weil ich mit dir reden möchte.«

Sie brummte etwas Unverständliches. Nur das Wörtchen *Fuck* meinte ich herauszuhören.

»Setz dich mal bitte«, kommandierte ich.

»Mann.« Ella richtete sich schnaubend auf. Sie strich sich das lange Haar aus dem Gesicht.

Ich verschränkte die Arme. »Falls du gar kein Lehramt mehr studieren willst und es deswegen darauf anlegst, schlecht abzuschneiden, hättest du es genauso gut gleich sagen können«, sagte ich. »Es erwartet kein Mensch von dir, dass du in meine Fußstapfen trittst. Niemand hat je behauptet, dass die Liebermanns ausschließlich Lehrer werden dürfen. Aber du brauchst doch trotzdem ein gutes Abi! Warum tust du nichts dafür, verdammt noch mal?«

Ella starrte mich ausdruckslos an. Was ging in ihrem Kopf vor?

»Hast du schon mal darüber nachgedacht, mit einem Psychologen zu sprechen, Papa?«, fragte sie schließlich.

»Mit einem Psychologen?«

»Ja. Ich glaube, es würde dir guttun. Seit ich hier wohne, willst du alle fünf Minuten von mir wissen, was ich mache. Das ist ungesund.«

Ich schnappte nach Luft. »Wäre es dir lieber, ich würde dich ignorieren und durch dich hindurch-schauen, oder wie stellst du dir das vor?«

Dabei hatte ich doch genau das immer wieder versucht.

»Nein, aber übertrag bitte nicht deine Pseudoängste auf mich, um damit dein Gewissen reinzuwaschen. In

Wahrheit ist dir eigentlich alles zu viel, du willst viel lieber mit irgendeiner Tussi deine Bedürfnisse ausleben. Es interessiert dich gar nicht wirklich, wie es mir geht. Du willst nur hören, dass alles gut ist, damit man dir nicht nachsagen kann, du hättest dich nicht gekümmert.«

Ich schluckte. Mit ihrem letzten Satz spielte sie darauf an, woran ich selbst vor Kurzem gedacht hatte. Dass ich mich insgeheim wie ein Versager fühlte. Ein Schuldirektor konnte doch keine Tochter haben, die sich nicht um ihren Abschluss scherte. Aber der Rest stimmte nicht! Dass sie jetzt auch noch Maja ins Spiel brachte, brachte mich vollends auf die Palme.

»Ich will sehr wohl wissen, wie es dir geht, junge Dame! Letztens habe ich noch überlegt, ob *du* vielleicht mal zu einem Psychologen solltest. Aber weißt du was, im Gegensatz zu dir habe ich mich gar nicht getraut, dir das vorzuschlagen! Man weiß ja gar nicht mehr, wo man die Samthandschuhe bei dir anlegen soll!«

»Get off my back, Papa«, knurrte Ella. »Ehrlich.« Mit diesen Worten legte sie sich wieder zurück in die Kissen und zog sich die Decke über den Kopf.

Mein Herz raste. Fluchend machte ich kehrt und ging in die Küche, wo inzwischen Anton am Tisch saß. Sein Handy lehnte an einer Wasserflasche, es lief ein Video. Irgendein Computerspiel, kommentiert von einer Youtube-Celebrity. Dabei stocherte mein Sohn in einer Schale Müsli herum, sichtlich amüsiert von dem, was er sich anschaute.

»Kannst du das Ding eigentlich gar nicht mehr ausmachen?«, blaffte ich.

Mein Sohn stoppte wortlos das Filmchen und legte das Handy mit dem Display nach unten auf den Tisch. Achselzuckend kaute er weiter.

Ich beschloss, zum Sport zu gehen. Das würde mir guttun.

14

*A*ls ich am anderen Morgen dem abfahrenden Zug mit meiner Tochter an Bord hinterher sah, fragte ich mich, ob ich in den letzten Wochen möglicherweise nur deshalb etwas mit Maja angefangen hatte, um mich von dem unausgesprochenen Kummer meiner Ältesten fernzuhalten. Es war doch allzu deutlich gewesen, dass es ihr wegen Mika und Samira nicht gutging. Aber wie hätte ich sie trösten können? In solchen Dingen war ich eine Niete. Ella hatte ganz recht – eigentlich hatte ich immer nur hören wollen, dass alles perfekt war. Und als das nicht zu erwarten war, hatte ich mich zurückgezogen.

Verloren stand ich am Bahnsteig herum. Die Sehnsucht nach Maja und die nach meiner kleinen, unbeschwerten Tochter tobten in mir.

Immerhin Maja sah ich schon nachmittags auf Connys und Antonias Grillfeier wieder.

Als sie zu mir ins Auto stieg, begrüßten wir uns

zumindest mit einem Kuss und einer Umarmung. Doch ich konnte kaum deuten, ob dies eine Annäherung oder eher ein Abschied war. Wie sollten wir diese Kluft zwischen uns überwinden? Selten hatte ich so wenig Lust auf eine Feier verspürt. Ich hätte die Einladung absagen sollen. Auch wenn mir der Sport gestern gutgetan hatte, war meine Laune nicht gestiegen.

Unsere Freunde wohnten in einem liebevoll renovierten Häuschen am Waldrand. Seit Anfang des Jahres betrieben Conny und Antonia eine Firma, die sich »Dahoam im Glück« nannte. Sie boten Handwerksleistungen an, obendrein Einrichtungsberatung, Entrümpelungen und Ordnungsmanagement nach der Japanerin Marie Kondo.

Ich wusste nicht, ob die beiden darüber im Bilde waren, dass zwischen Maja und mir etwas gelaufen war. Von mir hatten sie es jedenfalls nicht erfahren. Vielleicht hätte ich Maja danach fragen sollen, aber es wäre mir unpassend vorgekommen.

Bevor wir ausstiegen, hielt sie mich kurz am Arm. »Keine Küsse oder Händchenhalten«, bat sie. »Das führt sonst nur zu Erklärungsnöten.«

»Erklärungsnot«, korrigierte ich. »Das Wort gibt es nur in der Einzahl.« Ich presste die Lippen aufeinander, und Maja sah mich überrascht an.

»Na nu«, sagte sie, »als Klugscheißer kannte ich dich ja noch gar nicht.«

Wenn es nach mir gegangen wäre, hätte ich direkt wieder fahren können. Dabei hatte ich nicht einmal vorgehabt, mit ihr Händchen zu halten oder herumzuknutschen. Aber vielleicht hätten wir Blicke getauscht, die nur wir beide zu deuten wussten. Und womöglich hätten diese uns angestachelt und wir hätten es nicht abwarten können, zu ihr zu fahren und miteinander zu schlafen. Ich wollte verdammt noch mal andauernd mit dieser Frau ins Bett, konnte nicht genug von ihr bekommen. Warum nur war an allen Fronten alles so kompliziert?

Ich trottete hinter ihr her ins Waldhäuschen und beschloss, sie am besten links liegen zu lassen. Offenbar war dies ja genau das, was sie wollte.

Nachdem ich Antonia begrüßt hatte, gesellte ich mich hinterm Haus zu Conny und einer Handvoll Männer am Grill. Conny übergab mir ein Bier, und wir stießen an, ich machte mich mit den Typen bekannt, von denen zwei mit ihren Frauen da waren, die übrigen solo. Ich lauschte der Unterhaltung über die mageren Leistungen des FC Füssen in dieser Saison, und da ich nicht mitreden konnte, ging ich bald wieder zurück ins Haus. Dort stellte mich Antonia der Damenrunde als alleinerziehenden Vater von zwei zuckersüßen Jungs und einer bildhübschen Tochter vor. Sie wusste sogar von meiner Sorge, möglicherweise ein weiteres Kind in die Welt gesetzt zu haben. Inzwischen hatte ich sie allerdings in dem Glauben gelassen, das Kind sei nicht meines.

Nachdem sie mich der Damenrunde so vorgestellt hatte, lag jedenfalls augenblicklich die Aufmerksamkeit bei mir. Zwar war das Familienmodell der alleinstehenden Mutter heutzutage alltäglich. Doch wenn ein Mann in derselben Situation war, erntete er bewundernde Blicke. Als leiste man Unmenschliches. Ich mochte diese Vorschusslorbeeren nicht, denn es hätte doch sein können, dass ich an dieser Aufgabe kläglich scheiterte – was ich offensichtlich tat. Aber nein, ich erhielt grenzenlose Anerkennung.

Maja hörte sich die wohlgefälligen Äußerungen neutral lächelnd an und begab sich dann ihrerseits nach draußen zu den Männern. Durch die Glasfront hatte ich sie unweigerlich im Auge. Die beiden Singlemänner nahmen sie augenblicklich unter die Lupe. Heute sah sie aber auch besonders gut aus in ihren kurzen Shorts und den klobigen Boots, der karierten Bluse, deren Enden sie vor dem Bauch miteinander verknotet trug. Ihr Haar war wieder zu dem kleinen Zöpfchen zusammengebunden, was den Blick auf ihre Grübchen freigab.

Offenbar gab es gleich etwas zu lachen, sie bekam ebenfalls ein Bier und stieß mit allen an. Ich wendete mich ab und trank einen Schluck, sah mich in der geschmackvoll eingerichteten Hütte um. Antonia hatte ein Händchen für Einrichtungen. Der Stilmix zwischen rustikal und modern gefiel mir ausgesprochen gut. Conny hatte das Häuschen ehemals entkernt und die alten Deckenbalken freigelegt. Den Holzboden hatte er an einigen Stellen ausgebessert. Mitten im Raum stand ein gusseiserner Ofen, davor ein breites, stylishes Sofa mit riesiger Liegefläche und unzähligen Kissen, die perfekt angeordnet waren. Vor der hochfunktionalen Küchenzeile fand sich ein alter Holztisch mit zwei modernen Stühlen. Ich trat ebenfalls wieder nach draußen, wo unsere Gastgeber ein Salatbuffet vorbereitet hatten. Maja war inzwischen mit einem der Kerle im

Gespräch. Der Mann war genau im richtigen Alter. Mitte dreißig, wie sie. Wahrscheinlich noch kinderlos. Er trug das Haar kurzgeschoren, vermutlich weil es sich lichtete, doch er besaß ein einnehmendes Lächeln.

Von der Bierzeltgarnitur aus beobachtete ich das Geschehen, haderte abermals damit, hergekommen zu sein. Aus dem Wald drang Vogelgezwitscher zu uns herüber. Ein Specht suchte unter der Rinde eines Baumes nach Nahrung. Eine Textnachricht von Ella ging ein, sie sei gut in Wiesbaden angekommen. Als Antwort schickte ich ihr einen Kussmund.

Unser Gastgeber platzierte Fleisch auf dem Grill, das zischend zu brutzeln begann. Ein verführerischer Duft schwebte zu mir hinüber. Conny machte einen Witz, die anderen lachten.

Maja wechselte noch ein paar Worte mit ihrem Gesprächspartner, dann begab sie sich auf den Weg zu mir. Überrascht sah ich ihr entgegen.

»Warum sitzt du hier denn so allein?«, fragte sie.

»Ich hänge meinen Gedanken nach.«

Sie setzte sich zu mir. »Ich wollte dich vorhin übrigens nicht kränken. Eigentlich wollte ich mit meinen Worten das Gegenteil erreichen. Du solltest nicht das Gefühl haben, mit mir ein Paar mimen zu müssen, obwohl zwischen uns –«

»Von mimen kann nicht die Rede sein. Es wäre genau das, was ich mir wünsche«, sagte ich.

Maja zuckte bekümmert die Schultern. »Ich mir auch. Aber ich wünsche mir eben noch mehr. Irgendwann.«

»Aber wieso müssen wir uns schon auf all das festlegen, wo wir uns doch noch gar nicht lange kennen? Theoretisch«, ich breitete die Hände aus, »wäre es möglich, dass wir uns in drei Monaten ganz schrecklich auf die Nerven gehen. Dann wären all diese Diskussionen vollkommen umsonst gewesen.«

»Es geht nicht ums Festlegen. Es geht darum, ob etwas grundsätzlich – irgendwann einmal – eine Option wäre. Und da hast du mir deutlich gesagt – was ich absolut fair finde –, dass dem niemals so sein wird.«

Ich ahnte, was nun kam.

»Ich habe die Zeit mit dir wirklich sehr genossen, Sebastian.« Majas Stimme klang erstickt. »Aber ich kann dieses Opfer nicht bringen. Und ein Kind unterjubeln möchte ich dir auch nicht.«

Ich zog die Nase kraus. Was meinte sie damit? Ein Loch im Kondom? Sicher nicht. Das wäre das Allerletzte gewesen.

»Vielleicht könnten wir ja so lange zusammenbleiben, bis du jemanden für deine Zukunftspläne gefunden hast«, schlug ich matt und mehr im Spaß vor, denn natürlich war das ein alberner Vorschlag.

»Darüber habe ich auch schon nachgedacht«, antwortete sie zu meiner Überraschung. »Aber gleichzeitig würde mich unsere Geschichte daran hindern, offen für andere zu sein. Früher oder später würde mir die Zeit davonlaufen. So sehr ich dich wirklich mag, Sebastian. Aber eines Tages erfährt einer von uns beiden großes Leid. Das möchte ich nicht.«

»Was mich betrifft, für mich ist es jetzt schon ein großes Leid«, flüsterte ich.

Ein sehnsüchtiges Lächeln huschte über ihr

Gesicht. »Ich mag dich so sehr, Sebastian«, hauchte sie. »Du ahnst gar nicht wie.«

Wir sagten einander Tschüss, und ich verabschiedete mich unter einem Vorwand von meinen Gastgebern. Gab vor, Anton und Emil nicht so lange allein lassen zu wollen, und dass ich gedanklich bei Ella sei, die morgen ihre Präsentation halten musste. Das Thema »Die Rolle der Frau in der Französischen Revolution« fand ich gerade sehr passend. Hoffentlich verlor sie nicht ihren Kopf.

Antonia ließ es sich nicht nehmen, mir eine Tupperschüssel mit Fleisch und Salaten mitzugeben.

Conny versprach, Maja nach Hause zu bringen.

Ich winkte allen zu. Meine Geliebte sah mir ausdruckslos hinterher.

Nach dem Abendbrot schickten die Jungs und ich Ella ein kurzes Video, in dem wir ihr demonstrativ die Daumen drückten und ihr einhellig »Toi, toi, toi« wünschten.

Zwischen Maja und mir herrschte Schweigen. Meine Sehnsucht nach ihr wuchs minütlich.

Ich ging früh zu Bett und hoffte, dass bald wieder bessere Zeiten kommen würden.

15

*B*eim Aufwachen galt mein erster Gedanke Ella in Wiesbaden. Ob sie heute auch noch so gleichmütig war, wie sie sich mir in den letzten Wochen gezeigt hatte? Oder schlug ihr inzwischen das Herz bis zum Hals? Hatte sie die Nacht durchgearbeitet, um doch etwas auf die Reihe zu bekommen?

Normalerweise dauerte eine Abi-Präsentation höchstens eine Dreiviertelstunde. Bei uns in Füssen wurde das Ergebnis erst abends bekanntgegeben, doch an Ellas Schule erfuhren die Prüflinge das Resultat im Anschluss an ihre Prüfung. Falls jemand durchfiel, bat man den armen Schlucker zur Schulleitung.

Das war heute bei Ella hoffentlich nicht der Fall.

Um halb eins klingelte mein Handy.

»Hallo, mein Schatz«, begrüßte ich meine Tochter.

»Da du ja sicher auf eine Rückmeldung wartest«, kam sie sofort zur Sache, »wollte ich dir nur kurz mitteilen, dass ich sechs Punkte bekommen habe.«

Am Klang ihrer Stimme war nicht zu erkennen, ob sie das zufriedenstellte.

»Sechs«, wiederholte ich. Das war nicht gut. Trotzdem schickte ich ein »Na dann« hinterher. Hoffte, dass es halbwegs anerkennend rüberkam. »Reicht ja noch alles.«

Bei dreimal neun in den schriftlichen Prüfungen und diesen sechs genügte ihr morgen – rein theoretisch – ein einziger Punkt, um das Abi zumindest zu bestehen.

Den würde sie wohl schaffen? Das Endergebnis wäre zwar nicht berauschend. Doch inzwischen hatte ich alle Ansprüche fallen lassen.

»Hör mal«, zwang ich mich zu einem liebevollen Tonfall. »Lass den Kopf nicht hängen. Du hast doch gesagt, dass du in Mathe alles draufhast, daher –«

»Ja, ja«, antwortete Ella und legte auf.

Glücklicherweise war in der Schule genug los, sodass ich sie tatsächlich für den Rest des Tages vergaß. Abends ging ich wieder zum Sport und kämpfte mich am Boxsack ab. Rannte fünf Kilometer auf dem Laufband.

Am nächsten Morgen lief es nicht viel anders ab als tags zuvor, mit dem Unterschied, dass mich mörderischer Muskelkater quälte. Ellas Mündliche war für neun Uhr angesetzt. Nachdem ich um zwölf noch immer nichts von meiner Tochter gehört hatte, ging ich davon aus, dass sie inzwischen ausgelassen mit ihren Freunden feierte. Das taten alle.

Na, wie ist es gelaufen?, tippte ich um eins an sie.

Es erschien nicht einmal das Häkchen, das den Empfang der Nachricht quittiert hätte.

Um halb zwei textete ich an meine Mutter und Natalia. *Habt ihr etwas von Ella gehört?*

Doch weder Mama noch meine Schwester antworteten. Ich hätte nicht irritierter sein können. Warum sagte mir niemand, wie es gelaufen war?

Schließlich konnte ich die Arbeit nicht länger warten lassen und blendete Wiesbaden für eine Weile aus. Doch als ich nach Schulschluss mit den Jungs zu Hause eintraf, versuchte ich es noch einmal auf allen Kanälen, regte mich auf über diese Nachlässigkeit, fühlte mich außen vor. Entnervt wählte ich schließlich sogar die Nummer meines Vaters, der normalerweise niemals mein telefonischer Ansprechpartner war. Er hasste es zu telefonieren. Per Fernleitung wurden maximal Fakten ausgetauscht, deren Übermittlung nicht länger als eine Minute benötigten. Er stellte das Handy obendrein stets auf Lautsprecher, weswegen ich ihn doppelt ungern anrief.

An diesem Nachmittag jedenfalls ging er ran mit den Worten: »Falls es um die Karten geht, die werden wir schon irgendwie los, Junge.«

Ich stand in der Küche, die Jungs waren nach der Rückkehr von der Schule auf ihre Zimmer gegangen. »Was für Karten?«

Im Hintergrund vernahm ich einen entsetzten Schrei meiner Mutter. »Ist das Sebastian?« Ihre klackernden Schritte kamen näher. »Wir wollten dich nachher zusammen anrufen, wenn sich die Wogen hier geglättet haben«, sagte sie zu mir.

»Welche Wogen denn?«, fragte ich tonlos. Dabei ahnte ich die Hiobsbotschaft längst. Ich hatte es Ella selbst prophezeit. Doch wirklich angenommen hatte ich es nie. Null Punkte in der Mündlichen.

»Das letzte Jahr ... also ... das alles hat der Süßen schwer zugesetzt«, stotterte meine Mutter.

Also war ich an allem schuld. Ich hatte meine Tochter in Wiesbaden sich selbst überlassen. Tante und Großeltern ersetzten nun mal nicht den Vater.

»Wo ist Ella?«, fragte ich matt. »Ich würde gern mal mit ihr reden.«

»Sie hat sich hingelegt.«

Schon wieder.

»Ich denke, du müsstest mal mit der Kleinen zum Arzt, Junge. Sie ist wirklich durch den Wind. Sie war schon so niedergeschlagen, als sie zu dir gezogen ist, aber ich hatte angenommen, dass ihr euch aussprechen werdet. Hätte sie dir doch nur die Wahrheit gesagt. Vielleicht hättest du ihr noch irgendwie helfen können.«

So langsam kam ich nicht mehr mit. »Welche Wahrheit meinst du?«

»Das mit den dreimal neun Punkten im Schriftlichen war gelogen, Junge.«

»Wie bitte?« Mit allem hatte ich gerechnet. Aber nicht damit. »Wie viele hatte sie denn stattdessen?«

»Das sagt sie dir am besten selbst. Sie wird ja morgen wieder nach Hause fahren, nehme ich an, wir müssen sie nur irgendwie aus dem Bett −«

»Ich setze mich ins Auto«, erklärte ich. »Wenn ich gut durchkomme, bin ich in vier Stunden bei euch.«

»Aber musst du nicht arbeiten?«

»Familie geht vor«, sagte ich und legte auf. Ich musste Ella sehen. Sofort. Hatte ich eigentlich die ganze Zeit Tomaten auf den Augen gehabt? Mir alles Mögliche zusammengereimt, weshalb sie nicht lernte. Dabei hatte sie die Hoffnung aufgegeben und deshalb die Hände in den Schoß gelegt. Und keinen Ton gesagt! Ich raufte mir die Haare.

Jetzt nur die Ruhe bewahren. Anton und Emil wollte ich nicht allein lassen, selbst wenn es nur für eine Nacht war. Eilig klingelte ich bei Franzi Lechner durch und bat sie, die Jungs für zwei Tage bei sich aufzunehmen. Zur Schule konnten sie mit dem Bus fahren. In knappen Worten umriss ich die Situation. Connys Schwester zeigte sich wie immer unkompliziert. Sie würde die Gästecouch für die Kids fertigmachen, und genügend Abendbrot für alle gab es auch.

Zuletzt informierte ich Frau Schmitz und meinen Stellvertreter über einen familiären Notfall.

Die Jungs waren nicht begeistert von unserem überhasteten Aufbruch zu Lechners, doch sie merkten mir an, dass es da nichts zu diskutieren gab.

Auf der Autobahn blieb ich auf der linken Spur. Tempolimits juckten mich nicht. Der SUV schaffte in der Spitze einhundertachtzig Sachen. Erstaunlich, denn der klobige Wagen war behäbig wie ein Rhinozeros.

Unterwegs kreisten meine Gedanken um Ella. Ich

blöder Hornochse. Spätestens an Weihnachten hätte ich hellhörig werden sollen. Ihre Noten waren nicht berauschend gewesen, und ich hätte das als Hilferuf werten können. Den hatte sie sogar gestartet, hatte mir unter Tränen gestanden, dass sie unter der Trennung von mir und den Jungs litt. Und ich? Spielte es als Theater herunter. Unterstellte dem Kind, sie hätte bloß keine Lust zu lernen, sei zu sehr mit ihren Freundinnen beschäftigt oder mit Mika. Dabei – was wusste ich eigentlich von meiner Tochter? So gut wie gar nichts. Außer, dass ihr neuer Freund sich jetzt mit ihrer besten Freundin vergnügte. Seit dem Umzug hatte ich mich in meinem eigenen Kosmos bewegt. Hatte mich blind auf Natalia verlassen.

Natalia! Sie musste die ganze Zeit davon gewusst haben, anders waren ihre kryptischen Äußerungen nicht zu verstehen. Hatte sich damit herausgeredet, sie sei die Patentante. Hatte meine Schwester sie eigentlich noch alle?

Wütend klickte ich mich durch die Kontakte und lauschte dem Tuten der Freisprechanlage.

»Hey«, meldete Natti sich mit ungewöhnlich sanfter Stimme. »Mama hat gesagt, du machst dich gleich auf die Socken.«

»Und ob ich mich auf die Socken mache!«, brüllte ich. »Bist du eigentlich noch zu retten, dass du mich nicht mal vorgewarnt hast? Ich hätte ihr einen Nachhilfelehrer besorgt, wenn ich gewusst hätte, dass sie wackelt!«

»Bitte – was? Denkst du wirklich, ich hätte dir *das* vorenthalten? Ich wusste das doch selbst nicht, Sebi!«

»Das glaube ich nicht, dafür hast du genügend Andeutungen gemacht. Hast mir einen von Schweigepflicht erzählt!«

Die Stimme meiner Schwester wurde schrill. »Ich habe dabei aber nicht von der Schule geredet, mein Lieber! Wenn du als Vater nicht in der Lage bist, das Vertrauen deiner Tochter zu gewinnen, ist das nicht meine Schuld. Bloß weil du zu bequem bist, richtig hinzuschauen!«

Die Leitung wurde unterbrochen. Ungläubig lauschte ich in die Stille. Hatte sie einfach aufgelegt?

Schwer atmend gab ich nochmals Gas. In mir tobte es. Stimmte es, was Natalia gesagt hatte? War ich bequem? Hatte ich mich nicht wirklich allzu gern von Ellas geschlossener Zimmertür abhalten lassen? Wieso hatte ich nicht insistiert? Weil ich ein Feigling war, so sah es aus. Ich hatte mich vor schlechten Nachrichten gefürchtet, den Kopf in den Sand gesteckt, ließ mich durch Ausflüchte von ihr fernhalten, hatte mich als Helikoptervater bezeichnen lassen, obwohl das Gegenteil der Fall war. Ich helikopterte überall herum, nur nicht um meine Kinder!

Vor mir scherte ein LKW aus. Mit aller Wucht trat ich auf die Bremse, geriet kurz ins Schlingern. Die Leitplanke raste in meine Richtung, in letzter Sekunde gewann ich die Gewalt über mein Fahrzeug zurück. Schlingerte abermals. Mein Herz holperte. Ich setzte den Blinker und ging weiter vom Gas, reihte mich auf der rechten Spur ein. Verzweifelt trommelte ich aufs Lenkrad. Wem war denn in Gottes Namen geholfen, wenn ich auch noch fehlte?

Als meine Mutter in Wiesbaden die Haustür öffnete, legte sie einen Finger an die Lippen.

Wie ein Dieb glitt ich in die Diele. »Was ist denn?«, flüsterte ich.

»Sie weiß nicht, dass du kommst. Ich hatte Sorge, dass sie sich aus dem Staub macht. Sobald die Sprache auf dich kommt, fängt sie an zu zittern wie ein traumatisiertes Kriegsopfer.«

Das passte gar nicht zu der Ella, wie sie sich mir in den letzten Wochen gezeigt hatte. Nämlich ausgesprochen selbstbewusst. Sie hatte mir sogar einen Besuch beim Psychologen empfohlen. Und jetzt sollte sie Angst vor mir haben?

Mama hatte ihr zur Beruhigung eine Valium gegeben, was ich niemals erlaubt hätte. Doch diesen Einwand quittierte meine Mutter mit den Worten: »Du hast ja auch nicht gesehen, wie sehr sie sich aufgeregt hat.«

Als ich eintrat, richtete Ella sich mit großen Augen auf. »Wo kommst du denn her?«, flüsterte sie. Sie sah blass aus.

Ich setzte mich zu ihr ans Bett und zog sie an mich. Sofort begann sie zu weinen. Tröstend küsste ich ihren Scheitel und streichelte ihr den Rücken, bis sie sich ein wenig beruhigt hatte.

»So eine Scheiße.« Zornig wischte sie sich über die Augen.

Sanft strich ich eine Haarsträhne aus ihrem Gesicht. »Wie konnte es nur so weit kommen? Wieso hast du mir denn nicht die Wahrheit gesagt? Ich hätte mit dir lernen können oder dir Hilfe besorgt.«

Ella senkte den Blick. »Das hätte nichts gebracht, Papa. Ich konnte mich keine Sekunde konzentrieren. Ich war so fix und fertig nach allem«, flüsterte sie tränenerstickt. »Nach diesem ganzen beschissenen letzten Schuljahr.«

»Aber warum war es denn so beschissen?«, hakte ich nach. »Weil ich mit Anton und Emil umgezogen bin?«

»Auch. Es war nicht der beste Zeitpunkt für mich, Papa.«

Hilflos hob ich die Schultern. »Du hast den Eindruck gemacht, als bräuchtest du mich gar nicht mehr so dringend.«

»Nicht mehr so dringend, ja. Aber es ist eben ein Unterschied, ob man weiß, dass immer jemand da ist, oder ob jemand woanders ein neues Leben anfängt. Und mir war klar, dass kein Flehen etwas bringen würde.«

»Das stimmt nicht. Ich hätte die Stelle abgesagt«, widersprach ich. Dabei war ich da selbst nicht so sicher. Nach einer neuen Position hatte ich mich umgeschaut, nachdem ich Marie mit der kleinen Emilia gesehen hatte. Ihretwegen hatte ich dringend fortgewollt aus Wiesbaden.

»Ich weiß doch, wie viele Sorgen du hast, Papa«, wiederholte meine Tochter. »Und ich hätte dir die Wahrheit auch gesagt. Aber zuerst wollte ich dir nicht deinen Geburtstag verderben. Und dann ist diese Lehrerin gestorben. Es war so schlimm zu sehen, wie sehr dich das mitgenommen hat. Ich wollte dich nicht auch noch enttäuschen.«

»Ich habe dich doch andauernd gefragt, was du hast. Wieso konntest du dann noch immer nicht mit mir reden? Stattdessen bist du jeden Tag aggressiver geworden.«

Ella knabberte auf ihrer Unterlippe. »Ich weiß. Warum lügen Menschen, Papa? Warum machen sie anderen etwas vor? Weil sie Angst vor den Konsequenzen haben. Als mir klar war, dass ich die Mündliche auf keinen Fall hinbekommen kann, war mir alles egal.«

Ich verstand noch immer nicht. »Aber ich hätte dich doch nicht dafür gelyncht. Und es war doch klar, dass ich es eines Tages herausfinden würde. Dann hättest du es auch sofort sagen können.«

»Ich wollte einfach nur meine Ruhe«, flüsterte sie. »Ich war komplett blockiert.«

»Du könntest das Jahr wiederholen«, schlug ich vor. »An meiner Schule.«

Ella legte die Hände vors Gesicht. »Bitte nicht, Papa. Ich habe keine Lust mehr. Erst recht nicht als die gescheiterte Tochter des Direktors.«

Das hätte zwar für Gerede gesorgt. Aber auch damit wäre ich klargekommen. Ich zog sie wieder in meine Arme. »So oder so bin ich stolz auf dich. Immerhin hast du das Fachabitur, und das werden wir gebührend feiern. Die Karten für die Abifeier geben wir auf keinen Fall zurück. Wir gehen alle zusammen –«

»Ohne mich«, widersprach meine Tochter. »Weder beim Ball noch bei der Zeugnisausgabe werde ich auftauchen.«

»Aber das ist ein feierlicher Akt! Jeder wird auf die

Bühne gerufen. Auch die mit Fachabi. Das ist doch keine Schande. Und du verpasst den Abistreich. So etwas lässt sich nicht nachholen!«

Ellas Kinn zitterte. »Ich mag aber niemanden mehr von denen sehen!«

»Geht es um Mika?«

Sie schluckte, sah in die Luft. Dann schnäuzte sie sich erneut. »Genau. Es geht um Mika.«

»Ist er jetzt mit Samira zusammen?«, fragte ich mitfühlend.

Ella atmete tief durch. »Ich bin froh, dass du gekommen bist, Papa. Aber bitte frag mich nicht weiter aus.«

Ratlos betrachtete ich mein Kind. Natalia hatte gesagt, ich sollte genau hinschauen. Doch Ella ließ es nicht zu.

Meine Tochter gähnte. Bestimmt setzte ihr die Tablette zu.

»Magst du lieber schlafen?«, fragte ich. »Und morgen überlegen wir dann noch mal in Ruhe wegen der Zeugnisausgabe und dem Abiball?«

»Da gibt es nichts zu überlegen.« Ella kuschelte sich in die Decke ein. »Ich fange bei dir in Füssen ein neues Leben an.« Sie drückte meine Hand. »Danke, Papa.«

Wehmütig küsste ich sie auf die Stirn und steckte die Bettdecke unter ihrem Körper fest, so wie ich es früher getan hatte. Betrachtete sie eine Weile. Mein Herz wollte vor Liebe zu ihr überlaufen.

Als ich die Tür hinter mir schloss, war sie bereits eingeschlafen.

Später saßen Natalia und ich bei einem Glas Wein zusammen. Meine Schwester hatte sich für ihr hitziges Verhalten am Telefon entschuldigt, doch das hatte ich ihr ohnehin längst verziehen.

»Macht sie das wirklich so fertig mit Mika?«, fragte ich sie nun. »Sie rückt einfach nicht mit der Sprache raus.«

Natalia betrachtete mich nachdenklich. »Ich will nicht so tun, als hätte ich keine Ahnung, worum es geht, Bruderherz. Aber ich kann dir die Breaking News nicht übermitteln. Das muss Ella schon selbst tun.«

»Entschuldige bitte, aber was ist denn nur los? Dir hat sie sich anvertraut, und mit ihrem Vater kann sie nicht reden?«

»Sie hat sich mir nicht anvertraut, Sebi. Aber ich habe Augen im Kopf. Sie hat immerhin ein Jahr bei mir gewohnt.«

Meine Schwester sprach weiterhin in Rätseln. Doch mehr würde ich nicht aus ihr herausbekommen.

»Ist es was Schlimmes?«, hakte ich dennoch nach. »Sie ist doch nicht schwanger?«

Natalia schüttelte den Kopf. »Ganz sicher nicht.«

Breaking News. Irgendetwas hatte es mit Mika und Samira zu tun. Dass die beiden nun ein Paar waren, hatte offenbar Ärger mit den Eltern des Mädchens provoziert. Doch weswegen sollte das Ella tangieren? Natürlich war sie verletzt wegen deren Beziehung, denn allem Anschein nach hatte sie wohl auch ein Auge auf Mika geworfen. Aber war es den beiden anderen Teenagern zu verübeln, dass sie sich ineinander verliebt hatten? Eigentlich nicht. Gegen seine Gefühle kam man nun mal nicht an.

Zum ersten Mal an diesem Tag dachte ich an Maja. Diese Pause zwischen uns währte nur wenige Tage, und doch vermisste ich sie schmerzlich.

16

*V*or Würzburg standen wir bereits im Stau. Unsere Ankunftszeit in Füssen verzögerte sich auf unbestimmte Zeit. Polizei und Ambulanz brausten durch die Rettungsgasse an uns vorbei.

»Hätten wir uns bloß ein bisschen mehr beeilt«, knurrte ich vor mich hin.

Ella und ich hatten noch mit meinen Eltern gefrühstückt. Dabei hatten wir vereinbart, dass meine Familie uns demnächst besuchen würde. Dann, wenn bei mir der Abistress vorüber war. Meine Tochter hatte sich nicht erweichen lassen, die Tage bis zur Zeugnisausgabe in Wiesbaden zu verweilen. »Nein, nein, nein«, sagte sie. Die Schule könne ihr das Zeugnis samt beglaubigter Kopien genauso gut nach Füssen nachsenden. Dass die Karten für den Abiball verfallen würden, grämte meine Eltern und mich gleichermaßen. Wie gern hätten wir mit ihr gefeiert. Auch ein Fachabitur rechtfertigte es, sich herauszuputzen, Fotos zu machen, das ganze Programm eben. Daran, dass mein Kind sich um diese Feier bringen würde, hatte ich am allermeisten zu knabbern. Besonders deshalb, weil ich die Woche danach beim Abiball meiner eigenen Schule als Gast eingeladen war und all die glücklichen Schüler sehen würde.

Ich schaltete das Radio ein.

Nothing compares to you, sang Sinead O'Connor.

Mein Finger ging wieder zur Anlage.

Ella hielt mich zurück. »Lass ruhig. Der Song ist ja total schön. Außerdem gibt es kaum Lieder, in denen es nicht um gebrochene Herzen geht.« Sie lächelte schief und sah aus dem Fenster.

»Andere Mütter haben auch hübsche Söhne«, scherzte ich.

»Ja. Genau.«

Ich knuffte sie liebevoll in die Seite.

»Was ist eigentlich mit deiner neuen Flamme, dieser Maja?«, fragte sie.

»Wir haben gerade Sendepause.«

Meine Tochter musterte mich. »Darf man fragen wieso?«

Ich kratzte mich am Kopf. Wo sollte ich anfangen?

Ella hörte sich mein Schweigen eine Weile an, dann zuckte sie mit den Schultern. »Geht mich ja auch nichts an.«

»Es ist kompliziert«, redete ich mich heraus.

Endlich ging der Verkehr wieder voran. Wir passierten eine Unfallstelle. Zwei gecrashte Fahrzeuge, man hatte sie auf den Seitenstreifen geschoben. Aber keine Schwerverletzten. Gott sei Dank war mir das auf meiner rasanten Hinfahrt erspart geblieben.

Zu Hause angekommen lud ich die Taschen aus und folgte Ella ins Haus.

»Ich fände es übrigens super, wenn du ab jetzt ein paar Pflichten im Haus übernehmen könntest«, bat ich im Flur. »Bisher hattest du Schonfrist wegen der Prüfung, aber jetzt ...«

»Lass mich doch erst mal ankommen«, brummte Ella und verschwand in ihrem Zimmer.

Ich trat an die verschlossene Tür und öffnete sie einen Spalt. »Aber bei deiner Schule rufst du an und bittest darum, dass sie dir das Zeugnis nachsenden, ja? Du bist volljährig, ich darf das gar nicht.«

»No problem.«

Ich schloss die Tür und atmete missmutig durch. Allmählich war ich es leid, wie ein Bittsteller vor ihrem Zimmer herumzustehen. Allein der Gedanke, sie könnte sich wieder ins Bett legen und sich die Decke über den Kopf ziehen, bereitete mir Übelkeit. Auf keinen Fall wollte ich, dass sich das Muster der letzten Wochen wiederholte. Wir hatten uns gerade erst angenähert.

Also klopfte ich an und spähte noch einmal hinein. »Es kann nicht sein, dass du nur auf deinem Zimmer abhängst. Das ist nicht gut. Du musst vor die Tür.«

»Hab verstanden, Papa.«

»Ich könnte einen Bekannten ansprechen, der einen Supermarkt leitet. Er ist der Mann der verstorbenen

Lehrerin. Vielleicht braucht er jemanden zum Regale einräumen und solche Dinge.«

»Solange es nicht gleich heute ist.«

Also war es beschlossen.

»Sebastian«, meldete Daniel sich, nachdem ich seine Nummer gewählt hatte. »Was kann ich für dich tun?«

Er klang guter Dinge. Das freute mich.

In kurzen Sätzen erläuterte ich ihm die Situation mit Ella.

»Klar, wir können jede Hand gebrauchen«, antwortete er. »Schick sie vorbei, dann sprechen wir über die Formalitäten.«

Erleichtert bedankte ich mich.

»Wir wollten doch auch mal zusammen auf den Berg«, erinnerte er mich. »Die Kinder brauchen Ablenkung. Am besten mit einer Familie, die schon Ähnliches durchgemacht hat.«

»Total gern«, sagte ich. Vielleicht konnte ich Ella überreden mitzukommen. Dann kam sie auch mal aus der Bude.

»Hättet ihr vor den Ferien noch ein Wochenende frei?«, schlug Daniel vor. »Ich dachte ans Tannheimer Tal, die kleineren Touren schaffen auch meine Mädels.«

»Ich schaue gleich nachher mal in den Kalender.«

»Vielleicht hätt ja auch die Maja Zeit?«, meinte er nun. »Beim Schulfest hatte ich den Eindruck, ihr habt euch angefreundet? Wäre doch schön, wenn es eine größere Runde wär.«

Ich blinzelte verblüfft. Daniel konnte nicht wissen,

dass Maja und ich etwas miteinander angefangen hatten und inzwischen schon wieder getrennter Wege gingen. »Okay«, antwortete ich zögernd. »Ich kann sie mal fragen.«

»Super. Dann melde dich, ja?«

Ich versprach es, und wir verabschiedeten uns. Schon machte sich die Sehnsucht nach Maja wieder bemerkbar. Zur Wanderung mit Daniel wollte ich sie aber lieber nicht einladen. Was sollte das bringen als weiteres Chaos?

Wie versprochen warf ich einen Blick in den Familienkalender und schlug Daniel per Textnachricht den übernächsten Sonntag vor.

Schon sendete er einen erhobenen Daumen.

Nach Maja fragte er glücklicherweise nicht mehr.

Am Wochenende spannte ich die Kinder für den Hausputz ein, was auf wenig Gegenliebe stieß. Seit Monaten schon bemühte ich mich um eine Putzhilfe, doch es war niemand zu bekommen. Zwar hatten sich drei Damen vorgestellt. Diese waren jedoch mit ausdruckslosen Mienen durchs Haus geschritten und hatten sich nie mehr gemeldet. Dabei sah es bei uns so schlimm auch wieder nicht aus. Doch offenbar konnten sich diese Frauen ihre Auftraggeber aussuchen. Jedenfalls blieb mir dank der Hausarbeit wenig Zeit, an Maja zu denken. Erst am Sonntagabend, als Ruhe einkehrte und ich auf der Terrasse den Abend ausklingen ließ, sinnierte ich darüber, wie schön es jetzt wäre, mit ihr einen Wein zu trinken und über die vergangene Woche zu resümieren. Ihren Storys von Fotoshootings zu lauschen oder von Menschen, die ihre Unterstützung beim Texten kniffliger Reden benötigt hatten.

Bei all diesen Gelegenheiten lernte sie auch immer wieder neue Männer kennen. So wie sie mich kennengelernt hatte. Vielleicht konnte ich sie doch zur Wanderung mit Daniel einladen. Mich in Erinnerung rufen.

Aber nein, besser nicht. Wohin sollte das führen?

Ich trank mein Glas in einem Zug leer und schaute mir im Fernsehen eine Doku über Elefanten an. Diese Tiere gehörten zu den treuesten Geschöpfen der Erde. Von mir konnte ich das leider nicht behaupten.

Die folgende Woche stand ganz im Zeichen der mündlichen Abiturprüfungen. Für Jakob nahte die Stunde der Wahrheit. Ich hatte ihn schon länger nicht gesprochen, und da ich mich derzeit auch nicht mit Carola austauschte, war ich nicht auf dem Stand der Dinge. Ob er noch immer so schwarzsah wie vor ein paar Wochen? Oder hatte er Gas gegeben? Immerhin benötigte er in der Englisch-Nachprüfung sechs Punkte.

Obwohl ich mich ausdrücklich gegen den Vorsitz bei seiner Prüfung ausgesprochen hatte, wollte es das Schicksal anders. Eine Kollegin fiel krankheitsbedingt aus, und ich musste einspringen.

Knurrend raffte ich meine Unterlagen zusammen und begab mich auf den Weg in den Seitentrakt zum Prüfungsraum. Frau Dr. Brode als Fachlehrerin und

Kollege Fernández, der mit mir das neutrale Gremium bildete, waren bereits anwesend. Die Lehrerin übergab uns die Prüfungsbögen. Romeo und Julia, ausgerechnet. Ich überflog die Aufgabenstellung. **What are the 3 main themes in Romeo and Juliet? The key ideas? How could it all take place nowadays?**

Eigentlich war das nicht schwer. Es ging um Liebe, Konflikt und Familie. Um Tod, Leben, Hass, Verpflichtung und Schicksal. Dass diese Themen die Menschen seit jeher auf Trab hielten, lag auf der Hand. Ein Bezug zum Heute dürfte nicht schwer herzustellen sein.

Renate Brode bat Jakob aus dem Vorbereitungszimmer zu uns herein. Der Junge sah aus, als hätte er in der Nacht kein Auge zugetan. Die Finger, die seine Notizen hielten, zitterten leicht.

Ich warf ihm einen ermutigenden Blick zu.

Frau Dr. Brode bat ihn ans Whiteboard. Wir spitzten bei seiner Herangehensweise die Ohren. Jakob stotterte sich mit »Äh« und »Ähm« durch die erste Viertelstunde. Sein bisheriger Vortrag war jämmerlich. Die Aussprache miserabel, die Grammatik hakte gewaltig. Eigentlich reproduzierte er nur, was im Textbeispiel stand. »Jemand verliebt sich ineinander, die Eltern sind dagegen.« Mehrmals trat er vom Board zurück und wieder heran, fasste die von ihm aufgeschriebenen Satzfragmente ins Auge, als seien sie Hieroglyphen. Schließlich fiel ihm anscheinend auf, dass das alles nicht viel taugte und er wischte alles ab. Ich hatte den Verdacht, dass er das Stück nicht einmal besonders gut kannte. Sie hatten es durchgenommen, das ganz sicher. Aber möglicherweise hatte er die Lektüre ignoriert.

Zwar wusste er, wer Romeo und Julia waren, das immerhin. Und auch die drei Hauptthemen hatte er sich halbwegs aus den Fingern gesaugt. Doch bei dem Bezug zur heutigen Zeit fiel ihm offenbar nicht das Geringste ein.

Frau Dr. Brode räusperte sich und sah demonstrativ auf die Uhr.

Jakobs Stirn glänzte. Er tat mir leid, aber da mussten alle durch. Hätte er nur mehr geübt – zu diesen Fragen gab es zahlreiche Beispiele im Netz. Doch Schüler wie er oder auch Ella lebten eher nach dem Prinzip Hoffnung. Ich dachte an seinen Appell, ihm beizustehen, und fragte mich, ob sich jemand meiner Tochter gnädig gezeigt und versucht hatte, ihr auf die Sprünge zu helfen. Carolas Sohn hatte jedenfalls gerade einen massiven Hänger.

»Jakob.« Ich warf den Kollegen einen entschuldigenden Blick zu. »Erinnere dich doch mal daran, worüber du dich letztens mit Ella unterhalten hast. Es ging um eine Freundin von ihr.« Konnte der Junge die Brücke zu Samira bauen? Dahin, dass Eltern – und nicht nur die anderer Religionen und Kulturen – ja auch heute noch versuchten, Einfluss auf die persönlichen Beziehungen der Kinder zu nehmen, die sie nicht guthießen.

Renate Brodes Augen weiteten sich. Vermutlich wusste sie gar nicht, dass ich Jakob auch privat kannte.

Der Junge betrachtete mich stirnrunzelnd. Erinnerte er sich nicht?

Ich nickte aufmunternd. Mehr konnte ich ihm nun wirklich nicht helfen.

Doch dann hatte er offenbar den entscheidenden Geistesblitz, denn seine Augen leuchteten auf wie bei Wicky. »What if ...«, begann er stockend, »what if a muslima would be homosexuell? Maybe the parents would try to undermine the relationship.«

Ich hob eine Augenbraue. Wie kam er jetzt auf homosexuell? Samira war mit Mika zusammen. Obwohl das Beispiel an sich sogar noch besser war. Sehr gut gemacht vom ihm.

In holprigem Englisch führte Jakob Beispiele auf, die sich an die Geschichte von Romeo und Julia anlehnten. »Die verliebten Mädchen schreiben sich heimlich WhatsApps, doch eine geht an den Falschen – einen Verwandten der Familie zum Beispiel. Oder an einen Typen, der in eine der beiden verliebt ist. Nachrichten werden wegen schlechtem Netz nicht zugestellt. Und schon kommt es zu Neid und Missgunst, der Vater setzt die Tochter unter Druck, sie soll die Beziehung zu der anderen aufgeben, Dinge schaukeln sich hoch.« Dass jemand heutzutage einen Suizid vortäuschen würde, hielt Jakob allerdings für unwahrscheinlich. »Vielleicht würde sie lieber so tun, als ob sie auf Jungs steht«, schloss er. Sein Kopf war inzwischen hochrot. Die Angst um seine Note stand ihm auf die Stirn geschrieben. Schließlich war die Zeit um, er wurde entlassen.

»Na.« Frau Dr. Brode betrachtete mich prüfend, nachdem die Tür hinter dem Jungen ins Schloss gefallen war. »Welch Glück für ihn, dass Sie heute einspringen mussten.«

Ich hob arglos die Schultern und bat sie, mit der

Besprechung loszulegen. Auf uns warteten noch weitere Prüflinge.

Als wir nach draußen traten, lungerte Jakob im Flur herum. »Hab ich's gepackt?« Er legte die Hände an die Wangen und verzog das Gesicht zu einer Fratze.

Wir Lehrer tauschten einen Blick. Mehr als vier Punkte hatte Frau Dr. Brode ihm nicht für seine Leistung geben wollen. Es war mir gelungen, sie nach oben zu handeln, und auch Fernández hatte ein gutes Wort für den Jungen eingelegt.

»In Gottes Namen«, knurrte Frau Dr. Brode. »Sechs auf einen Streich.«

Jakob riss die Arme in die Höhe. »Geil!«, rief er. Er sah aus, als wollte er mir um den Hals fallen, ich konnte ihn gerade noch abwehren.

»Du kannst dich bei Ella bedanken«, presste ich zwischen den Zähnen hervor und klopfte ihm freundschaftlich auf die Schulter.

»Wir sehn uns beim Abistreich«, rief Jakob und stob davon. Wahrscheinlich begab er sich sofort an den Forggensee, an dem sich die Abiturienten zum gemeinsamen Feiern trafen. Der Junge goss sich heute einen hinter die Binde, so viel war sicher.

Ich fischte das Handy aus der Tasche, um nachzuschauen, wie viel Zeit mir bis zur nächsten Prüfung blieb, da entdeckte ich eine Nachricht von Maja.

Sorry, ich kann meine Neugierde nicht zügeln. Wie ist denn das Abitur deiner Tochter gelaufen? Sollte das nicht letzte Woche gewesen sein?

Eilig begab ich mich zu meinem Büro und goss mir einen Kaffee ein. Am Schreibtisch lehnte ich mich versonnen in den Stuhl zurück und wog das Smartphone in Händen. Dass sie sich das mit Ellas Abi gemerkt hatte, freute mich. Spontan klingelte ich bei ihr durch.

Sie meldete sich mit einem erstaunten »Hey«.

»Ich dachte, ich melde mich mal persönlich«, sagte ich unsicher. An sie zu denken, war das eine. Ihre Stimme zu hören das andere.

»Alles okay bei euch?«

Seufzend fasste ich die Misere der letzten Woche zusammen und schloss mit der dämlichen Floskel: »Wer weiß, wofür es gut war.«

»Nicht alles ist immer für etwas gut, Sebastian«, entgegnete Maja. »Es tut mir ehrlich leid. Und ich frage mich gerade, ob mein Tipp, sie ihre eigenen Erfahrungen machen zu lassen, doch nicht der allerklügste gewesen ist. Ich meine ... vielleicht hättest du dich doch durchsetzen sollen.«

»Glaube ich gar nicht«, widersprach ich. »Sie durchlebt eben gerade eine schwierige Phase, erste Liebe und so, du hast es ja auf Instagram gesehen.«

Sie schwieg einen Moment. »Ja. Ich weiß. Liebeskummer im Allgemeinen ist bescheiden. Aber er vergeht. Irgendwann.«

»Ich vermisse dich«, sagte ich leise.

»Ich dich auch.«

Es klopfte an der Tür, Frau Schmitz streckte den Kopf herein. Demonstrativ deutete sie auf ihre Armbanduhr. Mit einem Nicken gab ich ihr zu verstehen, dass ich auf dem Weg war.

»Ich muss leider los«, sagte ich zu Maja.

»Alles klar. Mach's gut. Grüß Ella von mir.« Schon klickte es in der Leitung.

Seufzend legte ich das Handy ab. Maja und Ella kannten sich überhaupt nicht. Schade war das. Sehr, sehr schade.

17

Am Mittwochmorgen radelte ich wie immer zur Schule. Schon von weitem erkannte ich, dass etwas Besonderes los war. Wildes Geschrei schallte mir vom Schulhof entgegen. Der Abistreich. Bestimmt durften Schülerinnen und Lehrer heute Parcours absolvieren, ehe sie von den Abiturienten ins Schulgebäude eingelassen wurden. Neben dem Gekreische der Kinder vernahm ich allerdings noch etwas anderes. Es klang wie ... Nein, ich musste mich täuschen.

Langsam rollte ich näher. Doch. Unverkennbar.

Da gackerten Hühner.

Auf dem Bürgersteig sammelten sich Schaulustige.

»Was zum Teufel«, murmelte ich und stieg vom Rad, schob es die restlichen Meter.

Der Schulhof lag voller Stroh. Unter den Schülern war eine wilde Strohschlacht im Gange. Hühner waren keine zu sehen. Aber zu hören. Eilig kettete ich mein Rad an. Das Gackern drang aus dem Schulgebäude.

»Herr Liebermann!« In Frau Dr. Brodes Haaren hatten sich Strohhalme verfangen. »Diese Saubande!«, rief sie. »Das Foyer! Hühner! Stroh!«

Meine Gedanken flogen. Hühner und Stroh. Automatisch dachte ich an einen Bauernhof. Auf einem solchen half Jakob regelmäßig mit. Na warte.

Vor der Eingangstür staute sich ein Pulk Schülerinnen und Schüler, die ihre Handys in die Höhe reckten, um das Geschehen im Inneren zu filmen. Über der Tür prangte ein Transparent. Jemand hatte den Satz *Warum liegt hier überhaupt Stroh rum?* aufgepinselt. Dieser Spruch stammte aus einem amateurhaften Pornofilm und war zu einem fliegenden Sprichwort dafür avanciert, wenn ein Gespräch vollkommen inhaltsfrei verlief.

»Platz machen!«, befahl ich, und die Menge teilte sich.

Schwer atmend blieb ich im Türrahmen stehen. Fernández und Frau Dr. Brode trippelten auf Zehenspitzen umher. Der Spanischlehrer trug einen Karton vor dem Bauch, die Kollegin hielt die Arme ausgebreitet und stakste hinter einem Huhn her. Die Flügel leicht ausgestellt, trabte das Tier davon. Die weiteren Glucken, insgesamt etwa zehn Stück, saßen auf Regalen verteilt und beäugten alles.

Ich sah mich nach Jakob und seinen Mitschülern um. Wo waren sie denn? Kein Jahrgang ließ sich je die Reaktionen auf seine Gags entgehen.

»Herr Liebermann«, hörte ich eine Stimme in meinem Rücken. »Kristin Fuhrmann vom Füssener Kurier, dürfte ich Ihnen ganz kurz ein paar Fragen stellen?«

Mit hochgezogenen Schultern wandte ich den Kopf.

Eine junge Frau, kaum älter als unsere Abiturienten, hielt Block und Stift gezückt. Sie sah mich überaus freundlich an. »Könnten Sie uns eine Stellungnahme zum heutigen Geschehen an Ihrer Schule geben? Sie sind doch im ersten Jahr hier, richtig? Soweit unsere Zeitung informiert ist, ist seit Jahren nichts Vergleichbares –«

»Dafür habe ich jetzt wirklich keine Zeit«, sagte ich fest und rief ins Foyer: »Jakob? Wo seid ihr denn alle? Wenn ihr nicht augenblicklich hier auftaucht, informiere ich die Feuerwehr. Und einen Tierarzt. Die Kosten tragt ihr, damit das klar ist. Ich meine es ernst, das ist kein Spaß, sondern Tierquälerei. Ich gebe euch drei Minuten!«

Dass die Viecher unser Foyer vollschissen, machte mich schier verrückt. Hühnerdreck war hochätzend!

Man müsste sie doch zu packen kriegen, dachte ich. Angeblich konnte man Hühner mit nur einem Handgriff Schachmatt setzen. Fernández und Frau Dr. Brode waren jedenfalls bisher nicht erfolgreich gewesen. Sobald sie sich ihnen näherten, gackerten die Glucken noch hysterischer und stoben davon. Mich jedoch hatten die Viecher bislang nicht auf dem Schirm. Vorsichtig gab ich Fernández, der weiterhin einen offenen Karton vor sich hertrug, ein Zeichen, dass ich auch mal mein Glück versuchen würde. Dann schlich ich mich an das nächstbeste von hinten heran und packte beherzt zu. Die Federn des Tiers waren härter als gedacht und piksten mir in die Finger. Die

Henne gackerte inbrünstig. Mein Herz raste vor Aufregung. Wie war das noch? Das Huhn musste auf den Kopf.

Fast zärtlich drehte ich das Federtier herum. Prompt erstarrte es. Wurde ganz schlaff. Das Köpfchen knickte in beängstigender Weise zur Seite.

»Mein lieber Mann, Herr Liebermann«, hauchte Frau Brode bewundernd.

Fernández eilte herbei und streckte mir den Karton hin. Auch er hielt den Atem an. Vorsichtig platzierte ich das Huhn in der Schachtel und schloss den Deckel.

Von überall wurde applaudiert und gejubelt. Nicht nur von draußen, wo die junge Frau von der Presse noch immer mit gezücktem Notizblock herumstand. Von hinter den Regalen an der Längsseite des Foyers traten klatschend Jakob und seine Freunde hervor. Die Hühner stoben flatternd auf, gackerten sich die Seele aus dem Leib.

»Herr Liebermann«, sagte Carolas Sohn lässig, nachdem sich die Aufregung der Viecher etwas gelegt hatte, »Sie wollten mich sprechen?« Lässig versenkte er die Hände in den Hosentaschen.

Seine Mitschüler kicherten.

Mir war kein bisschen zum Lachen. »Spar dir deinen Allgäu-Charme«, knurrte ich. »Ihr hättet Luftballons in der Lobby verteilen können, meinetwegen auch die Tafeln mit Panzertape dekorieren! Aber das hier?« Ich machte eine ausholende Handbewegung. »Habt ihr eine Ahnung, wie lange es dauern wird, diese Sauerei zu beseitigen? Das geht weit über ein Stören des Unterrichtsablaufs hinaus! Hätte ich das gewusst, dann hätte ich dich besser durchs Abi fallen lassen, statt dir zu helfen!«

Jakobs Augen weiteten sich. Die der Pressefrau auch.

Shit.

Ich schlug die Hände überm Kopf zusammen und drängte an allen vorbei, der Geruch nach Hühnerkot raubte mir den Atem.

Draußen bewarfen sich noch immer Schüler mit Stroh.

Die Dame von der Presse folgte mir hastig. Ich musste das Ganze herunterspielen. Diese Hühner hatten mich aus dem Konzept gebracht. Diese verdammten Kids würden alles bis auf den letzten Strohhalm aufräumen. Dafür würde ich sorgen.

»Herr Liebermann«, beharrte die junge Frau, auf deren Block bereits die ersten Seiten bekritzelt waren, »was ist hier heute geschehen? Könnten Sie unseren Lesern das erläutern?« Sie deutete hinter sich zum Schulgebäude. »Das geht doch weit über einen üblichen Abistreich hinaus, finden Sie nicht auch?«

»Wir werden hier erst mal ein paar Gespräche führen müssen«, erwiderte ich ausweichend.

»Aber was Sie da eben im Foyer gesagt haben«, sie blätterte auf die vorherige Seite ihres Blocks und fuhr mit dem Finger über die letzten Zeilen, »dass Sie dem Jungen beim Abitur geholfen haben. Wie ist das zu verstehen?« Sie blinzelte mich an.

Ich war schon öfter von der Presse interviewt worden, besonders nach meinem Amtsantritt, aber da war man mir wohlgesonnen gegenübergetreten.

»Sie sehen selbst, dass das hier gerade grenzwertig ist«, versuchte ich eine Erklärung. »Selbstverständlich helfe ich keinen Schülern beim Abi. Aber mein Führungsstil ist von Verständnis und Rücksicht geprägt. Wenn ein Schüler unter hohem Stress einen Hänger hat, sehe ich es nicht nur als meine Pflicht als Schuldirektor, sondern vor allem als Mensch an, ihm aus der Starre zu helfen. Lösungen präsentiere ich selbstverständlich keine. Verstehen Sie?«

Der Stift flog übers Blatt. »Finde ich super«, sagte sie, ohne aufzusehen. »Solche Lehrer wünscht man sich doch.«

Endlich blickte sie auf und nickte anerkennend.

In diesem Moment fuhr Max Lechner in seinem alten Lieferwagen vor. Krachend zog er die Handbremse und sprang aus dem Führerhaus. Wer hatte ihm denn Bescheid gegeben? Jakob etwa?

Ich wies mit dem Kinn zu ihm hinüber. »Wenn Sie mich entschuldigen«, bat ich die junge Frau und straffte die Schultern, »ich hätte da ein paar Hühner zu überwältigen.«

An diesem Tag war kaum mehr an normalen Unterricht zu denken. Max Lechner hatte mit seinem Neffen und den anderen die restlichen Hühner schließlich eingefangen. Noch nie hatte ich Franziskas Mann so wütend erlebt. Seine Tiere waren ihm heilig. Jakob hatte sie unbemerkt aus dem mobilen Stall auf einer Wiese entwendet und ihn damit fast in Teufels Küche gebracht. Angenommen, sie wären unterwegs ausgebüxt, hätten einen Unfall verursacht oder wären bei der Aktion gar verletzt oder getötet worden? Als Ferienhof-betreiber fand er es nicht berauschend, mit so einer Geschichte in den lokalen Schlagzeilen zu landen. Bestimmt würde sich der junge Bauer eine angemessene Strafe für Jakob einfallen lassen.

Stroh lag noch immer herum, die dünnen Halme verbargen sich in jeder Ritze.

Am Nachmittag steckte Frau Schmitz den Kopf ins Büro und kündigte mir einen Anruf vom Ministerium an. Ihr Blick verhieß nichts Gutes.

Ich bat sie durchzustellen und nahm den Hörer ab.

Mein Gesprächspartner kam umgehend zur Sache. Es drehte sich um den Abiturienten Jakob Hübner und ob bei dessen Abiturprüfung alles mit rechten Dingen zugegangen sei. »Uns wurde zur Anzeige gebracht, dass Sie dem jungen Mann in Ihrer Position als Prüfungsvor-sitzender beim Abitur geholfen hätten. Sie wissen, welche Konsequenzen das für Sie haben könnte.«

Ja, das wusste ich genau. Im schlechtesten Fall ein Disziplinarverfahren. Wer mochte die Behörde so schnell informiert haben? Eltern? Schüler? Die Frau von der örtlichen Zeitung? Dabei hatte Jakob noch nicht mal mein Beispiel gewählt, sondern es abgewandelt. Fakt war, dass ich einem Prüfling durchaus ein wenig auf die Sprünge helfen durfte, wenn er einen Hänger hatte. Das sagte ich auch dem Herrn vom Amt und fragte dann: »Sind Sie auf dem Land großgeworden oder in der Stadt?«

»Ich komme aus Kempten.«

Ein Allgäuer. Das war schon mal gut.

»Hören Sie«, sagte ich. »Der Junge stammt aus einer Landwirtsfamilie. Er muss rechnen können, und das kann er. Flächenberechnung, Buchführung, die ganze Palette. Sein Traum ist es, Agrarwissenschaften zu studieren und in die Fußstapfen seines Großvaters und Vaters zu treten. Der Junge verbringt jede freie Minute im Stall und auf dem Acker. Er baut Zäune und hilft Kälbern auf die Welt. Er hatte in der Englisch-Nachprüfung einen Hänger. Soll man ihn deswegen durchfallen lassen?«

»Was war denn das Thema?«

»Shakespeares Romeo und Julia.«

»Herrgott, der arme Junge«, sagte mein Gesprächspartner.

Fünf Minuten später legte ich auf.

18

Die Headline in der Allgäuer Zeitung am nächsten Tag lautete: »*Warum liegt hier überhaupt Stroh rum?*« Das fand ich gelungen. Der Artikel war wohlwollend verfasst. Laut Kristin Fuhrmann hatten unsere Schüler mächtig Spaß, was auch dem sympathischen Schulleiter Sebastian Liebermann zu verdanken sei, der wie ein gütiger Vater seine Kinder mit Verstand und Herz leite.

Eigentlich war ich ja ziemlich ausgerastet. Hatte ich trotzdem sympathisch gewirkt?

Verlegen kratzte ich mir das Kinn. Hoffentlich glückte mir das auch bald wieder als Vater meiner eigenen Kinder. Obwohl Ella und ich uns ausgesprochen hatten und ich die Angelegenheit mit dem nicht bestandenen Abitur – wie ich fand – meisterlich aufgenommen hatte, war sie noch immer so verdammt wortkarg. Zwar verkroch sie sich nicht mehr ununterbrochen in ihrem Zimmer oder gar im Bett.

Aber ganz selten nur kam ihr ein Lächeln über die Lippen. Ebenso wenige Worte. Selbst von ihrem Job bei Daniel, den sie inzwischen angetreten hatte, berichtete sie nicht viel. Dabei war das alles neu für sie. Doch als ich sie darauf ansprach, verdrehte sie nur die Augen. »Es ist ein Job im Supermarkt, Papa. Nicht in der Notaufnahme.«

Ständig ließ sie mich derart abblitzen. Ich wurde nicht schlau aus ihr. Eigentlich hatte ich so bald wie möglich ihre Zukunft mit ihr besprechen wollen. Sie musste sich eine Alternative zum Lehramtsstudium überlegen. Doch vielleicht hob ich mir das besser bis zu den Ferien auf. Dann würde auch ich den Kopf freihaben.

Bei der Zeugnisausgabe am Freitag gelang es mir, nicht in Kummer darüber zu verfallen, dass Ella sich diesen feierlichen Akt zu ihrer eigenen Entlassung hatte entgehen lassen. Wieder war Presse da, erneut kam man auf den Hühnerstreich zu sprechen. Inzwischen konnte ich aber schon wieder darüber lachen. Nun musste ich nur noch den Abiball am Samstag hinter mich bringen, zu dem die Organisatorinnen eingeladen hatten. Am liebsten hätte ich abgesagt. Doch das wäre nicht nett gewesen.

Am Samstagvormittag spielte Emil das letzte Turnier dieser Saison. Mein Jüngster war nicht gut drauf, er verlor alle Matches bis auf eines. Anschließend war er so frustriert, dass er verkündete, nie mehr Badminton trainieren zu wollen. Diese Aussage gefiel mir gar nicht, denn genau das hatte Anton doch vor ein paar Wochen wahrgemacht. Die Ferien würden es hoffentlich richten und die Lust am Spiel zurückkehren lassen.

Nachmittags legte ich mich noch einen Augenblick im Garten in die Sonne, um ein wenig Farbe zu bekommen. Für die Kinder bereitete ich schließlich ein paar Nudeln vor, duschte und begab mich zu Fuß auf den Weg zur Stadthalle. Wahrscheinlich würde ich Carola begegnen und möglicherweise auch dem Rest des Hübner-Lechner-Clans. Ich würde ein paar Hände schütteln, gratulieren. Und hoffentlich keine Fragen zu meiner Tochter gestellt bekommen. Dann würde ich wieder verschwinden und zu Hause das Wochenende einläuten und mich auf die Sonntagswanderung mit Daniel freuen.

Hinter der Kartenkontrolle bekam ich ein Glas Sekt überreicht. Von dort ließ ich den festlich geschmückten Saal auf mich wirken. Die Organisatorinnen hatten sich alle Mühe gegeben, diese Party zu etwas Besonderem zu machen. Die Stühle waren mit pastellfarbenen Hussen überzogen. Die Tischgestecke in Pink und Orange bildeten einen kräftigen Kontrast. An etlichen Tischen baumelten mit Helium befüllte weiße Luftballons, die im Laufe des Abends für Spiele verwendet und irgendwann unter der Decke schweben würden. Die Jungs trugen dunkle Anzüge, die Mädchen festliche Kleider, mit denen sie auch auf einem roten Teppich eine gute Figur gemacht hätten. Die Frisuren waren glatt, lockig oder hochgesteckt frisiert. Stolze Eltern standen in Grüppchen beisammen. Im Hintergrund spielte dezente Musik.

»Hi«, erklang eine Stimme neben mir. »Schön, dich wiederzusehen.« Maja betrachtete mich anerkennend. Ich trug eine Lederhose, dazu ein weißes Hemd und die Lodenjacke. »Fesch.«

»Was machst du denn hier?«, fragte ich überrascht. Sie sah umwerfend aus. Das blassgelbe Chiffonkleid verlieh ihr etwas Elfenhaftes. Auf einmal war ich froh, hergekommen zu sein.

»Die Karten waren im freien Verkauf, und da man die Abiturienten finanziell unterstützt, wollte ich auf einen Sprung vorbeischauen. In der Hoffnung auf bekannte Gesichter.« Sie hielt mir ihr Glas entgegen, um anzustoßen.

»Schöne Idee«, sagte ich.

»Ich habe von dir in der Zeitung gelesen«, raunte sie. »Die Autorin des Artikels hat ja einen richtigen Narren an dir gefressen.« Sie legte den Kopf schräg.

Am liebsten hätte ich Maja endlich wieder geküsst. Ihr blumiger Geruch, das samtweich schimmernde Haar, diese verdammten Grübchen ...

»Hier wird nachher auch noch getanzt.« Maja zeigte zur Bühne, auf der das Equipment für den DJ bereitstand. Im Moment sorgten noch ein paar unaufdringliche Gute-Laune-Tunes für positive Atmosphäre.

»Das will ich doch hoffen«, antwortete ich lächelnd. Kein Abiball ohne Tanz.

Majas Grübchen vertieften sich. »Gehörst du zu der seltenen Spezies der tanzenden Männer?«

Ich wackelte vielsagend mit den Augenbrauen. »Mal sehen, ob es noch klappt.« Schon als Teenager hatte ich tanzen gelernt und mit Ines Salsakurse besucht.

Eben entdeckte ich Carola in der Menge, die sich zögernd zu uns auf den Weg machte.

»So sieht man sich wieder«, sagte sie, als sie bei uns eintraf. Ihr Blick ging fragend zwischen uns hin und her.

Ich war nicht im Bilde, ob sie von uns wusste. Vielleicht war sie noch eingeschüchtert wegen der Aktion ihres Sohnes? Sie hatte sich tausendmal bei mir entschuldigt und **Von mir hat er das nicht** getextet.

»Hey.« Aufmunternd hielt ich ihr mein Glas entgegen. »No bad feelings, okay?«

Sie seufzte erleichtert und stieß mit mir an. Mit einem Mal hatte ich das Gefühl, wir könnten uns auf Augenhöhe begegnen. Da war nichts Unterwürfiges mehr. »Na, ich lass euch beiden Turteltäubchen mal wieder allein«, sagte sie jetzt und huschte davon.

Aha. Also wusste sie doch von uns. Höchstwahrscheinlich durch Maja.

»Sie ist wohl nicht im Bilde über unsere Sendepause«, sagte ich ihr.

»Doch, aber sie ist auch darüber im Bilde, wie sehr ich unter dieser Sendepause leide«, erwiderte sie. Ihr Blick ließ mich nicht los. Es fühlte sich an, als zöge uns ein unsichtbares Band zueinander hin.

Die Spannung war kaum auszuhalten. Wie sehr ich mich nach ihr verzehrte! Doch hier durfte ich mir meine Gefühle nicht anmerken lassen. Zwar war ich nicht in offizieller Mission da. Aber ich war und blieb nun einmal der Schulleiter. Welchen Eindruck würde es auf meine Schüler machen, wenn ich hier aus der

Rolle fallen und Maja an mich ziehen und abküssen würde?

Verspielt fächelte ich mir Luft zu. »Trinken wir was?«

Maja nickte, und ich legte ihr meine Hand in den Rücken, dirigierte sie mit mir in Richtung Theke und orderte zwei Gin Tonic, die reichlich stark waren. Mehr als einen sollte ich davon nicht trinken. Sonst würde ich vielleicht doch die Kontrolle verlieren und etwas Unüberlegtes tun.

Maja legten den Kopf schräg und musterte mich prüfend, als könnte sie all meine Gedanken lesen. »Na, Herr Direktor?«, fragte sie.

In diesem Moment trudelten Conny und Antonia bei uns ein, außerdem Franziska und Max Lechner. Natürlich kam die Sprache auf Jakob, doch wir vertieften das Thema nicht. Für eine Weile sonderte ich mich von der Gruppe ab, um andere Eltern zu begrüßen und ein wenig Small Talk zu halten. Für die meisten Familien war dieser Schulabschluss ein Wendepunkt. Die Kinder waren nun junge Erwachsene. Einige wussten genau, was sie mit ihrem Leben anfangen wollten, andere hatten keinen blassen Schimmer. Manche Eltern finanzierten ihnen ein Auslandsjahr, andere erwarteten, dass nun das erste eigene Geld verdient wurde. Insbesondere die Mütter waren ganz ergriffen beim Anblick der jungen Frauen und Männer, die noch vor Kraft und Schönheit strotzten. Einige erinnerten sich mit Wehmut an diese Zeit und stellten fest, dass sie das damals nicht so richtig zu schätzen wussten.

Nach dem Essen war schließlich Zeit für den Tanz. Seite an Seite liefen die frischgebackenen Abiturienten mit ihren Tanzpartnern zu »Levels« von Avicii ein. Ergriffen fasste ich mir an die Brust. Wie stolz sie alle aussahen. Und so schöne junge Menschen. Ich gesellte mich wieder zu Maja und streichelte einmal verstohlen über ihren Nacken.

Die Kinder formierten sich auf der Tanzfläche, über die Lautsprecher erklang Berry Whites Klassiker »Let the music play«. Die Schüler schwoften im Foxtrott übers Parkett.

Maja schlug die Hände vor den Mund. »Das haben wir damals aber nicht so schön gemacht«, flüsterte sie. »Wir waren Tanzkursverweigerer.«

Am liebsten hätte ich meine Arme um sie geschlungen und mich mit ihr im Takt bewegt, doch welches Getuschel und Gerede hätte das nach sich gezogen? Dabei konnte ich meine Augen kaum von ihr lassen. Ich sehnte mich so sehr danach, mit ihr allein zu sein!

Als die Tanzfläche auch für die Allgemeinheit mit »Love will keep us together« eröffnet wurde, bat ich Maja mit einer Verbeugung um diesen ersten Tanz. Solange sie die alten Schinken spielten, wollte ich mir das nicht entgehen lassen. Der Song passte noch dazu ideal zu uns. Ich summte mit, schob Maja, die sich perfekt führen ließ, über die Tanzfläche und spürte plötzlich großes Glück in mir aufsteigen.

Die Tatsache, dass ihr Direktor – noch dazu mit so einer attraktiven Tanzpartnerin – als einer der ersten lostanzte, zog selbst die zurückhaltendsten Kids an.

Auch die Eltern strebten dazu. Carola tanzte solo, sie warf uns einen wehmütigen Blick zu. Maja und ich ließen einander nicht aus den Augen.

So viele anerkennende Blicke hatte ich noch nie von Schülern geerntet. Dass dieser Ball sich zum Höhepunkt des Jahres entpuppen würde, hatte ich niemals vermutet. Umso mehr genoss ich es.

Es war schon nach zwei, als wir atemlos die Party verließen. Inzwischen wurde französischer Rap gespielt – die Abiturienten wollten eindeutig unter sich sein.

Maja war mit dem Auto da, doch sie wollte nicht mehr fahren, genauso wenig wie ich.

»Die Frage, ob zu dir oder zu mir erübrigt sich wohl«, sagte Maja lächelnd vor der Halle.

Einige Raucher standen herum, ein paar Schüler saßen in Grüppchen auf dem Boden, und wenn mich nicht alles täuschte, roch es nach Gras. Ich ignorierte es geflissentlich.

»Wie meinst du das?«, flüsterte ich Maja zu. Ich hatte gehofft, wir würden die Nacht miteinander verbringen. Sie etwa nicht?

»Für einen Schulleiter bist du ganz schön begriffsstutzig«, neckte sie. »Ich meinte wegen deiner Kinder.«

Meine Augen blitzten. Ich rief uns ein Taxi, das uns zu ihr bringen würde.

Unterwegs textete ich Ella, dass ich erst zum Frühstück daheim wäre.

Sie war noch wach. **Wie kommt's?**, schrieb sie zurück.

Maja, antwortete ich nur. *Ich erzähle dir morgen von ihr, okay?*

Meine Tochter schickte ein Emoji mit einer Sonnenbrille.

Schon in Majas Flur stiegen wir aus unseren Kleidern.

Es dämmerte schon fast, als wir schwer atmend voneinander ließen. Mit meinem Finger fuhr ich die Linie zwischen Majas Brüsten bis zu ihrem Bauchnabel nach, beugte mich zu ihr hinab und küsste zärtlich ihre Scham. Sie roch nach mir, nach uns. Ich grunzte zufrieden, legte mich wieder neben diese süße Frau und umschlang sie, presste sie fest an mich, überzog ihre Wange mit Küssen.

Wohlig gurrend erwiderte sie meine Liebkosungen.

»Was machst du eigentlich morgen?«, flüsterte ich. »Magst du mit uns wandern gehen?« Zwar hatte ich sie zuletzt lieber nicht fragen wollen, aber jetzt war alles anders. Morgen ohne sie zu sein, war unvorstellbar.

»Wer ist wir? Alle Liebermänner?«

»Wahrscheinlich schon.« Wenn ich Ella endlich mehr von Maja erzählte und ihr sagte, welche Gefühle ich für sie hegte, würde meine Tochter sich das doch nicht entgehen lassen? Ich wünschte mir, dass die beiden sich kennenlernten.

Im nächsten Moment meldeten sich erneut Zweifel. Vielleicht war dies hier nur wieder ein kurzes Intermezzo. Schließlich klaffte zwischen unseren Wünschen an die Zukunft noch immer diese Kluft.

Sollte Maja dieselben Gedanken gehegt haben, so ließ sie sich nichts anmerken. Zärtlich zupfte sie an meinem Brusthaar. Ich liebte das. »Klar komme ich mit«, sagte sie unbekümmert.

»Daniel Falk ist übrigens mit seinen Mädchen auch dabei«, fiel mir ein.

»Okay. Gut.«

Sie kuschelte sich an mich und zog die Decke über uns, legte ihren Kopf auf meine Brust. »Gute Nacht, Herr Direktor«, hauchte sie. Kurz darauf hörte ich sie gleichmäßig atmen.

19

Wir frühstückten auf Majas Balkon und nahmen danach ein Taxi zur Stadthalle, wo ihr Auto parkte; anschließend setzte sie mich bei mir zu Hause ab. Ehe ich ausstieg, küssten wir uns. Auf dem Weg zum Hoftor erkannte ich Ella an ihrem Fenster und winkte ihr zu.

Als ich eintrat, fand ich Anton und Emil am Küchentisch vor. Ella schob sich hinter mir ebenfalls in die Küche und zog sich wie beiläufig am Kaffeeautomat einen Latte macchiato, drehte uns dabei den Rücken zu.

»Ella hat gesagt, du warst bei der Maja?«, sagte mein Jüngster, nachdem das laute Brummen des Mahlwerks geendet hatte. »Warum denn über Nacht?«

Anton bekam rote Wangen. Meine Tochter sah über ihre Schulter und wackelte mit den Augenbrauen.

»Wir hatten etwas getrunken und wollten nicht mehr fahren.«

»Ist die Maja jetzt deine Freundin?«, fragte mein

Sohn weiter. Er schien nicht bekümmert darüber. Nur interessiert.

»Vielleicht«, gab ich zurück. »Jedenfalls kommt sie nachher mit zum Wandern, wir holen sie ab, dann treffen wir uns mit Daniel und den Mädchen in Zöblen und kehren heute Abend irgendwo ein.«

»Ich würde lieber hierbleiben, Papa. Wir wollten zum See«, sagte Anton.

Sein Wunsch war nachvollziehbar. Mit vierzehn verbrachte man lieber Zeit mit seinen Freunden statt mit der Familie. Vielleicht wurden auch schon die ersten Kontakte zu Mädchen geknüpft. Nicht, dass er mir davon etwas erzählt hätte, aber ich sah ihn ja ab und zu in den Pausen. Mein Sohn war trotz aller pubertärer Unregelmäßigkeiten ein hübscher Kerl. Im letzten Jahr hatte er einen Schuss gemacht, und die Schultern waren breiter geworden.

»Meinetwegen«, gab ich nach. Ich fischte einen Zwanziger aus dem Portemonnaie.

Anton murmelte einen Dank und steckte das Geld ein. Dann stellte er seine Müslischale auf der Spüle ab. »Viel Spaß beim Wandern«, wünschte er und war aus der Tür.

Ella gab etwas Zucker in ihren Kaffee und betrachtete mich abwartend. Emil schlürfte den letzten Rest Milch aus seiner Müslischale und stellte sie neben Antons auf die Spüle.

»Mach dich schon mal fertig«, wies ich ihn an. »Wir starten bald. Und Zähneputzen nicht vergessen.«

Er trollte sich brummend, und ich war mit Ella allein.

»Komm, setz dich doch kurz zu mir«, lud ich sie ein. Dabei wusste ich noch immer nicht ganz, was ich ihr eigentlich sagen sollte. Ich musste unverbindlich bleiben. Maja und ich waren kein festes Paar. Aber was eigentlich sonst?

Meine Tochter rutschte auf die Bank und rührte in ihrem Kaffee.

»Was Maja angeht ... Da gibt es gar nicht so viel zu erzählen«, begann ich und kratzte mich am Kopf. »Es ist mir außerdem ein bisschen unangenehm, nach dem, was du gehört hast, als ich mit Natalia telefoniert habe.«

»Nenn mir doch einfach nur mal ein paar Eckdaten.«

»Puh.« Was genau wollte sie hören? Sie wusste ja bereits, woher Maja und ich uns kannten. »Sie hat braune, kinnlange Haare, geht mir etwa bis hier.« Meine Hand schwebte in Höhe meiner Schulter. Ich kam mir bescheuert vor, das hörte sich ja an, als würde ich eine Hunderasse beschreiben. »Warum kommst du nicht einfach mit zum Wandern und lernst sie kennen?«, machte ich den Vorschlag. »Dabei kannst du sie auch alles fragen, was du wissen willst.« Ich verschränkte die Finger auf dem Tisch. »Aber bitte verbuche sie nicht gleich als neues Familienmitglied, okay? Kein Mensch weiß, ob das mit uns von Dauer ist.« Leider.

»Was spricht denn dagegen?«

Nachdenklich sah ich sie an. Nein, darüber wollte ich noch immer nicht mit meiner Tochter sprechen. »Es ist einfach noch zu früh.«

Ella trank einen Schluck, auf ihrer Oberlippe setzte sich Milchschaum ab, den sie ableckte. »Ich weiß zwar nicht, wieso du so tust, als wäre sie dir gar nicht so wichtig. Aber du magst sie. Und irgendwie habe ich das Gefühl, ich werde sie auch mögen.«

~

An meiner neuen Heimat liebe ich besonders den imposanten Schwung der saftigen Wiesen, die sich über Kilometer hinstrecken. Dazwischen Ortschaften, aus deren Mitte meist ein Kirchturm ragt. Kühe verteilen sich wie Braun-Weiß-Punkte auf den Weiden. Das Geläut der Kuhglocken ist weithin zu hören, nur unterbrochen von summenden Insekten und Flussrauschen. Dabei wölbt sich über alles der blaue Himmel. Mittendrin ziehen Schäfchenwolken dahin.

Wenn man verliebt ist, ist es noch mal so schön. Und dass ich verliebt war, stand allmählich nicht mehr zur Debatte. Maja und ich hatten zwar verabredet, dass wir unsere Gefühle weder vor den Kindern noch vor Daniel Falk zur Schau stellen wollten. Doch das änderte nichts an meinem Innenleben. Es belastete mich, dass unser Beziehungsstatus erneut in der Schwebe lag. Wir hatten uns nicht ausgesprochen, sondern waren jetzt wieder nur ein Mann und eine Frau, die erfüllenden Sex miteinander teilten. Dabei hätte ich sie an diesem Bilderbuchsommertag am liebsten alle paar Meter an mich gezogen und abgeküsst.

Zwischen Maja und Ella sprang sofort ein Funke über. Es gab kein schüchternes Beschnuppern, kein Taxieren. Stattdessen verbündeten sie sich augenblicklich gegen mich und witzelten über mein Outfit. Ich hatte mich seit langem Mal wieder für ein kariertes Hemd entschieden und für unsere spätere Einkehr einen Janker eingepackt. Die Trachtenjacke aus gewalkter Schafswolle mit Hornknöpfen mochte ich sehr, ich trug sie viel zu selten. Da Daniel mir vorab mitgeteilt hatte, dass er gegen Abend in einer traditionellen Tiroler Gastwirtschaft einen Tisch für uns reserviert hatte, fand ich das passend.

Luisas Witwer erwartete uns mit seinen Töchtern auf dem Parkplatz in Zöblen. Bei seinem Anblick erschrak ich. Obwohl er zuletzt am Telefon fast fröhlich klang, war er heute ausgesprochen blass. Unter seinen Augen zeichneten sich dunkle Ringe ab. Die Mädchen klammerten sich an ihn und schauten zu Boden. Mir zog sich das Herz zusammen. Ursprünglich war es Luisa gewesen, die diesen Ausflug angeregt hatte, und nun war sie nicht mehr. Eilig schüttelte ich den Gedanken ab.

Wir begrüßten einander mit einer Umarmung, ich klopfte Daniel auf die Schulter. Er drückte Maja die Hand und sagte ihr, dass er sich freute, sie wiederzusehen. Dann schulterten wir die Rucksäcke und begaben uns auf den Rundweg Richtung Schattwald. Der nahegelegene Bach plätscherte heimelig, und von den Wiesen klang das Läuten der Kuhglocken zu uns herüber.

Emil gab sich als großer Junge, Daniels Töchter folgten seinem Vorschlag, ein Stück vorauszugehen. Dabei wollten sie die Strecke auf den Wegweisern ausmachen. So fühlten sie sich wichtig und waren beschäftigt.

Wir Übrigen bildeten eine Vierergruppe. Daniel und Ella plauderten über Kolleginnen und Kollegen. Ich erfuhr, dass meine Tochter gern mit einem Mädchen namens Josie zusammenarbeitete und sich im Team wohlfühlte. Sie sprachen über schwierige und angenehme Kunden. Bald kam die Rede darauf, dass auch Maja durch ihren Job mit unterschiedlichen Charakteren zu tun hatte. Ich selbst hätte ebenfalls aus dem Nähkästchen plaudern können – vom Umgang mit komplizierten Menschen konnte ich ein Lied singen. Allerdings hätten meine Anekdoten Daniel an Luisa erinnert, also ließ ich es bleiben. Während unserer Wanderung taute er zusehends auf. Und auch seine Mädchen spielten inzwischen Fangen mit Emil, der ihnen ihre Erfolgserlebnisse gönnte.

Verstohlen betrachtete ich Maja. Sie trug ein schlichtes T-Shirt und kurze Jeans mit klobigen Wanderschuhen, aus denen Ringelsocken ragten. Für mich war sie die sexiest woman alive. Aber diese Äußerlichkeiten, die mich zugegebenermaßen magisch anzogen, waren natürlich nicht alles. Maja war die Frau, auf die ich gehofft hatte. Wenn sie in die Ferne sah, wollte ich wissen, was sie dachte. Wenn sie einen Stein aufhob und ihn betrachtete, wollte ich erfahren, was ihr an ihm gefiel. Sie war empathisch und aufgeschlossen, interessiert und neugierig auf ihre Umwelt. Hatte ein umwerfendes und mitreißendes Lachen. Ich konnte mich nicht an ihr sattsehen.

Als die Strecke anspruchsvoller wurde, kramte ich

meine Stöcke hervor. Ella stieß Maja in die Seite und kicherte. »Ganz schönen Grufti hast du dir da angelacht«, raunte sie, sodass ich es gerade noch hören konnte.

»Dein Papa ist doch ein Mann in den besten Jahren«, sagte Daniel und klopfte mir auf die Schulter.

Er meinte es bestimmt nur gut. Und trotzdem fuchste es mich. So alt war ich nun auch wieder nicht. Daniel war sicher Ende dreißig, zwischen uns lagen maximal sieben Jahre. Und was Maja und mich betraf: Ein Altersunterschied von einem Jahrzehnt war bei Paaren nicht ungewöhnlich.

Den Anstieg zum Gipfelkreuz legten wir schweigend zurück, nur unser angestrengter Atem war zu hören. Daniel zog sich unterwegs den Pulli über den Kopf, dabei rutschte sein T-Shirt ein Stück nach oben und gewährte uns Sicht auf seinen flachen, unbehaarten Bauch. Auch die durchtrainierten Oberarme konnten sich sehen lassen. Ich schielte zu Maja, die sich die Schnürsenkel zuband.

Wieder ging mein Blick zu Daniel, und ich stellte neidvoll fest, dass ich trotz allen Trainings nicht an ihn herankam. Obendrein musste ich zugeben, dass er den Aufstieg leichtfüßiger nahm. Maja genauso.

Bei unserer Ankunft am Kreuz bildete ich das Schlusslicht. Die fantastische Aussicht entschädigte jedoch für alles. Hier oben fühlte ich mich augenblicklich frei und gelöst. Auf einem Gipfel führt einem die Welt vor Augen, wie klein und unbedeutend man ist.

Maja ließ sich auf einem Felsbrocken nieder und packte eine Tüte mit Brezeln und Äpfeln aus, verteilte sie an die Kids. Ella knipste Fotos vom Panorama und bat Maja und mich, auf dem Felsen nah zusammenzurücken. Diesmal legte ich doch den Arm um sie. Wir grinsten breit.

Daniel sonderte sich ab und spielte mit den Kindern. Seine Mädchen lachten und quiekten. Ich reckte das Gesicht in die Sonne und genoss die Wärme.

Maja gab mir einen verstohlenen Kuss auf die Wange und lehnte ihren Kopf an meine Schulter. Ich streichelte über ihr Knie, breitete die Finger aus, um sie zu kitzeln. Kichernd schob sie meine Hand fort.

Auf dem Rückweg ins Tal ließ ich mich ein Stück zurückfallen. In meinen Knien zwickte jeder Schritt. Ärgerlich biss ich die Zähne zusammen.

Ella hatte sich zu den Kindern gesellt, Maja und Daniel waren in ein Gespräch vertieft, dessen Inhalt ich nicht verstehen konnte. Sie schienen regelrecht versunken. Ich folgte ihnen, stützte mich bei jedem Schritt auf die Stöcke und hoffte, dass die Strecke bald etwas abflachte. Die beiden so zu sehen, versetzte mir ungewollt einen Stich. Jetzt reichte er ihr an einer Stelle die Hand, an der das gar nicht nötig gewesen wäre. Zu allem Überfluss kamen die Zwillinge herbei und umarmten ihren Vater jubelnd. Maja warf den dreien einen warmherzigen Blick zu.

Was bildete ich mir eigentlich ein? Die Sache zwischen ihr und mir würde nicht von Dauer sein. Ich hatte ihr nichts zu bieten. Für Daniel aber würde irgendwann der Zeitpunkt kommen, an dem er bereit war, sich auf jemand Neues einzulassen. Vielleicht sogar die Familie zu erweitern.

Innerlich krümmte ich mich. Was war bloß mit mir los? Warum konnte ich mich nicht einfach für Daniel und die Zwillinge freuen, dass es ihnen heute gut ging?

Als hätte Maja meine zwiespältigen Gedanken gespürt, wandte sie den Kopf und wartete auf mich, während Daniel mit seinen Mädchen weiterging.

»Ist alles okay?«, fragte sie. »Tut dir was weh?«

»Nein, was soll mir denn wehtun?«

»Du guckst etwas angestrengt.«

Ich bemühte mich um einen neckenden Tonfall, um nicht wie ein eifersüchtiger Hammel zu klingen. »Das kann man von dir nicht behaupten, du fühlst dich sichtlich wohl.«

Maja klemmte sich eine Haarsträhne hinters Ohr. »Was meinst du?«

Ich gestikulierte in Daniels Richtung. »Mit ihm.«

»Wie, mit ihm?« Sie blieb stehen und legte den Kopf schräg. »Wir haben uns nur unterhalten.«

Ich setzte ein amüsiertes Gesicht auf. »Ich weiß. Ich meine ja nur, du scheinst ihm ziemlich gutzutun.«

Majas Augen wurden schmal. »Der Mann ist seit nicht mal sechs Wochen Witwer. Er leidet massiv. Da vergisst so jemand mal einen halben Tag seinen Kummer, und du wirst eifersüchtig auf ihn?« Ungläubig schüttelte sie den Kopf.

»Eifersüchtig?« Schnaubend presste ich eine Hand an die Brust. »Wieso sollte ich? Wir beide waren uns von Anfang an einig, dass es zwischen uns nur um Sex geht. Und der ist ja auch wirklich gut.«

Maja verschränkte die Arme. »Fallen dir noch weitere Nettigkeiten ein?«

Ich weiß nicht, was mich ritt, doch ich fuchtelte erneut in Daniels Richtung. »Na ja, womöglich spürst du bei ihm ja auch den Bedarf nach einem Ventil. Das hat dich an mir doch auch angezogen.«

Maja starrte mich an. Ich erkannte, dass Tränen in ihren Augen brannten. O je. Ich war zu weit gegangen. Viel zu weit. Ehe ich mich für meinen abartigen Ausbruch entschuldigen konnte, tippte sie sich an die Stirn und ließ mich stehen.

»Hör mal«, rief ich matt, doch sie hielt nur die Hand in die Luft. Eilig stapfte sie den anderen hinterher.

Daniel, der nichts von unserer Auseinandersetzung ahnte, ließ sich zurückfallen und gesellte sich zu mir. »Du hast Probleme, oder?«, fragte er und deutete auf mein Knie. »Brauchst du eine Ibu?«

Ich lehnte dankend ab. Bis die Tablette Wirkung zeigen würde, wären wir ohnehin zurück im Tal. Im Moment hätte ich eine Verschnaufpause vertragen. Doch statt es zuzugeben, quälte ich mich weiter nach unten.

Maja ging mit Ella und den Kindern voraus. Es schmerzte, sie so mit allen zu sehen. Die Frau hatte ein Händchen für Kids, natürlich wünschte sie sich eigene. Hätte ich keine, würde ich mich vermutlich auch danach sehnen.

»Ich habe es vorhin schon zu Maja gesagt: Ich bin heilfroh, dass ich meinen Job und die Kinder habe«, sprach Daniel in meine Gedanken hinein. »Sie lenken mich so sehr ab.« Er verzog verlegen den Mund. »Manchmal denke ich stundenlang nicht an Luisa. Erst abends kommt sie mir in den Sinn, dann denke ich solche Dinge wie ›Ich frag mal Schatzi, ob sie noch ein Bier mit mir trinkt‹, und dann fällt mir ein, dass das gar nicht mehr geht. Und dann überkommt mich das heulende Elend.«

»Das wird wohl leider auch noch eine Weile so gehen«, murmelte ich.

»Denkst du noch oft an deine Frau?«, fragte er. Er holte seine Wasserflasche aus dem Rucksack und nahm einen Schluck.

»Fast jeden Tag«, antwortete ich. »Nicht aktiv zwar. Aber allein durch die Kinder und die Fotos im Haus. Sie ist immer präsent.«

»Wie wirkt sich das auf neue Beziehungen aus?« Er legte den Kopf schräg. »Es gab doch sicher welche?«

»Wenige«, gab ich zu. »Und mit keiner hab ich zusammengelebt.« Maja war die erste, mit der ich mir das hätte vorstellen können.

»Wie ist es mit Maja?«, fragte Daniel prompt. Er lächelte mich an. »Da sind doch gewisse vibrations zwischen euch, oder irre ich mich?«

Ich kratzte mich am Kopf. »Du irrst dich nicht, nein. Aber leider gibt es ein paar Differenzen. Wahrscheinlich unüberbrückbar.«

»Schade«, sagte er nur. »Sie ist nett.« Nachdenklich ging sein Blick in ihre Richtung.

»Ich würde übrigens lieber gleich den Rückweg antreten«, kündigte ich an. »Mein Knie streikt doch ein wenig, es ist besser, ich entlaste es. Aber Maja kommt bestimmt noch mit euch mit. Könntest du sie eventuell nach Hause bringen?«

Er versprach es.

Am Parkplatz nahm Maja meine Absicht, früher aufzubrechen, mit einem Achselzucken zur Kenntnis. Dass Daniel sie stattdessen nach Hause bringen würde, fand sie in Ordnung.

Ella und Emil zeigten sich nicht enttäuscht, als ich verkündete, das gemeinsame Abendessen im Lokal sausen zu lassen und unterwegs Sushi zu besorgen. Anton würde sich bestimmt auch darüber freuen.

Die Verabschiedung von Maja brachte ich mit einer Umarmung hinter mich. Daniel und ich versprachen uns, bald wieder voneinander hören zu lassen. Als ich vom Parkplatz rollte, beobachtete ich im Rückspiegel, wie die beiden einander verlegen anlächelten.

Ella fixierte mich vom Beifahrersitz. »Was war bei euch los?«, fragte sie leise.

»Nichts, wieso?«

»Wie frisch verliebt habt ihr nicht gerade gewirkt. Oder wolltet ihr das nur nicht zeigen?« Sie lächelte mir aufmunternd zu. »Ich fand sie jedenfalls richtig nett.«

Wie sehr hätte mich dieses Kompliment unter anderen Umständen gefreut.

»Ich sagte ja schon, dass es zwischen uns kompliziert ist.«

»Aber du möchtest mir immer noch nicht verraten, weshalb.«

»Erwachsenenkram«, erwiderte ich vage.

»Na dann.« Meine Tochter zuckte mit den Schultern.

Eigentlich bot dieses Gespräch die Gelegenheit, das Eis zwischen uns zu brechen. Doch es fiel mir schwer, mit ihr über Majas Kinderwunsch zu reden. Oder darüber, weshalb ich keine mehr wollte. Und so ließ ich es geschehen, dass sie sich nach dem Sushi wieder auf ihr Zimmer zurückzog.

Es juckte mich in den Fingern, Maja anzurufen und mich bei ihr zu entschuldigen, doch vielleicht war sie ja nicht allein? Es musste nicht einmal Daniel sein. Was, wenn ein anderer sie mir vor der Nase wegschnappte? Eine Frau wie sie würde nicht lange solo bleiben. Sicher fand sich ein Mann, der eine Familie gründen wollte. Wenn sie auch bisher nie den Weg einer Online-Partnerbörse gewählt hatte – was sollte sie daran hindern, es demnächst zu tun?

Jedenfalls riss jeder Gedanke an sie entsetzlich in meiner Brust. War das Liebe? Und wenn ja – wie konnte ich sie so leicht aufgeben?

Noch vorm Tatort griff ich zum Telefon. Ich musste sie sehen. Mit ihr reden.

Es tutete lange in der Leitung. Vielleicht hatte sie beschlossen, mich zu ignorieren. Verdient hätte ich es.

Kurz bevor ich auflegen wollte, nahm sie ab, sagte nur meinen Namen. Ich konnte den Klang ihrer Stimme nicht deuten. Irgendetwas zwischen gereizt und traurig.

»Ich wollte fragen, ob ich mal vorbeikommen könnte«, sagte ich kleinlaut. »Mich entschuldigen.«

Sie schwieg.

»War es denn schön beim Essen?«, fragte ich weiter.

»Total. Daniel und ich haben uns vorm Dessert aufs Klo abgeseilt und es dort miteinander getrieben.«

Ich ignorierte ihren sarkastischen Einwand. »Keine

Ahnung, was da heute in mich gefahren ist. Es war nicht so gemeint. Bitte verzeih.«

»Ich weiß nicht genau, Sebastian.«

Mein Herz pochte. Machte sie endgültig Schluss? »Maja, bitte. Lass mich zu dir kommen. Ich vermisse dich so.«

»Du willst mit mir schlafen«, stellte sie fest.

Natürlich wollte ich mit ihr schlafen. »Glaubst du wirklich, es ist nur das?«

»Sag du mir, was das mit uns ist, Sebastian.«

»Bitte«, wiederholte ich. »Lass uns reden. Face to face. Ich setze mich ins Auto und bin sofort bei dir.«

Sie seufzte. »Ich weiß nicht.«

»Aber ich«, sagte ich und legte auf.

20

$\mathcal{M}$it einem knappen »Komm rein« ging Maja voraus auf den Balkon. Eine Kerze verbreitete flackerndes Licht. Auf der Straße vor dem Haus spielten Kinder in der Dämmerung Fußball. Wir setzten uns einander gegenüber. Ich suchte nach Worten. Nach einer Lösung für unser Dilemma.

»Bevor du dich vorhin so vollkommen danebenbenommen hast, wollte ich dir heute eigentlich etwas sagen«, sagte Maja.

Verstohlen lockerte ich die Schultern. Vielleicht war es ganz gut, wenn sie den Anfang machte.

»Ich habe inzwischen begriffen, dass der Gedanke an ein Baby dich überfordert«, fuhr sie fort. »Es mag die Alec Baldwins dieser Welt geben, die mit Fünfzig noch mal fünf Kinder in die Welt setzen und das mit Leichtigkeit stemmen. Aber er und seine Frau haben gewiss auch eine ganze Horde Nannys. Du hast bisher als Vater einen grandiosen Job gemacht und hast es dir verdient, dich nicht noch mal mit Pampers & Co. abzugeben.«

»Ich liebe dich, Maja«, flüsterte ich und schob meine Hände über den Tisch, fasste nach ihren.

Maja blinzelte. »Wirklich?«

»Ja.«

Sie lachte auf. »Wie kannst du das denn so beiläufig sagen?«

Ich schob mich am Tisch vorbei und hob sie auf die Füße. »Nicht beiläufig, nein«, flüsterte ich und umschloss sie mit meinen Armen. Wiederholte, dass ich sie liebte. Diesmal lauter.

Sie legte ihre Stirn an meine Brust. »Ich liebe dich auch«, wisperte sie.

Eine Welle des Glücks durchströmte mich. Das klang nicht nach Schluss machen. Ganz und gar nicht.

Wir küssten uns innig. Ich setzte mich und zog sie auf meinen Schoß. Schnupperte an ihrer Halskuhle. Sie roch wieder nach Sonne, nach Heimat. Wie mussten einfach einen Weg finden, sie und ich. Wir waren füreinander gemacht.

»Während unserer Sendepause habe ich viel nachgedacht«, sagte Maja in die Stille hinein. »Ich habe mich gefragt, weshalb ich so unbedingt ein Kind will. Ich glaube, es ist nur dieser Urinstinkt. Denn eigentlich genieße ich mein Leben so, wie es ist. Bei deinen Kindern wüsste ich immerhin, was ich bekomme. Sie sind wohlerzogen und clever.« Sie lachte. »Und bildhübsch außerdem. Das ist doch alles viel besser als die Katze im Sack.«

Ich grinste. »Du würdest dich also wirklich mit

einem alten Knacker wie mir zusammentun? Mit meinem ganzen Anhang?«

»Du bist alles andere als ein alter Knacker, und das weißt du«, widersprach sie.

»Ich hatte heute höllische Knieschmerzen«, warf ich ein.

»Solange du deswegen nicht den ganzen Tag herumsitzt und auf dem Handy Solitär zockst, ist alles okay«, neckte sie.

»Dazu nehme ich viel zu gern am Leben teil«, entgegnete ich. »Wenn du deinen Traum vom eigenen Kind für mich aufgibst«, flüsterte ich in ihr Haar, »dann werde ich dir nichts anderes abschlagen. Du darfst dir wünschen, was du willst.«

Sie wandte mir das Gesicht zu. »Wenn das so ist, wünsche ich mir eine Hochzeit auf einem Schloss mit weißer Kutsche und zwei Schimmeln.«

Als sie meinen Gesichtsausdruck sah, kicherte sie. »Du guckst, als wäre dir gerade klargeworden, dass du in den Fängen einer Gottesanbeterin steckst.« Sie knuffte mich zärtlich. »Das war nur Spaß. Habe ich dir noch gar nicht gesagt, dass ich niemals heiraten möchte? Das wäre nicht meins.«

»Warum das?«

»Ich habe zu viele glückliche Brautpaare vor dem Altar abgelichtet und später erfahren, dass die Ehe schon wieder geschieden wurde.«

»Ist ja auch egal«, sagte ich. »Wir wollen ja heute noch nicht den Rest unseres Lebens planen, oder?«

»Nein.« Sie lächelte. »Jetzt planen wir lieber das Hier und Jetzt.«

Bei meinem Aufbruch zu Maja hatte ich den Kids lediglich zugerufen, dass ich kurz wegmusste. Aus diesem »kurz« waren inzwischen über zwei Stunden geworden. Maja kuschelte sich schläfrig an mich. Allmählich musste ich an meinen Aufbruch denken.

»Wie wäre es«, schlug ich ihr vor, während ich in meine Jeans schlüpfte, »wenn du morgen Abend bei uns mit isst und endlich auch mal Anton kennenlernst?«

Maja sah mich unter halb geschlossenen Lidern an. »Du meinst als deine offizielle Freundin?«

Ich schloss die Knopfleiste meiner Jeans. »Dagegen hab ich nichts. Du?«

Maja setzte sich im Schneidersitz aufs Bett. Ihr wuscheliges Haar fiel ihr ins Gesicht. »Überhaupt nicht. Im Gegenteil.«

»Wundere dich nicht, wenn er kaum ein Wort mit dir wechselt. Pubertätsgemäß hat er nur wenige Sätze pro Tag zur Verfügung, die er sehr sparsam einsetzt.«

»Ich werde sein Schweigen nicht persönlich nehmen«, versprach sie.

Während ich die Hemdsärmel zuknöpfte, setzte ich mich zu ihr auf die Bettkante und gab ihr einen zärtlichen Kuss. Wie schwer es mir fiel, sie schon wieder zu verlassen.

Maja hielt meine Hand fest. »Eine Sache würde ich gern noch mit dir besprechen«, sagte sie. Mit einem Mal wirkte sie so unsicher, wie ich sie bisher noch nie erlebt hatte. Sie zupfte an der Bettdecke, ihr Blick flackerte.

»Was hast du denn?«, fragte ich zärtlich. Ich strich

ihr über die Wange. Hatte sie nun doch second thoughts?

Sie schluckte. »Jetzt, wo es amtlich wird mit uns – ich finde, die wichtigsten Dinge sollte man da voneinander wissen.«

»Okay. Welche meinst du?«

Maja fuhr sich mit der Zunge über die Lippen. »Gibt es denn bei dir noch irgendwelche Leichen in deinem Keller, von denen ich wissen müsste?«

Ich lachte auf. »Welche Leichen denn?«

»Ich weiß, es klingt albern. Aber ich mag keine bösen Überraschungen mehr erleben wie mit Ruben. Ich möchte Ehrlichkeit in einer Beziehung. Offenheit. Angenommen ... du würdest kurz vor der Privatinsolvenz stehen. Oder du wärst schwer krank. Das wüsste ich dann einfach gern.«

Ich schloss den letzten Hemdknopf. »Ich kann dir gern eine Kopie meiner Krankenakte und einen Kontoauszug zukommen lassen, wenn das hilft. Ein polizeiliches Führungszeugnis?«

Sie schüttelte den Kopf, ihre Augen schimmerten feucht. »Ich weiß, es klingt albern. Wenn du mir versprichst, dass da nichts ist, das ich wissen sollte, genügt mir das. Ich will einfach nur sichergehen, dass du wirklich der bist, für den ich dich halte.«

Ich zögerte eine Millisekunde. »Der bin ich«, sagte ich fest.

Wie hätte ich diesen Moment damit trüben können, indem ich ihr von Marie erzählte? Von einem möglichen vierten Kind, und das, wo ich kein weiteres mit ihr haben wollte? Außerdem, es blieb dabei: Wenn ich ihr diesen Fehltritt anvertraute, dann würde ich ihn auch meinen Kindern gestehen müssen. Und wieder kam ich zu dem Schluss, dass sie mir diesen Betrug an ihrer Mutter niemals verzeihen würden. Ganz abgesehen davon hatte ich seit einem halben Jahr nichts mehr von Marie gehört. Vermutlich würde sie sich nie wieder melden.

Maja legte den Kopf schräg. »Hast du auch noch irgendwelche Fragen an mich?«

Ich sah auf die Uhr. »Können wir deine Lebensbeichte verschieben? Ich muss wirklich los.«

Blinzelnd nickte sie. »Absolut.«

Ich band mir die Schuhe zu und gab ihr einen letzten Kuss. »Morgen Abend also Dinner for five bei Liebermanns?« Spielerisch wackelte ich mit den Augenbrauen.

»Abgemacht.«

An diesem Montagabend fühlte ich mich ähnlich wie damals, als ich Ines meinen Eltern vorstellte. Zwar hatten Ella und Emil Maja schon kennengelernt – doch dieser offizielle Touch beim ersten gemeinsamen Abendessen auf der Terrasse unseres Hauses schüchterte mich ein wenig ein. Was, wenn ich mich wegen irgendeiner Lappalie mit den Kindern stritt? Wenn Anton sich allzu griesgrämig gab? Oder wenn Emil endgültig schnallte, dass seine Mama nicht die einzige Liebe in meinem Leben bleiben würde?

Wir hatten verabredet, dass Maja Nachtisch

mitbringen würde, und sie landete mit einer Schüssel Waldmeister-Wackelpudding einen Volltreffer. Ich liebte das Zeug selbst, vergaß aber jedes Mal, es rechtzeitig anzurühren, damit es zum Essen fertig gewesen wäre. Ich stellte die Schüssel zusammen mit der Vanillesauce in den Kühlschrank und führte Maja als Erstes durchs Haus. Es war mir nicht möglich gewesen, vor ihrem Eintreffen noch anständig aufzuräumen, hatte nur einmal durchgesaugt und eigenhändig den Terrassentisch abgewischt sowie in den Bädern Klo und Waschbecken geschrubbt – das musste genügen. Früher oder später würde sie ohnehin bemerken, auf welche Chaosfamilie sie sich eingelassen hatte.

Die Kinder waren auf ihren Zimmern, wir klopften leise an, damit sie Maja begrüßen konnten. Ella hatte mich zuvor noch gefragt, ob sie Josie, ihre Kollegin aus dem Supermarkt, einladen dürfte, doch ich hatte ihr begreiflich machen können, dass dieses Treffen heute nur unter uns sein sollte.

Anton saß an seinem Schreibtisch, auf den Ohren ein Kopfhörer, den er lediglich dezent lüpfte. »Hi«, sagte er zu Maja, und zu mir: »Wann gibt's Essen?«

»Ich sag Bescheid«, antwortete ich und warf Maja einen bedeutungsvollen Blick zu.

Vom Garten zeigte sie sich begeistert. Sie meinte, ich hätte wohl einen grünen Daumen – was halbwegs zutraf, da es mir zumindest gelungen war, das Dickicht in Zaum zu halten.

»Darf ich mal probeliegen?«, fragte sie mit Blick auf die Hängematte, und wir zwängten uns kichernd nebeneinander hinein.

Unsere Finger verschränkten sich miteinander. »Das ist also meine Familie«, sagte ich. »Ich hoffe, du fühlst dich wohl bei uns.«

Sie wandte den Kopf und küsste mich. »Da habe ich gar keinen Zweifel.«

Beim Abendessen – ich hatte ein Blech Chickenwings in den Ofen geschoben, Salat und einen Topf Kartoffeln mit Sour Creme vorbereitet – stand Maja den Kindern zu ihren Jobs Rede und Antwort. Besonders Anton interessierte sich für ihre Tätigkeit als Fotografin. Fotografieren könnte heutzutage doch eigentlich jeder, meinte er.

»Es kommt nicht nur auf eine gute Kamera an, sondern auch darauf, die Menschen einzufangen, wie sie wirklich sind. Natürlich ist es nicht schwer, ein breit grinsendes Brautpaar vor einem Sonnenuntergang abzulichten. Mit Photoshop bekommt man es ziemlich gut hin, selbst die schlimmsten Belichtungsfehler zu beheben. Aber die Braut zu zeigen, wie sie in ihre Brautschuhe schlüpft und ihr Blick sich dabei in der Ferne verliert, weil sie vor ihrem inneren Auge voller Hoffnung in die Zukunft mit dem Mann schaut, den sie liebt, das ist etwas anderes.«

Anton hob anerkennend eine Augenbraue. »Aber so langweiliges Zeug wie Schulklassen ablichten machst du nicht, oder?«

Maja schüttelte den Kopf. »Das wäre mir zu eintönig.«

»Hast du denn schon mal eine Rede gehalten, die echt peinlich war?«, wollte Ella wissen. »Was weiß ich … Bei einer Beerdigung von einem echten Ekel?«

Alle Augen ruhten auf Maja. Sie zog die Nase kraus. »Einmal, da hatte wirklich niemand der Hinterbliebenen ein gutes Wort für eine alte Dame. Offenbar hat sie die ganze Familie über Jahrzehnte tyrannisiert, alles musste nach ihrem Kopf gehen, und ging es das mal nicht, dann wurde sie krank.« Zur Untermalung des letzten Wortes markierte Maja Anführungszeichen in die Luft. »Ihren siebzigjährigen Sohn hatte sie mit dieser Masche bis zu ihrem letzten Tag im Griff.«

Anton knabberte ein Stück Fleisch vom Hühnerflügel. »Und was hast du dann bei der Rede gesagt?«, fragte er mit vollem Mund.

»Na ja, ich habe natürlich nach vorteilhafter klingenden Synonymen gesucht und außerdem so lange bei den Verwandten nachgebohrt, bis ich doch einen positiven Wesenszug genannt bekam.«

»Was sind Synonyme?«, fragte Emil.

»Ersatzwörter«, erklärte Ella. »Zum Beispiel, wenn du eigentlich denkst, dass jemand voll das Arschloch ist, aber du suchst einen netteren Begriff.«

»Hurensohn?«, platzte Emil heraus. Er hob den Finger. »Oder Vollidiot!« Kichernd tunkte er ein Stück Kartoffel in die Sour Cream. Wenn mein Jüngster mal ein Alibi bekam, Schimpfwörter herauszuposaunen, packte er die Gelegenheit beim Schopf.

»Emil«, mahnte ich.

Maja lachte und stupste ihn in die Seite. »Oder man sagt etwas wie ›Er hatte seinen eigenen Kopf‹. Dann weiß jeder, was gemeint ist, aber man drückt es eben nicht so deutlich aus.«

»Und bei der alten Bitch?«, hakte Ella nach. »Wie hast du das hinbekommen?«

»Ich habe deutlich gemacht, dass der Tod angesichts ihres hohen Alters auch etwas Erlösendes hatte. Und da sie eine echte Katzenliebhaberin war, die fast ihr gesamtes Vermögen dem Tierschutz hinterlassen hatte – ebenfalls sehr zum Ärger der Hinterbliebenen –, konnte ich zumindest das noch ein bisschen hervorheben.«

»Hatte sie auch Katzen?«, fragte Emil interessiert.

»Ich glaube, sogar acht.«

Die Augen meines Sohnes glänzten. »Ich hätte auch so gern eine Katze, aber der Papa erlaubt es nicht.« Er warf mir einen bekümmerten und gleichzeitig vorwurfsvollen Blick zu.

»Wie oft hast du ihn denn schon gefragt?«

Emil runzelte die Stirn. »Bestimmt schon fünfzigmal.«

Maja beugte sich zu ihm hinüber. Für alle hörbar flüsterte sie: »Mir ist als Kind eine zugelaufen.«

»Echt?«

Sie nickte. »Plötzlich war sie in unserem Garten. Sie hat meine Mama angeschnurrt, und da war es um sie geschehen.«

Ella und Anton warfen sich amüsierte Blicke zu, und auch ich musste lachen.

Emil begriff noch nicht ganz, dass er gerade einen heißen Tipp bekommen hatte, aber ich sah ihm an, dass es in ihm arbeitete. Nur – wie sollte er eine der Katzen vom Pfrontener Lechnerhof in unseren Füssener Garten schaffen?

»Du hast doch ein Auto«, sagte Ella prompt zu Maja. »Lass uns demnächst mal einen Ausflug machen.«

Die beiden grinsten sich verschwörerisch an.

Als Maja an diesem Abend nach Hause fuhr, war ich sicher, dass dies der Beginn zu etwas Wunderschönem war.

21

*D*rei Wochen vor Ferienbeginn stapelte sich am Gymnasium die Arbeit. Nach der Entlassung der Abiturienten standen die Zeugniskonferenzen der übrigen Jahrgänge auf der Tagesordnung. Alles drehte sich um die Wackelkandidaten. Es galt, betroffene Schüler und Eltern zu informieren, es wurden Tränen getrocknet, wir führten Gespräche und trafen Entscheidungen.

Dennoch hätte mir das alles nicht leichter von der Hand gehen können. Durch die schulischen Ereignisse der letzten Zeit war ich endlich so richtig hier angekommen. Auf dem Flur grüßte man mich inzwischen mit »Guten Morgen, Herr Liebermann.«

Außerdem schaute Maja jeden Abend bei uns vorbei. Dass sie inzwischen auch bei uns übernachtete, war weniger seltsam als gedacht. In Wiesbaden hätte es schmerzliche Gefühle ausgelöst. Doch hier hatte es Ines nie gegeben. Mein neues Bett hatte ich nie mit einer

Frau geteilt. Beim Sex waren wir leise und vorsichtig. So, wie man das eben tut, wenn Kinder im Haus sind. Die Sache mit der Katze hatte ich zumindest insofern vertagen können, als dass ich Ella und Maja bat, damit bitte bis zu den Ferien zu warten – im Moment waren wir alle noch zu sehr beschäftigt, um uns um die Eingewöhnung eines Tieres zu kümmern.

Allmählich schien Ellas Energie zurückzukehren. Sie ging täglich ihrem Job im Supermarkt nach und stylte sich sogar dafür, fuhr morgens in guter Stimmung zur Arbeit und kehrte nachmittags gutgelaunt wieder zurück. Am Donnerstag brachte sie ihre neue Freundin Josie mit. Die junge Frau war neunzehn, ab Oktober wollte sie in Innsbruck Touristik studieren. Sie besaß ein offenes Wesen, und auch Ella taute zunehmend auf. Vielleicht hatte gar nicht der Bruch mit Mika meine Tochter so sehr mitgenommen, sondern viel eher der mit ihrer besten Freundin. Offenbar standen die Chancen gut, dass Josie in Samiras Fußstapfen treten würde. Ella würde bestimmt auch bald einen Jungen kennenlernen, der ihr gefiel. Dann war ihr Liebeskummer Geschichte, und sie war hoffentlich die Alte.

Freitagnacht schliefen wir mal wieder bei Maja. Zum ersten Mal in dieser Woche waren wir ungestört. In dieser Nacht waren wir uns besonders nah. Die Hände ineinander verschränkt lag ich schweißnass und schwer atmend auf ihr, flüsterte ihr zu, dass ich sie liebte.

»Ich hoffe so sehr, dass sich das niemals ändert«, wisperte Maja.

»Warum sollte es?«, raunte ich und knabberte an ihrem Ohr. Ich schloss sie in die Arme und küsste ihre Schläfe.

Maja drehte sich auf die Seite und sah mich an. »Menschen, die sich voneinander trennen, haben sich meistens vorher geliebt.«

»Nicht so wie wir«, widersprach ich.

»Weißt du«, ignorierte sie meinen Einwand, »ich frage mich manchmal, ob ich nicht mehr für Ruben hätte da sein sollen, als ich erfuhr, dass er mich die ganze Zeit belogen hat. Vielleicht hätte ich mehr Verständnis zeigen sollen. Womöglich hatte er nur Angst mich zu verlieren, wenn ich von seinem Betrug erfahre und hat deshalb geschwiegen.«

Musste sie ausgerechnet jetzt mit diesem Thema anfangen? »Hätte er das denn? Dich verloren?«, fragte ich dennoch.

Maja zuckte mit den Achseln. »Es wäre schon schwierig für mich gewesen. Ich hatte ja ein ganz anderes Bild von ihm – nicht das eines Betrügers.« Plötzlich sah sie todtraurig aus.

Ich rollte mich ebenfalls auf die Seite, streichelte ihr über die Wange. »Was ist denn?«

»Er hat angefangen zu trinken, als ich ausgezogen bin. Er hatte auf einmal nichts mehr, verstehst du? Der Job war weg, und ich war weg.«

In einer verlegenen Geste kratzte ich mich am Ohr. Mir würde es nicht anders ergehen, wenn mein Geheimnis ans Licht käme. Vielleicht würde ich nicht anfangen zu trinken, aber verlassen fühlen würde ich mich gewiss. Inzwischen hatte ich Maja nicht nur etwas vorenthalten, sondern sie belogen, als sie mich fragte, ob es irgendwelche Leichen in meinem Keller gäbe.

»Hast du noch Kontakt zu ihm?«

»Er macht gerade eine sogenannte Detox-Kur.« Maja drehte sich zurück auf den Rücken und sah an die Decke. »Vermutlich ist das ein milderes Wort für eine Entzugsklinik.«

»Hast du darüber in der Badmintonhalle mit deinen Freundinnen gesprochen?«, hakte ich nach. »Dass du dich seinetwegen schuldig fühlst?«

Maja nickte. »Eine der beiden kennt Ruben.«

»Jeder ist für sich selbst verantwortlich«, flüsterte ich.

»Aber in einer Beziehung sollte man für den anderen da sein, findest du nicht?«

»Schon. Aber nur wenn man noch eine Chance füreinander sieht. Sonst handelt es sich um Mitleid, und das tut auch niemandem gut.«

Sie wandte mir den Kopf zu. »Du hast recht. Mitleid ist keine Basis für eine Liebe.«

Ich schluckte alle unguten Emotionen hinunter und küsste sie auf die Nasenspitze. »Apropos Basis. Am Sonntag reist meine Family aus Wiesbaden an. Bist du bereit für den Rest des Liebermann-Clans oder brauchst du noch ein bisschen Zeit, ehe ich dich der Meute zum Fraß vorwerfe?«

Als ich Ella in Wiesbaden abgeholt hatte, hatten wir diesen Besuch festgemacht. Meine Eltern, Natalia und Gabriel kamen morgen in München an, um dort den Tag zu verbringen, und würden sich Sonntagfrüh auf den Weg zu mir machen.

Maja hob grinsend die Schultern. »Werden sie mich eher hassen oder lieben?«

»Da du die erste Frau seit Ines bist, weiß ich das gar nicht so genau.« Zweifelnd betrachtete ich sie. »Meine Mutter wird dir vermutlich auf den Zahn fühlen, dich aber eher vor mir warnen.«

»Wieso das?«

»Weil du dich in einen Mann mit drei Kindern verliebt hast. Meine Mutter hält mich für schwer vermittelbar.«

Meine Freundin kicherte. »Wann soll ich kommen?«

»Wann immer du magst.«

Zärtlich kuschelten wir uns aneinander und schlossen die Augen. Ich war selbst gespannt, wie dieses erste Zusammentreffen zwischen allen laufen würde.

Am Samstag gewitterte es. Die Wolken hingen tief, es wurde nicht richtig hell. Maja war bei einem Firmenjubiläum engagiert, das in ein Zelt verlegt wurde. Sie wusste nicht, wie spät es werden würde, und wollte danach bei sich schlafen, damit sie bei meinem Familienbesuch fit und ausgeruht wäre.

Da ich nicht in den Garten konnte, lud ich Emil mit einem Freund in die Therme ein, besuchte die Sauna und schlief auf der Liege ein.

Den Abend verbrachte ich mit Anton und Conny an der Playstation. Emil übernachtete bei seinem Freund. Ella war bei Josie und würde ebenfalls dort übernachten.

Einmal raunte Conny mir zu, ich hätte ein unverschämtes postkoitales Grinsen drauf, das er mir aber von Herzen gönne. Mit einer Flasche Bier prosteten wir uns zu.

Das Leben war wunderschön.

Endlich.

Bis am Sonntagmorgen mein Handy klingelte.

22

*E*ine Wiesbadener Vorwahl. Die Nummer stammte weder von meinen Eltern noch von Natalia.

»Ja?«, meldete ich mich zögernd.

»Hallo Sebastian. Hier ist Marie.«

Überrascht hob ich eine Augenbraue. Als Nächstes bekam ich einen trockenen Hals. Zuletzt hatte sie mich doch gebeten, mich nie wieder bei ihr zu melden. Hätte das nicht auch für sie gelten sollen?

Ich räusperte mich. »Was ... was kann ich für dich tun?«

»Ich muss dich sehen«, sagte sie.

Um Gelassenheit bemüht antwortete ich: »Ich lebe in Füssen, wie du weißt.«

»Macht nichts, ich komme.«

Ich massierte mir mit Daumen und Zeigefinger die Nasenwurzel. Es musste um die Kleine gehen. Konnte gar nicht anders sein. »Marie, so einfach ist das nicht.

Ich bin stark eingespannt, mein Tag ist voll, in der Schule geht es drunter und drüber, ich habe die Kinder, und außerdem –« *Und außerdem habe ich eine neue Freundin, die sich vermutlich augenblicklich entliebt, sobald sie von dir erfährt.*

Marie ignorierte meine Einwände. »Wie sieht es bei dir am Freitag aus? Ein, zwei Stündchen könntest du dir doch sicher freischaufeln?«

Ich versuchte, die Fassung zu bewahren. Mir war danach, den Kopf auf die Tischplatte sinken zu lassen und einfach aufzulegen oder Marie mit einem satten »Fuck off!« anzubrüllen. Immerhin hatte ich im Dezember das Gespräch zu ihr gesucht, und sie hatte mich weggeschickt!

Mein Hals war inzwischen staubtrocken, ich räusperte mich. »Worum geht es denn genau?«

»Ist dir das etwa nicht klar? Wirklich, ich würde alles gern mit dir persönlich klären.«

In meinen Ohren rauschte das Blut. Mein schlimmster Albtraum wurde also wahr. Als hätte ich es nicht die ganze Zeit geahnt.

»Warum lässt sich das nicht telefonisch regeln?«, fragte ich matt.

»Weil es zu wichtig ist fürs Telefon. Es geht hier um keine Lappalie, sondern um sehr persönliche Dinge.«

»Wenn es um Unterhaltsansprüche geht, können wir das schnell –«

»Nein. Das ist nebensächlich.«

O Mann. »Kommst du allein oder mit der Kleinen?«, gab ich endlich nach.

»Allein. Ich nehme mir für eine Nacht ein Hotel.«

Meine Gedanken fuhren weiter Achterbahn. An Weihnachten, da hatte ich unbedingt wissen wollen, ob das Mädchen mein Kind war. Aber jetzt verspürte ich verdammt noch mal nicht das geringste Bedürfnis, von dieser Sache zu hören! Wollte weder meinen Sprösslingen beichten, dass ich ihre Mutter betrogen hatte, noch Maja gestehen, dass ich sehr wohl eine Leiche im Keller verbarg. Und was würden Natalia und meine Eltern, die mich für unfehlbar hielten, zu dieser Schmach sagen?

Mein Blick ging zur Uhr. Apropos. Bald trudelten alle hier ein. In Erwartung eines harmonischen Sonntags. Emil hatte Spiele vorbereitet. Maja wollte einen Kuchen mitbringen.

Maja. Ich hatte sie heute dem Rest der Familie als die neue Frau an meiner Seite vorstellen wollen.

Mich überfiel eine nie gekannte Lähmung.

»Bist du noch dran?«, fragte Marie.

»Mir fehlen die Worte. Ich habe eine Scheißangst.«

»Bitte lass uns persönlich sprechen. Mehr will ich doch gar nicht.«

»Okay«, sagte ich matt. »Freitagnachmittag. Meinetwegen. Schreib mir, wenn du weißt, wo du unterkommst.«

»Danke, Sebastian.«

Grußlos unterbrach ich die Leitung.

Nachdem ich aufgelegt hatte, fühlte ich mich noch immer wie betäubt. Wie sollte es mir gelingen, die Fassung zurückzuerlangen, ehe Maja und meine Familie hier aufkreuzten? Und wieso musste das ausgerechnet jetzt auf den Tisch kommen? Warum hatte

Marie mir nicht an Weihnachten reinen Wein einschenken können? Oder sich wenigstens vor einer Woche gemeldet!

Ich trat ans Fenster und sah hinaus.

Nach dem gestrigen Regen dampfte noch immer die Erde. Die Sonne brachte die nassen Flächen zum Leuchten, es roch frisch und gesund. In mir drin fühlte es sich an wie nach einer Bombenattacke.

Schlurfend ging ich ins Bad, ließ in der Dusche kaltes Wasser über meinen Schädel rauschen, atmete prustend die Kälte fort, in der Hoffnung, die Energie möge zurückkehren und mir eine Blitzidee liefern, wie ich diesen Tag überstehen sollte.

Ich durfte mir nichts anmerken lassen.

Am liebsten hätte ich mich abgesetzt, wäre bei Conny und Antonia in der Waldhütte untergetaucht oder hätte den Tag im Sportstudio am Boxsack verbracht, bis ich tot umgefallen wäre.

Ich schlüpfte in kurze Hosen und irgendein Shirt, betrachtete mein stoppeliges Kinn im Spiegel – normalerweise hätte ich mich rasiert. Ach, blieb ich eben so. Ich wollte mich nicht herausputzen, wäre mir sonst noch mehr wie ein Hochstapler vorgekommen. Ein Betrüger war ich, ein Pharisäer, ein Heuchler, ein Scharlatan. Alle würden mich hassen, wenn das rauskam. Alle.

In der Küche beschloss ich, dass ein Schnaps dabei helfen könnte. Tat er aber nicht. Zu spät fiel mir ein, dass ich versprochen hatte, Emil bei seinem Freund abzuholen. Ich putzte mir die Zähne und steckte ein Kaugummi in den Mund, saß kurz darauf im Auto und holte meinen Sohn ab, der sich grummelnd auf die Rückbank setzte. Wie sich herausstellte, hatten die beiden Jungs die Nacht online verbracht und morgens eine Standpauke des Vaters kassiert.

Kaum waren wir daheim, kam Ella von ihrer Übernachtung bei Josie nach Hause. »Die haben mir das Rad geklaut, die Arschlöcher!« Wütend schleuderte sie ihre Tasche in den Flur.

»Wer – die?«, fragte ich.

»Keine Ahnung!«, blaffte sie. »Ich muss zur Polizei, eine Anzeige aufgeben, kannst du mich fahren?«

Ich hob die Hände. »Oma und Opa kommen, wir müssen hier mal langsam klar Schiff machen. Wie konnte denn das jetzt passieren?«

»Denkst du, ich hätte mir das ausgesucht?«

Beschwichtigend ließ ich die Hände sinken. »Geh allein zur Polizei, okay? Wir brauchen die Anzeige nur für die Versicherung, gefunden wird es ohnehin nicht.«

»Papa, mein Rad ist weg, und ich hab keinen Führerschein!«

»Dann läufst du eben. So weit ist es nicht, frag Google«, knurrte ich und rief im Flur nach Anton und Emil. »Hey, ihr zwei da oben! Wir bekommen Besuch. Ihr kommt jetzt gefälligst mal runter und helft!«

Normalerweise kamen sie frühestens der dritten Aufforderung nach, heute aber erschienen sie sofort auf der Treppe.

»Was'n los?« Anton warf Ella fragende Blicke zu.

Emil verzog gequält den Mund. »Ich bin voll müde.«

»Nicht mein Problem«, bellte ich. »Wer die Nacht durchzockt, ist eben müde.«

Ich brummte ein paar Anweisungen, dirigierte meine Söhne durch die Zimmer, sagte an, was zu tun war.

»Alter.« Ella tippte sich an der Haustür an die Stirn. »Hast du Ärger mit Maja? Kommt sie nicht?«

»Nein, und doch, sie kommt«, antwortete ich.

»Na dann.« Schulterzuckend begab sie sich auf den Weg zur Polizei.

Mein Atem ging schnell, mein Herz schlug unregelmäßig. Ich musste mich beruhigen, sonst bekam ich einen Schlag. Das würde gerade noch fehlen.

Zum Glück musste ich kein Essen vorbereiten. Ich hatte Pizza und Nudeln beim Italiener bestellt, die gegen eins geliefert wurden. Wir waren gerade mit dem Aufräumen und Tischdecken fertig, als es klingelte. Maja.

Ich öffnete die Tür, trat aber keinen Schritt zur Seite, um sie einzulassen. Normalerweise umschlang ich sie sofort und küsste sie ab. Heute sagte ich bloß »Hi.«

Sie trug ein fliederfarbenes, ärmelloses Kleid, das ich noch nie an ihr gesehen hatte, und hielt eine Tortenglocke vor dem Bauch.

»Hi«, antwortete sie. Sie spähte an mir vorbei ins Innere. »Ist deine Familie schon da?«, flüsterte sie. »Herrscht dicke Luft?«

»Gar nicht«, widersprach ich und machte ihr nun doch Platz. »Es war nur alles sehr hektisch bis gerade. Komm rein.«

Zögernd folgte sie meiner Aufforderung. »Du bist so komisch.«

»Nein, nein, das sieht nur so aus.«

Ich winkte sie hinter mir her in die Küche, bat sie, die Torte auf dem Tisch abzustellen, zwang mich zu einem Lächeln. »Schön, dass du da bist.«

Ihre Augen weiteten sich. »Bekomme ich keinen Kuss?«

»Ach so, aber doch, klar.« Ich trat auf sie zu und nahm sie bei den Schultern, beugte mich zu ihr herunter und drückte ihr einen raschen Schmatzer auf die Lippen.

Maja blinzelte überrascht. »Meine Güte, du bist wirklich nervös.« Sie schmiegte sich an mich und streichelte mir über die Wange.

Okay, vielleicht war es sogar besser, wenn ich sie in dem Glauben ließ. »Ein bisschen nervös bin ich schon«, gab ich zu. Das war immerhin die Wahrheit.

»Wo sind denn die Kids?«, fragte sie nun und verließ die Küche in Richtung Wohnzimmer. »Hallo, jemand da?«

Schnell erklärte ich ihr, wo Ella steckte – Anton und Emil hatten sich auf der Flucht vor meiner miserablen Laune wieder auf ihre Zimmer verkrümelt.

Draußen auf der Straße hupte jemand.

»Das müssen sie sein«, sagte ich.

Maja nahm meine Hand und drückte sie. »Wird schon schiefgehen. Relax.«

Ich atmete tief durch. Leichter gesagt als getan.

Meine Mutter begrüßte mich an der Haustür mit den Worten »Du hättest dich aber auch mal ein bisschen schick für uns machen können.« Missbilligend musterte sie mich und schob sich an mir vorbei, eine Welle ihres schweren Parfüms fing mich ein.

Mein Vater schoss mir einen Blick zu, der besagte, dass die Stimmung nicht gut sei.

Natalia umarmte mich, ihr Freund Gabriel klopfte mir auf die Schulter. »München war eine Katastrophe«, raunte er. »Dauerregen, knarrende Betten ...«

»Und deine Mutter hatte die ganze Nacht Blähungen«, ergänzte mein Vater augenrollend.

Ich beeilte mich, hinter allen herzukommen, wollte Maja nicht bei der Begrüßung allein lassen. Sie saß etwas verloren auf der Terrasse herum und erhob sich, als wir nach draußen traten.

Bei der Vorstellungsrunde schüttelte sie freundlich alle Hände. Meine Mutter musterte meine Freundin unverhohlen, nickte mir dann aber anerkennend zu.

Die Jungs polterten die Treppe nach unten, Emil fiel allen um den Hals, Anton hob lässig die Hand.

In diesem Moment kehrte Ella von der Polizeistation zurück. Sie erklärte den Anwesenden wortreich, welches Pech ihr widerfahren war. Mein Vater war anderer Meinung. Er fand, dass man früher auf seine Wertsachen besser achtgegeben hätte und die Jugend von heute immer nachlässiger wurde.

»Lass mal gut sein, Vater«, bat ich und öffnete eine Flasche Prosecco, verteilte Sektkelche, erhob mein Glas. »Heute möchten wir endlich zusammen auf Ellas Fachabitur anstoßen«, sagte ich feierlich. Ich beschloss, alle schlechten Neuigkeiten hinter mir zu lassen und auf morgen zu vertagen. Sonst würde ich verrückt werden.

226

Wir stießen mit unseren Gläsern aneinander und tranken einen Schluck.

»Dein Rasen könnte mal wieder einen Schnitt vertragen, Junge«, sagte meine Mutter und trat an den Rand der Terrasse. Ihr prüfender Blick ging über die Beete. »Und das Unkraut darfst du nicht aus den Augen verlieren.« Sie wandte sich zu mir um. »Jeden Tag ein Stündchen jäten, dann wächst einem die Sache nicht über den Kopf.«

»Geht klar, jeden Tag ein Stündchen.« Ich hob den Daumen.

Maja lehnte sich an mich und streichelte mir liebevoll über den Arm. Amüsiert presste sie die Lippen aufeinander.

»Letztens hatte ich ein merkwürdiges Erlebnis«, sagte mein Vater und stellte sein Glas ab. Er zeigte auf Ella. »Ich hab ein kleines Dingelchen gesehen, das sah haargenau so aus wie deine Tochter. Skurril. Stimmt's, Gitta?«, sprach er meine Mutter an. »Da haben wir beide doch gedacht, wir sehen ein Gespenst.«

Mama nickte. »Das hat man manchmal. Doppelgänger.« Sie wandte sich wieder dem Garten zu. »Wann wurde der Fahrradschuppen das letzte Mal gestrichen? Du solltest deinem Vermieter sagen, dass das mal wieder fällig wäre.«

»So eine Fünfjährige?«, fragte Ella meinen Vater. »Die hab ich schon an Weihnachten an der Eisbahn gesehen.«

Natalia fasste sich an die Stirn. Sie war nämlich auch dabei gewesen und erinnerte sich augenscheinlich.

Ella sah zu mir. »Weißt du nicht mehr, Papa?«

Mein Entschluss, die schlechten Neuigkeiten des Vormittags auszublenden, erhielt Risse. Und ob ich mich erinnerte. Ich war gerade von meinem Besuch bei Marie wiedergekommen, hatte noch deren Warnung im Ohr, ich solle mich nie wieder melden, sonst werde sie mir das Leben zur Hölle machen.

Und da zeigte mir Ella an der Eisbahn diese Kleine im gepunkteten Schneeanzug. »Die sieht doch mal voll krass so aus wie ich früher, oder?« Meine Tochter hatte ungläubig gelacht. In diesem Moment kam auch Natalia herbeigekurvt. »Wenn ich es nicht besser wüsste«, hatte meine Schwester mir zugeraunt, »könnte man meinen, du hättest deinen Samen noch woanders gesät, Bruderherz.«

Kurz hatte ich zu Emilias Vater gesehen, den ich von Maries Facebook-Seite kannte. Und mich gefragt, wie dieser Blondschopf annehmen konnte, er und seine ebenso blonde Frau könnten ein so dunkelhaariges Kind gezeugt haben?

Die Erinnerung an all das ließ mich erschaudern.

»Papa?«, fragte Ella.

Glücklicherweise klingelte es in diesem Moment an der Haustür. Das Essen wurde gebracht. Erleichtert stellte ich mein Glas ab.

Maja bot an, mir zur Hand zu gehen, doch Natalia hielt sie mit einem »Lass nur, das mach ich« zurück. Schon war sie hinter mir im Flur.

»Sag mal, ist was mit dir?«, raunte meine Schwester. »Ich dachte, mich erwartet hier ein irrsinnig verliebtes Pärchen, aber selbst als Mama sie begrüßt hat, bist du nicht mal zu ihr und hast demonstriert, dass ihr ein Paar seid.« Sie tippte sich an die Stirn. »Du weißt doch, wie Mama ist mit ihrem Röntgenblick, da musst du deiner Freundin doch –«

Ich öffnete dem Lieferanten die Tür und nahm den Stapel Kartons entgegen; gezahlt hatte ich online. Natalia eilte mir wieder hinterher. Zurück auf der Terrasse verteilten wir die Schachteln in der Tischmitte, sodass sich jeder nehmen konnte, wovon er wollte. Gabriel entkorkte zwei Flaschen Wein und schenkte aus.

Zurück auf meinem Platz rückte ich an Maja heran und lächelte ihr aufmunternd zu.

Ihr Blick war fragend.

»Maja«, wollte meine Mutter nun wissen, »Ella hat erzählt, dass du so gut nähst. Hast du das Kleid, das du trägst, etwa auch selbst gemacht?«

Maja lächelte. »Extra für heute.«

Natalia sah mich vielsagend an.

»Sieht sehr hübsch aus«, machte ich ihr ein Kompliment und tätschelte Majas Finger. Ich hatte keine Ahnung, wie ich mich in dieser Situation normalerweise verhalten hätte, aber gewiss nicht so.

»Und du, Anton?«, wandte Mama sich an meinen Sohn. »Du sagst ja gar nichts. Was macht die Schule?«

»Es sind bald Ferien«, brummte Anton.

Meine Mutter schüttelte missbilligend den Kopf. »Du bist reichlich wortfaul, junger Mann. Zu unserer Zeit, da hätte so eine Antwort –«

»Habt ihr eigentlich schon Urlaub geplant?«, fragte Natalia mich. Sie beugte sich verschwörerisch in Majas

Richtung. »Ich hoffe, du weißt, auf was du dich mit dieser Großfamilie einlässt.«

»Die Jungs fahren in ein Feriencamp auf Sylt, sonst ist noch nichts geplant«, grätschte ich hinein, »und einen auf Großfamilie machen wir schon gar nicht. Das wäre noch viel zu früh.«

Maja zuckte augenscheinlich zusammen. Mist. Ich legte den Arm um sie und schickte ein »Stimmt's, Schatz?« hinterher.

Maja wand sich aus meinem Arm und sah mich irritiert an. Schatz hatte ich sie noch nie genannt. Sie war dafür gar nicht der Typ.

Alle Augen ruhten auf uns.

»Ach Leute.« Natalia stach beherzt in eine Nudel.

Jeder aß in seine Gedanken versunken. Man vernahm nur das Klappern des Bestecks.

Maja sah aus, als wollte sie in Tränen ausbrechen. Unter dem Tisch legte ich die Hand auf ihr Knie und drückte es. Mit den Augen bat ich sie um Verzeihung. Für mein Benehmen heute. Und im Voraus für das, was da noch kommen könnte. Ich mochte gar nicht daran denken.

Sie schüttelte den Kopf und rückte das Stück Pizza auf ihrem Teller hin und her.

Als mein Vater Messer und Gabel ablegte, begann meine Mutter den Tisch abzuräumen. Natalia und Ella gab sie ein Zeichen, dass sie ihr helfen sollten. Maja schob sofort ihren Stuhl zurück.

»Es lebe das Patriarchat, also echt«, sagte meine Tochter und rührte sich nicht von der Stelle. »Jetzt sollen hier die Frauen den Tisch abräumen, während die Herren mal wieder auf ihren Hintern sitzenbleiben.«

Mein Vater erhob sich. »Also das will ich mir nicht nachsagen lassen, dass ich Frauen unterdrücke.« Er griff nach einem leeren Pizzakarton.

»Chill mal, Opa«, sagte Anton. »Wir machen das schon.« Seine Schwester fragte er: »Hast du deine Tage, oder was?«

Gabriel stand ebenfalls auf. »Mit so einem Spruch kannst du dir tagelangen Kriegszustand einhandeln, junger Mann«, warnte er.

»Allerdings.« Natalia setzte sich wieder und goss sich mehr Wein ein.

Meine Mutter schob unbeirrt weiter Kartons zusammen. »So weit kommt's noch. Die wissen doch gar nicht, wo alles hingehört«, grummelte sie.

»Was denkst du eigentlich, wie wir hier überleben?«, fragte ich.

»Wenigstens ist jetzt wieder eine Frau im Haus.« Mein Vater nickte Maja anerkennend zu. »Das macht die Sache doch wieder rund.«

»Ich weiß nicht, ob Sie da etwas falsch verstanden haben«, entgegnete Maja. »Noch bin ich hier nicht eingezogen. Und wie Sebastian eben schon ganz richtig sagte, dazu wäre es auch noch viel zu früh.« Schon beugte sie sich zu mir hinüber. »Apropos. Ich müsste noch was erledigen. Die Firma von gestern möchte schnellstmöglich die Fotos ins Netz stellen. Ich sollte schon mal eine Vorauswahl treffen.«

Ich erhob keinerlei Einwände. »Ist gut«, sagte ich und stand auf. »Ich bring dich zur Tür.«

Als ich Majas Jacke vom Haken nahm, riss sie sie mir fast aus der Hand. »Was zur Hölle ist eigentlich los mit dir?«, zischte sie. »Warum hast du mir nicht einfach gesagt, dass du kalte Füße bekommen hast? Statt mich hier so unglaublich auflaufen zu lassen?«

Ich fühlte mich wie der größte Versager aller Zeiten und konnte doch nichts erwidern.

Schließlich tippte sie sich an die Stirn und zog die Tür hinter sich ins Schloss. Mit hängenden Schultern kehrte ich zurück zu meiner Familie.

Natürlich war mein Verhalten mit nichts zu rechtfertigen. Es war verständlich, dass Maja sich fühlte wie nach einer kalten Dusche. Immerhin hatte ich sie seit ihrer Ankunft abgefertigt wie einen lästigen Eindringling und nicht wie meine neue Freundin, in die ich vollkommen verliebt war. Bei aller Panik, die seit dem Morgen in mir tobte, hatte ich das nicht mal mehr gespürt. Als wollte ich mich bereits jetzt davor schützen, was zwangsläufig kommen würde: der endgültige Bruch. Wenn sich herausstellen sollte, dass Emilia wirklich meine Tochter war, brach hier die Hölle los. So etwas hielt keine junge Liebe aus.

Emil bestand auf eine Partie Malefiz und Uno. Während der Rest der Familie mit ihm spielte, saßen Natalia und Ella tuschelnd zusammen in der Hängematte. Meine Tochter kuschelte sich in den Arm ihrer Tante. Ab und zu gingen die Blicke der beiden zu mir. Was mochten sie zu bereden haben? Drehte sich ihr Gespräch um Maja? Doch als ich meine Schwester später darauf ansprach, zuckte sie nur mit den Schultern.

»Am besten, du nimmst dir mal einen Tag für deine Tochter Zeit«, antwortete sie kryptisch.

Das war leichter gesagt als getan. Vor allem, wenn man bedachte, was gerade über mich hereingebrochen war.

Zum Kaffee bot ich Majas Käsekuchen an. Ich bekam keinen Bissen davon hinunter.

In der folgenden Woche herrschte Funkstille zwischen Maja und mir. Sie musste sich weiterhin fragen, was in mich gefahren war, weshalb ich mich bei diesem Familientreffen so abweisend benommen hatte. Doch sie meldete sich kein einziges Mal.

In der Schule war ich eingespannt, sodass ich zumindest tagsüber kaum ins Grübeln geriet. An den Abenden jedoch wog ich etliche Male mein Smartphone in Händen, war kurz davor, ihr zu schreiben. Ihr zu sagen, dass ich sie vermisste und zu fragen, ob wir uns treffen könnten. Doch das, was danach womöglich ins Rollen geriet, bereitete mir zu viel Angst.

Die Kinder fragten nach ihr und gaben schließlich auf, sahen ein, dass ihr Vater ein komischer Kauz war.

Und so ließ ich den Freitag auf mich zukommen, der sich vor mir aufbäumte wie ein Tsunami.

23

Mit übereinandergeschlagenen Beinen wartete ich in der Hotelhalle neben einem riesigen Blumenarrangement auf Marie. Als sie aus dem Fahrstuhl trat, hätte ich sie fast nicht erkannt. Sie trug das Haar kürzer. Einen Bubikopf oder wie man das nannte. Vielleicht auch Pixie. Ella hätte es gewusst.

Ich hatte den Kindern gesagt, ich müsste nach der Schule in den Baumarkt – dann wunderten sie sich nicht, wenn es länger dauern würde. Mein Handy hatte ich auf stumm gestellt, damit mich niemand bei meiner Unterhaltung mit Marie stören konnte.

Zögernd ging ich ihr entgegen, wir küssten uns auf die Wange. Als wäre dieses Treffen etwas Angenehmes.

»Wenn es dir nichts ausmacht, setzen wir uns auf meinem Zimmer zusammen?« Sie legte den Kopf schräg.

Ihr Vorschlag fühlte sich falsch an, als hätten wir ein Date. Aber je nachdem, wie das Gespräch verlief, war es vielleicht besser, wenn wir nicht gerade um den Forggensee spazierten oder in einem Café saßen. Also kam ich mit. Ihr Zimmer lag im vierten Stock.

Marie deutete auf das Bett, die einzige Sitzmöglichkeit. »Für eine Suite mit Sitzgruppe hat es leider nicht gereicht.«

Ich nahm auf der einen Bettkante Platz, sie auf der anderen. »Trotzdem hübsch hier«, antwortete ich überflüssigerweise. Es war ein stinknormales Hotelzimmer im bayerischen Stil.

»Füssen ist ein hübsches Städtchen.« Marie fuhr sich verlegen durchs Haar. »Du hast es hier sehr schön getroffen. Ich muss gestehen, dass ich noch nie im Allgäu war, und –«

»Könnten wir bitte zur Sache kommen?«, drängte ich. »Ich habe die letzten Nächte wenig geschlafen. Mir ist nicht nach Small Talk.«

Sie legte die Hände in den Schoß. »Verstehe.« Nickend fuhr sie fort. »Du kannst dir ja sowieso schon denken, weshalb ich hier bin.«

»Nur zum Teil, Marie.« Meine Nerven vertrugen keinen weiteren Aufschub.

»Tom hat einen Vaterschaftstest gemacht«, platzte sie heraus.

»Aha.« Ich schluckte hart. »Da war ich wohl nicht der Einzige, der Zweifel hatte.«

»Hör mal, ich kann mir vorstellen, dass das alles ein Schock für dich ist. Aber noch weiß er nicht, wer der richtige Vater ist. Ich wollte erst mit dir besprechen, ob ich es ihm sagen darf.«

»Du bist dir also hundertprozentig sicher? Es

kommt niemand anderes in Frage?« Dabei hatte ich das Mädchen mit eigenen Augen gesehen.

»Du kannst auch einen Test machen, wenn du möchtest.«

»Das wird wohl nicht nötig sein«, gab ich matt zurück. Meine Fingerspitzen fühlten sich taub an.

»Ich will nur das Beste für Emilia«, fuhr Marie fort. »Daher hab ich dich auch an Weihnachten weggeschickt. Ich wollte nicht, dass ihre Welt aus den Fugen gerät. Aber jetzt ist der Anfang gemacht. Und jeder Stein, der ins Rollen gerät, könnte eine Lawine auslösen. Wir sollten gemeinsam entscheiden, was den geringsten Schaden anrichtet.«

»Warum hat er erst jetzt einen Vaterschaftstest machen lassen?«, fragte ich. »Sie sieht euch beiden kein bisschen ähnlich, das muss ihm ja schon früher aufgefallen sein.«

Marie betrachtete ihre Hände. »Ja, er hatte schon lange Zweifel.«

»Hat er sich nur nicht vorstellen können, dass du fremdgegangen bist?«

Sie schluckte. Schien nach Worten zu suchen.

»Man müsste es ihr natürlich schonend beibringen«, fantasierte ich. »Dass ihre Mama eben zu einer Zeit mal nicht nur Tom, sondern auch Sebastian lieb gehabt hat. Und wenn Erwachsene einander lieb haben, dann–«

»Aber so war es nicht, Sebastian.«

»Natürlich war es nur eine Affäre. Aber trotzdem.«

Wieder betrachtete Marie ihre Hände. »Nicht mal das.«

»Was meinst du?«

»Ich hatte keine Gefühle für dich. Ich ... fand dich nicht mal besonders sexy. Das habe ich auch genauso zu Tom gesagt.«

Ich schürzte bestürzt die Lippen. »Du willst jetzt aber nicht darauf hinaus, dass ich gegen deinen Willen ...? Tut mir leid, aber das –«

»Unsinn.« Sie verdrehte die Augen. »Natürlich war es einvernehmlich. Bloß, dass wir unterschiedliche Dinge voneinander wollten.«

»Vor allem hattest du mir damals versichert, dass du verhütest.« Stirnrunzelnd sah ich sie an.

Marie scharrte mit dem Fuß über den Teppichboden. »Ich wollte unbedingt ein Kind, Sebastian. Nur dass es mit meinem Mann auf natürlichem Weg sehr unwahrscheinlich war. Ich steckte kurz vor der dritten IVF-Behandlung, in der mir mit Toms Sperma befruchtete Eizellen eingesetzt werden sollten, und hatte furchtbare Angst, dass es wieder in die Hose gehen könnte.« Sie sah mich reumütig an. »Tom und ich hätten uns danach keinen weiteren Versuch leisten können. Du warst meine größte Hoffnung. Ihm habe ich aber erzählt, dass wir endlich Erfolg hatten – dabei habe ich die dritte Behandlung nie durchführen lassen.«

Mein Kinn fiel.

Was wollte sie damit sagen? Dass ich als Samenspender fungiert hatte?

An diese Möglichkeit hatte ich im Traum nicht gedacht. Ein Unfall, ja. Und wenn eine Frau innerhalb eines Zyklus' mit zwei Männern schlief, konnte sie eben nicht genau wissen, wer als Vater in Frage kam. Aber in Wahrheit hatte sie es die ganze Zeit gewusst? Weil ihr Ehemann es gar nicht hatte sein können?

»Du hast mich eiskalt hintergangen«, flüsterte ich.

Marie erhob sich vom Bett und ging auf und ab. »Ich weiß, dass das vollkommen daneben ist. Aber ich war so besessen von dem Wunsch, endlich schwanger zu werden, dass jedes normale Denken ausgeschaltet war.«

»Hättest du dir nicht irgendeinen Fremden aussuchen können?«, fragte ich fassungslos. Ich dachte an den Song »All I wanna do is make love to you« von *Heart*, in dem eine Frau einen Anhalter aufliest und genau aus diesem Grund eine Nacht mit ihm verbringt. Weil sie ein Kind möchte. Wenn es einen selbst nicht betraf, fand man das noch ganz witzig.

»Und dein Mann hat das wirklich geschluckt?« Erwartungsvoll betrachtete ich Marie.

»Zuerst ja. Er dachte, dass bei einem von uns eben irgendwo in der Linie diese Gene steckten. Aber dann häuften sich die Bemerkungen im Bekanntenkreis. Man witzelte, da hätte wohl jemand im Labor Mist gebaut.« Sie trat ans Fenster und sah hinaus. »Ich habe ihn gefragt, was es ihm denn nutzen würde, wenn er wüsste, dass da etwas schiefgelaufen wäre – ob er in dem Fall unsere Kleine etwa weniger lieb haben würde. Aber je älter Emmi wurde, desto größer wurden seine Zweifel. Und als er zuletzt von einem Fall gehört hat, bei dem es tatsächlich zu einer Verwechslung gekommen war, hat er einen Test machen lassen.« Sie legte den Kopf in die Hände. »Er war außer sich, als das

Ergebnis eintraf. Per Anwalt wollte er sich an die Klinik wenden.«

Ich nickte verstehend. »Und da musstest du Farbe bekennen.«

»Das musste ich«, krächzte sie.

Dass sie nicht nur mich, sondern auch ihren Kerl so dermaßen gelinkt hatte, war unfassbar. Der Mann musste unter Schock stehen, genau wie ich.

»Tom will wie gesagt wissen, wer der Vater ist«, sprach sie in meine wütenden Gedanken hinein. »Noch habe ich es ihm nicht gesagt, aber ich weiß nicht, wie lange ich das noch durchziehen kann.«

Sie setzte sich zurück aufs Bett und ließ die Schultern hängen.

Wieder dachte ich an den Song von *Heart*. »Sag ihm doch einfach, du hättest einen Anhalter mitgenommen«, versuchte ich einen Scherz.

»Einen Anhalter?«

Ich winkte ab. »Weiß er, dass es Absicht war von dir?«

Sie nickte. »Das ändert aber nichts daran, dass du mit mir geschlafen hast, obwohl du wusstest, dass ich verheiratet bin. Das ist es, was für ihn zählt.« Sie räusperte sich. »Jedenfalls hat er kein Mitleid für dich geäußert.«

Hieß das, dass mich demnächst Besuch von ihm erwartete? Würde er wutschnaubend vor meiner Tür auftauchen und mich vor den Kindern mit meiner Tat konfrontieren? Ich kannte Tom nicht, aber wenn ich mir ausmalte, mir wäre das alles widerfahren, hätte ich mich vermutlich ziemlich schnell auf den Weg begeben, um den Mann zu stellen, der mein Leben aus den Angeln gehoben hatte. Dabei hatte sie dasselbe mit meinem getan.

»Wird er dir denn verzeihen? Oder habt ihr euch getrennt?«, presste ich hervor.

»Noch nicht, aber ich weiß nicht, wie es weitergeht. Zwischen uns herrscht eine eisige Stimmung. Dass ich fremdgegangen bin, ist das eine. Aber er wirft mir auch mit Recht vor, seine vielleicht letzte Chance, Vater unseres Kindes zu werden, zunichte gemacht zu haben. Immerhin hätten wir noch eine Behandlung versuchen können.«

Ich nickte gedankenverloren. Die Tatsache, dass Emilia mein Fleisch und Blut war, sackte nur langsam. Es nur zu vermuten oder davon zu wissen, sind zwei vollkommen unterschiedliche Dinge. Ich hatte eine zweite Tochter, ein viertes Kind. Ich hatte so gehofft, dass nach den Wirrungen der letzten Jahre, nach all dem Kummer und den Veränderungen, die meine Familie erfahren hatte, jetzt etwas Ruhe einkehren würde. Dass ich mit Maja glücklich sein könnte. Aber vielleicht würde ich das einfach niemals.

Ich stützte die Ellbogen auf den Knien ab und verbarg das Gesicht in Händen, kam aus dem Kopfschütteln nicht mehr heraus. »Ich kann das alles nicht.«

Wieder stieg Wut in mir auf. Sie hatte einfach in mein Leben eingegriffen. Hatte sich ohne Rücksicht auf Verluste von mir schwängern lassen, obwohl sie haargenau gewusst hatte, dass ich dazu niemals mein Einverständnis erteilt hätte.

»Unter Umständen könnten wir dich aus allem

raushalten«, sagte Marie nun, die sich sicherlich auch darüber im Klaren war, dass ihr Tun keine Lappalie war.

Ich spähte zwischen meinen Fingern hindurch. »Hm?«

»Wenn du mir versprechen würdest, dass du niemals Kontakt zu ihr aufnimmst und dich nie in unser Leben einmischst ... Dann würde ich Tom deinen Namen nicht nennen und ihn vor die Wahl stellen, trotzdem bei uns zu bleiben oder uns zu verlassen. Und Tom würde mir ebenfalls versprechen müssen, dass er die Sache für sich behält. Jedenfalls so lange, bis Emmi irgendwann Fragen stellt. Schließlich hätten wir ihr sonst irgendwann erzählt, dass sie ein Retortenbaby sei, wenn mein Betrug nicht aufgeflogen wäre.«

Sie hatte alle Eventualitäten durchgespielt. Eiskalt kalkuliert. Und es klang verlockend.

Doch der Gedanke an Emilia würde mich niemals loslassen. Irgendwann würde ich sie sehen wollen. Nicht nur aus der Ferne. Genau das sagte ich auch zu Marie.

»Ehrlich gesagt habe ich mir das schon gedacht, sonst hättest du an Weihnachten nicht vor unserer Tür gestanden«, erwiderte sie leise. »Ich würde es einfach nur nicht gern an die große Glocke hängen, weißt du. Angenommen, nur wir drei wüssten davon. Tom, ich und du.«

»Wie soll das gehen? Meine Kinder –«

»Andere haben auch Familiengeheimnisse«, antwortete sie schnell. »Ich würde Tom das Versprechen abnehmen, dich in Ruhe zu lassen. Er und ich könnten Emilia irgendwann nur sagen, dass er sie nicht in meinen Bauch gemacht hat. Eine Samenspende – im Grunde war es genau das. Bis sie alt genug ist, um genauer nachzufragen, gehen noch etliche Jahre ins Land. Bis dahin sind deine Kinder längst erwachsen. Ihnen bleibt erst mal vieles erspart, dir auch. Du könntest Emmi gelegentlich sehen, ohne dich zu erkennen zu geben, und das war's. Tom ist als leiblicher Vater eingetragen, du müsstest keinen Unterhalt zahlen, nichts würde sich ändern.«

Ein Familiengeheimnis. Der Begriff bummerte in meinem Schädel wie ein nagender Kopfschmerz. Es war ja nicht so, dass mein Gewissen die ganze Zeit lupenrein gewesen wäre; der Betrug an Ines hatte ewig wie ein Schatten im Dunkel gelauert. Nun hatte er sich konkretisiert. Was änderte das schon?

Doch war es wirklich so easy? Durfte man seiner Familie ein uneheliches Kind verheimlichen? Ein Geschwister? Es klang verlockend. Meine Sorge wegen der Kinder wäre gelöst. Aber was war mit Maja? Ihr gegenüber wollte ich diese Heimlichkeiten nicht.

»Du denkst, Tom würde sich darauf einlassen?«

»Wenn er weiter Emilias Vater sein möchte, müsste er es.«

»Das ist alles ziemlich viel für mich, Marie«, sagte ich. »Du musst mir Bedenkzeit geben.«

Sie schloss die Augen. »Ich habe es befürchtet.«

---

24

*E*s hatte einmal eine Zeit in meinem Leben gegeben, in der es mir so richtig gutgegangen war. Zwischen dem Abitur und dem Beginn des Lehramt-Studiums hatte ich den Sommer in Andalusien verbracht und dort einen Sprachkurs absolviert. Die Nachmittage hatte ich am Strand gelegen und mir die Sonne auf den noch spärlich behaarten Bauch scheinen lassen. Mein einziges Projekt jenes Julis war ein abendlicher Kneipenjob in einer Tapasbar gewesen, bei dem ich mehr Trinkgeld als Gehalt kassiert hatte. Damals war ich ein charmanter junger Mann. Ein unbeschriebenes Blatt.

Gott, war das lange her.

Als ich von dem Treffen mit Marie nach Hause radelte, war mir zum Heulen. Ich weine selten, höchstens, wenn ich irgendwelche rührseligen Filme ansehe, dann können mir mal ein paar Tränchen kommen. Oder eben beim Tod eines geliebten Menschen. Aber ansonsten trage ich Missgeschicke und Kummer wie ein Mann. Heulen nutzt sowieso nichts. Im Gegenteil, es schwächt, sediert, der Geist wird träge. Normalerweise hilft mir Sport, wenn ich nicht mehr weiter weiß. Also nahm ich mir vor, den Kindern für heute Abend eine Pizza zu bestellen und mich augenblicklich ins Fitnessstudio abzuseilen. Doch es kam wieder einmal anders.

Als ich die Haustür entriegelte, waberte mir bestialischer Gestank entgegen.

»Hallo!?«, rief ich ins Haus.

Emils zarte Stimme erklang. Er tauchte auf der Treppe auf, hielt sich gegen den Mief ein Handtuch vors Gesicht. Seine Augen waren riesig.

»Was ist passiert?« Schnell schlüpfte ich aus den Schuhen.

»Das Klo!«, antwortete mein Sohn erstickt.

Ich öffnete hektisch die Tür zum Gästeklo, doch darin war alles okay. Blieb das im ersten Stock.

Emil trat auf der Treppe beiseite, ich hetzte an ihm vorbei. Im Bad bot sich mir ein ekelhaftes Bild. Das Klosett war übergelaufen. Nach einem großen Geschäft. Die Überreste schwammen auf dem Boden. Das Wasser staute sich vor dem Absatz zum Flur.

Ich würgte und schielte ins Klo, in dem das Wasser schon wieder auf ein normales Level abgesackt war. Verwirrt hob ich eine Augenbraue. Was steckte denn da unten drin? Ich hielt mir die Nase zu und versuchte etwas Orangefarbenes zu enträtseln. Karotten? Wer spülte denn Möhren im Klo runter?

»Warst du das, der das hier veranstaltet hat?«, fragte

ich meinen Sohn und zog angewidert die Tür ins Schloss.

»Was? Nein! Das waren Anton und Ella!«

»Und wo sind sie?«

»Sie haben versucht dich anzurufen, du bist aber nicht rangegangen. Deshalb wollten sie zu einer Drogerie, irgendetwas für den Abfluss besorgen.«

»Fenster aufmachen, im ganzen Haus!«, kommandierte ich und eilte die Treppe nach unten. Unterwegs fischte ich das Handy aus der Hosentasche und entdeckte die Anrufe meiner Kinder, wählte Connys Nummer.

»Kennst du einen Rohrreiniger?«, platzte ich ohne Umschweife heraus. »Bei uns ist ein Klo verstopft, eine Riesensauerei, alles ist übergelaufen und stinkt zum Himmel!« Eilig schilderte ich ihm die Lage. Das mit den Karotten konnte ich mir nicht erklären.

Mein Freund schnalzte mit der Zunge. »Herrschaftszeiten. Lass mich überlegen. Freitagnachmittag. Wen könnt man da noch erwischen?«

»Vielleicht könntest du dich der Sache ja auch annehmen? Du bist doch so ein Multitalent. Heißt deine Firma nicht ›Dahoam im Glück‹? Mach mich glücklich, Conny!«

Der Allgäuer lachte schallend. »Na. Da braucht es passendes Werkzeug, vor allem eine Pumpe. Davon hab ich nichts da. Ich mach mal ein paar Anrufe, aber ganz ehrlich, viel Hoffnung hab ich nicht. Die Leut sind schon im Wochenende. Am besten, du versuchst den Schaden zu minimieren, indem du erst mal den größten Mist beseitigst und die Rüben rausziehst ... Einen besseren Rat kann ich dir auch nicht geben. Die Antonia und ich sind auch quasi auf dem Sprung zu einer Einladung. Ich würd dir ja helfen, aber –«

»Schon gut, danke dir trotzdem, bis die Tage«, wünschte ich und legte auf. In mir kam schon wieder der Brechreiz hoch. Als die Kinder klein waren, hatte ich beim Wickeln auch regelmäßig damit zu kämpfen. Und Kinderkacke roch angeblich gut. Das hier war aber ein anderes Kaliber.

Emil hatte inzwischen alle Fenster aufgerissen, was nun jedoch dafür sorgte, dass der Geruch sich im ganzen Haus verteilte.

Ich wählte die Nummer meines Vermieters. Bisher hatte ich ihn erst einmal angerufen, im Februar, um ihn zu fragen, ob ich die Büsche stutzen dürfte. Es tutete in der Leitung. Niemand ging ran. Nicht einmal eine Mailbox. Entnervt legte ich auf.

Vor der geöffneten Haustür hörte ich das Klappern von Rädern. Ich trat in den Eingang und sah meinen beiden Ältesten entgegen. Ella schob ihr Fahrrad.

»Ich dachte, das ist gestohlen?«, fragte ich perplex.

»Ist wieder aufgetaucht«, erklärte sie schulterzuckend.

»Aha. Und wo?«

Anton verdrehte die Augen. »Sie hatte es woanders abgestellt, nicht da, wo sie dachte.« Er nahm eine Hand zum Mund, als wollte er flüstern. »Da war wohl jemand besoffen.« Er zwinkerte und schob sein Rad hinter Ella her Richtung Fahrradschuppen.

»Und das da im Haus?«, rief ich ihnen hinterher. »Wessen Werk war das?«

Die beiden stellten ihre Räder im Schuppen ab und kehrten zur Haustür zurück. Ella hielt mir eine Flasche Abflussreiniger und zwei Päckchen Haushaltshandschuhe entgegen. »Du sollst es damit versuchen. Die im Geschäft haben gesagt, man könnte die ganze Dose reinkippen.« Auf dem Etikett war ein Totenkopf zu sehen und ein rotes X. Sie reckte die Nase in die Luft. »Ich geh da jedenfalls nicht mehr rein, das ist ja nicht zum Aushalten.«

Mein Blick ging zwischen den Kindern hin und her. »Und warum stecken Karotten im Klo? Es sind doch welche, oder hab ich mich verguckt?«

»Das war ich«, antwortete Ella. »Ich hab gedacht, damit könnte ich die Verstopfung wegdrücken und hab die reingeschoben, wusste nicht, was ich sonst machen sollte.«

»Wie viele Möhren hast du denn da reingesteckt?«

Sie hob kichernd die Schultern, als sei das alles höchst amüsant. »Keine Ahnung, drei, vier? Und dann hab ich abgespült, aber das ging voll nach hinten los.« Erneut fuchtelte sie mit dem Rohrreiniger vor meinem Gesicht herum. »Versuchen wir das hier. Und wegen dem Geruch können wir uns Wäscheklammern auf die Nase klemmen, hat die Verkäuferin gesagt.«

»Bist du eigentlich meschugge?«, knurrte ich. »Erst weißt du nicht, wo du dein Rad abstellst. Und dann kommst du auf die saublöde Idee, Karotten ins Klo zu schieben? Mir wird langsam klar, wieso du durchs Abi gefallen bist, Mädchen!«

Ella starrte mich an.

Anton blies die Wangen auf. »Papa!«

Meine Tochter schleuderte mir Dose und Handschuhe vor die Füße und machte auf dem Absatz kehrt. Sie hastete in den Garten, ich hörte, wie sie das Rad wieder aus dem Schuppen zerrte. Kurz darauf kam sie mit hochrotem Kopf an uns vorbei. Ich hob die Dose auf, musste an mich halten, dass ich sie ihr nicht hinterherdonnerte. Das war doch alles nicht zu fassen.

Anton eilte ihr nach. »Wo willst du denn jetzt hin?«, fragte er und nahm sie beim Arm. Ella schüttelte ihn ab. »Lass mich!«

Das Gartentor flog scheppernd hinter ihr zu. Bestimmt fuhr sie zu ihrer neuen besten Freundin.

Anton hielt sich die Nase zu. »Hier herrscht verdammt dicke Luft, würde ich sagen«, meinte er. Schulterzuckend begab auch er sich wieder auf den Weg zum Schuppen und holte sein Rad. »Ich fahr zu Leo«, verkündete er. »Du kannst mir ja Bescheid geben, wenn die Luft rein ist.«

Den Rest des Nachmittags verbrachte ich bis zu den Ellbogen in der Scheiße. Emil legte natürlich keinen Wert darauf, mir zu helfen. Er verkrümelte sich auf sein Zimmer und lauschte einem Hörspiel.

Zunächst ging ich so vor, wie Conny mir geraten hatte, fischte Möhren aus dem Rohr, soweit ich drankam. Spülte vorsichtig mit einem Eimer Wasser nach, doch sofort staute sich alles wieder. Dabei verfluchte ich Ella für ihre Gedankenlosigkeit. Ich verspürte keine Reue für meine Worte, immerhin hatte sie mir hier auch einiges eingebrockt!

Schließlich gab ich die nutzlosen Versuche auf und brachte ein Schild mit der Aufschrift UNBENUTZBAR auf dem Toilettendeckel an. Um einen Rohrreinigungs-dienst musste ich mich am Montag bemühen, die Chemiekeule wollte ich jedenfalls nicht anwenden, ehe nicht klar war, wie viele Karotten damit zu zersetzen wären. Falls das überhaupt möglich war.

Aus dem Küchenschrank kramte ich eine Dose Raumspray, die vermutlich schon zehn Jahre auf dem Buckel hatte, doch sie funktionierte noch einwandfrei. Nun konnte das Haus sich nicht entscheiden, ob es nach Flieder oder nach Scheiße riechen sollte.

Als es schon dunkel war, genehmigte ich mir auf der Terrasse einen Gin Tonic. Eine Sternschnuppe schoss über den Nachthimmel.

Auch wenn ich nicht besonders oft heule. In diesem Moment schluchzte ich wie ein Kind.

25

*A*ls ich zu mir kam, zwitscherten schon die ersten Vögel. Ich fror erbärmlich, kauerte wie ein Kind auf dem Rattansessel. Gähnend reckte ich die steifen Glieder und rappelte mich auf, wankte schlaftrunken ins Haus. Es stank nicht mehr, Gott sei Dank.

Auf dem Wohnzimmertisch lag mein Handy. Ich griff danach, um nach der Uhrzeit zu sehen, und entdeckte eine Nachricht von Maja vom Vorabend. Da hatte ich draußen gesessen und mich in Selbstmitleid gesuhlt.

Falls du Ella suchen solltest, sie ist bei mir gelandet.

Wie lieb sie war. Sie hätte mich aus Rache zappeln lassen können. Wäre ich nicht auf der Terrasse eingeschlafen, hätte ich mir bestimmt Sorgen wegen Ella gemacht.

Fest stand, ich hatte mit beiden einiges zu klären. Mich zu entschuldigen dafür, dass ich komplett aus der

Rolle gefallen war. Gestern bei Ella, aber auch am Sonntag bei Maja, als meine Familie zu Besuch war. Ich fasste mir an die Brust und versuchte durchzuatmen, aber es gelang mir nicht. Erschöpft beschloss ich, noch eine Runde zu schlafen, und kroch ins Bett.

Geschirrklappern aus der Küche weckte mich. Für wenige Sekunden glaubte ich, dass Maja dort herumwerkelte und für uns das Frühstück vorbereitete, doch dann erinnerte ich mich an die Geschehnisse des Vortags.

Es klopfte an der Tür, und Emil trat ein. Er balancierte eine Tasse vor sich her. Der Geruch nach Kaffee begleitete ihn.

»Hier«, sagte mein Sohn, »ist ein bisschen voll geworden.«

»Wie komme ich denn zu der Ehre?« Lächelnd setzte ich mich auf und nahm die Tasse entgegen.

»Weil wir dir manchmal so viel Ärger machen«, sagte mein Jüngster und hockte sich auf die Bettkante. Er wippte auf und ab. »Machen wir heute was?«

Ich nippte am Kaffee. Gerade stand mir gar nicht der Sinn nach einem Ausflug. »Erst muss ich mit Ella reden, wir haben uns gestern ziemlich gezofft.«

»Sie ist nicht da, ich hab schon geguckt«, erwiderte Emil.

Ich nickte. »Sie ist bei Maja.«

»Und warum kommt die nicht mehr?«

»Sie hatte diese Woche viel zu tun«, gab ich ausweichend zurück. »Du magst sie, oder?«

Emil zuckte mit den Schultern. »Ein bisschen.«

Gedankenversunken schwenkte ich den Kaffee in

der Tasse hin und her. »Du musst wissen, ich mag die Maja sehr, Emil. Aber du müsstest niemals Angst haben, dass sie zwischen uns steht. Ihr Kinder seid für mich das Wichtigste.«

Mein Jüngster betrachtete seine Füße. »Gut.«

»Es hat dich also nicht gestört, dass sie öfter hier war und auch hier übernachtet hat?«

Mein Sohn schüttelte den Kopf und rutschte vom Bett. »Aber einen Kaffee würde ich euch dann nicht bringen. Das wäre mir peinlich.«

»Verstehe.«

»Darf ich an den Computer?«, fragte er an der Tür.

Ich grinste in mich hinein. Daher der Kaffee und die Frage, ob wir etwas unternehmen würden. Dieses Schlitzohr. »Meinetwegen«, gab ich nach und schwang die Beine aus dem Bett. »Dann mache ich mich mal ans Tagewerk.«

Eigentlich bin ich niemand, der unangenehme Dinge vor sich herschiebt. Im Gegenteil, ich gehöre zu den Menschen, die Lästiges zuerst hinter sich bringen, um sich dann mit Elan dem Rest widmen zu können.

Diesmal sah die Sache anders aus. Alles, was vor mir lag, war unerfreulich. Wann sollte ich was erledigen? Welche Entscheidungen ich auch fällte – es würde etwas in Gang setzen.

Bei Marie hatte ich mir Bedenkzeit erbeten, doch dank der überquellenden Toilette hatte ich keine Minute gefunden, mir über ihren vorgeschlagenen Deal den Kopf zu zerbrechen. Stattdessen hatte ich mir wegen meiner Schimpftirade mit Ella weitere Probleme aufgehalst. Statt verständnisvoll zu reagieren, hatte ich sie beschimpft und verletzt.

Und wie sollte ich mit Maja weitermachen? Wir hatten schon seit einer Woche kein persönliches Wort mehr gewechselt, allein das wäre eine Erklärung wert gewesen. Zu allem saß meine Tochter nun auch noch bei ihr und schmollte.

Vielleicht war es das Beste, wenn ich mich zuerst an Ella wandte.

Es tut mir leid, Hase, schrieb ich ihr. *Ich hatte gestern einen schlechten Tag. Bitte komm wieder heim.*

Die Antwort erfolgte prompt. **Nope.**

Es blieb mir wohl nichts anderes übrig, als an Maja zu schreiben.

In diesem Augenblick trudelte eine Nachricht von Marie ein. **Und? Bist du schon zu einer Lösung gekommen?**

Nope.

Du kannst dir vielleicht vorstellen, dass Tom mich ziemlich löchern wird, wenn ich heute Nachmittag nach Hause komme.

Ich blieb ihr eine Antwort schuldig, wanderte barfüßig hinaus in den Garten, spürte das morgentaufeuchte Gras unter meinen Füßen und kletterte in die Hängematte zwischen den Apfelbäumen.

Was ist dein Plan, Herr Liebermann?, fragte ich mich.

Das Handy vibrierte wieder. Eine Message von Maja. **Ghostest du mich etwa? Hast du festgestellt, dass ich doch nicht die Richtige bin? Dann sag mir** das einfach! Ella kommt jetzt jedenfalls heim, ihr habt einiges zu bereden.

Ich verstand so gut, dass sie sauer war. Diese Frau war viel zu selbstlos für mich. Mit wem sollte ich eigentlich über meine Probleme reden können, wenn nicht mit ihr?

Ich melde mich, versprochen, antwortete ich. *Danke für deine Hilfe mit Ella.*

Im Arbeitszimmer sah ich nach Emil, der auf dem Minecraft Server Welten baute, dann schlich ich wieder nach unten, bereitete Ella einen Latte macchiato zu und wartete auf ihre Rückkehr.

Bald vernahm ich das Scheppern des Hoftors.

Ich füllte den Kaffee in einen To-Go-Becher aus Bambus und ging meiner Tochter entgegen.

»Lust auf einen Spaziergang?«, fragte ich, als sie vom Fahrradschuppen zurückkehrte. Ich hielt ihr den Kaffeebecher hin.

»Warum?«

»Weil ich gern ungestört mit dir reden möchte. Nicht mit Emil und Anton in Hörweite.«

Meine Tochter nahm zögernd den Becher an. »Hat Maja dich etwa vorgewarnt?«

»Sie hat mir gesagt, dass du auf dem Weg bist, ja.«

»Sonst nichts?«

»Nein, wieso?«

»Okay, na dann.« Ella warf ihr Haar über die Schulter. Es sah anmutig aus. Manchmal raubte es mir den Atem, dass dieses Wesen von mir abstammte.

»Zuerst einmal«, sagte ich, während wir den Weg durch die Straßen unseres Wohngebietes Richtung

Ortsrand einschlugen, »möchte ich mich bei dir entschuldigen. Ich hatte ...«

»... einen schlechten Tag, du sagtest es schon, Papa. Ist okay. Was du gesagt hast, war so doof, dass ich es mir noch nicht mal richtig zu Herzen genommen habe.«

Eine Weile gingen wir schweigend nebeneinander her. »Was meintest du mit deiner Frage, ob Maja mich vorgewarnt hätte?«, nahm ich den Faden wieder auf. »War was im Supermarkt?«

Ella nippte an ihrem Becher. Wir waren am Ortsrand angekommen. Von dort ging es über einen Wiesenweg zum Bach. Dahinter lagen die Berge. »Lass uns das Stück bis zur Bank laufen, ja?«, schlug sie vor.

Sie spielte wohl auf Zeit.

»Na komm«, sagte ich einladend, nachdem wir uns gesetzt hatten. Die Ruhebank lag noch im Schatten, die Luft war kühl und feucht. Doch die vor uns liegenden Wiesen leuchteten bereits in der Morgensonne. »Jetzt aber raus mit der Sprache«, drängte ich.

»Maja meint, Dinge zu vertuschen wäre keine gute Idee. Auch wenn sie noch so unangenehm sind. Sonst schottet man sich voneinander ab und so. Und es kommt zu immer mehr Missverständnissen.«

»Meint sie das?«

Ella fuhr mit dem Finger die Holzmaserung der Bank entlang. »Du könntest ihr ruhig sagen, dass das für dich schwierig war am Sonntag, weil du da zum ersten Mal eine neue Frau vorstellen wolltest. Ist ja auch verständlich. Aber da kann ja Maja nix dafür. Sie ist so eine Liebe, ich find das voll assig von dir, dass du sie so hängen lässt.«

Das nahmen die beiden also an. Auf die abwegige Realität hätten sie ja auch niemals kommen können.

»Ich rede mit ihr«, versprach ich. »Und was dich betrifft. Wegen gestern –«

Meine Tochter machte abermals eine wegwerfende Handbewegung. »Vergiss es. Wirklich. Das ist jetzt nicht wichtig.« Sie holte tief Luft. »Zuerst hatte ich Angst, dass du mir das vielleicht nicht verzeihst, dass ich so lange nichts gesagt habe, aber Maja meint, dass man Dinge auch dann verzeihen muss, wenn man über einen längeren Zeitraum belogen wurde. Es zählt, dass man endlich die Wahrheit sagt.« Sie hustete kurz. »Ich muss dir also was sagen.«

Ein ungutes Gefühl beschlich mich. »Hast du dein Abschlusszeugnis gefälscht und auch kein Fachabitur?«

Ella schüttelte den Kopf. »Es geht um Mika und Samira. Da habe ich dir nicht die ganze Geschichte erzählt.«

»Sind sie gar kein Paar?«

»Doch, sind sie. Zumindest tut Samira so.« Sie scharrte mit dem Fuß über den steinigen Untergrund.

»Inwiefern?«, hakte ich vorsichtig nach. »Warum sollte sie nur so tun?«

Meine Tochter ließ eine Haarsträhne durch ihre Finger gleiten. »Ich war nicht in Mika verliebt, Papa.«

»Nicht?« Mir kam in den Sinn, was Jakob bei seiner Nachprüfung gesagt hatte. So recht konnte ich den Gedanken nicht glauben, die sich in meinem Kopf formierten. Bedeutete das –?

Ella schnaubte. »Jeder erwartet von mir, dass ich Jungs gut finde. Das setzt mich so unter Druck! Dabei war ich in Samira verliebt.« Ihr Kinn zitterte. »Und sie auch in mich, da bin ich ganz sicher.«

Ungläubig starrte ich sie an. Samira war so lange ihre beste Freundin gewesen, dass sie quasi zur Familie gehört hatte. Sie hatten alles zusammen gemacht, immer die Köpfe zusammengesteckt. Nie hatte ich gedacht ...

»Sie tut aber alles, damit das nicht rauskommt«, stellte Ella klar. »Es war unser Geheimnis. Aber dann haben ihre Eltern irgendwie Lunte gerochen und sie hat sich mit Mika zusammengetan, der sowieso schon die ganze Zeit scharf auf sie war. Jetzt tut sie so, als wäre das mit uns beiden für sie nur so ein Experiment gewesen und hätte nichts bedeutet. Und Mika hatte nichts Besseres zu tun, als rumzuerzählen, dass ich auf Frauen stehe. Als wäre ich voll bemitleidenswert, weil ich mich aus Versehen in Samira verknallt hätte. *Deswegen* bin ich in der Schule so abgesackt, Papa. Und deswegen wollte ich das Jahr nicht wiederholen, weil ich an der Schule nur noch das unglücklich verliebte lesbische Mädchen bin. Aber ich hatte eine Scheiß-Angst, dir das zu sagen. Obwohl Natalia meinte, du würdest es okay finden.«

Ich suchte händeringend nach Worten. Dieses Outing war eine ziemliche Überraschung, das schon. Und ich würde mich an den Gedanken gewöhnen müssen. Allerdings ...

»Du weißt doch, dass ich kein Problem mit dem ganzen LGTBQ habe«, suchte ich nach Worten.

»Schon«, flüsterte sie. »Aber ob man etwas im Allgemeinen akzeptiert, heißt noch nicht, dass es auch so ist, wenn es um die eigene Familie geht.«

»Aber natürlich ist es für mich dasselbe. Es ist mir egal, mit wem und wie du glücklich bist«, schickte ich hinterher. »Hauptsache, du bist es.« Ich zog Ella in die Arme und drückte sie an mich.

Als wir uns wieder voneinander lösten, sagte sie: »Siehst du, so geht es mir auch mit dir. Aber du lässt mich genauso wenig an deinem Leben teilhaben. Von Maja habe ich nur durch Zufall erfahren. Dabei wollte ich nie, dass du allein bleibst nach Mamas Tod.«

Sie hatte recht. Warum sonst hätte sie mich sogar bei Tinder angemeldet?

Abermals nahm ich mein Kind in den Arm und küsste ihre Stirn. »Mein armes Mädchen«, flüsterte ich. »Danke, dass du es mir gesagt hast.« Ich legte den Kopf schräg. »Wie kam es eigentlich dazu, dass du dich Jakob anvertraut hast? So gut kennt ihr euch ja eigentlich gar nicht.«

»Jakob?«

Kurz umriss ich ihr die Situation seiner Abiturprüfung. »Ich hatte mich ziemlich gewundert, wie er bei dem Stichwort Samira auf Homosexualität gekommen war.«

»Ach so.« Meine Tochter kräuselte die Nase. »Er findet ein syrisches Mädchen gut und weiß nicht so richtig, wie er das seinen Eltern schmackhaft machen soll – die Mutter trägt Kopftuch.« Ella schmunzelte. »Jetzt stell dir Carola in ihrem bayerischen Dirndl vor und daneben die andere Mutti in der traditionellen Hijab.«

Wir kicherten vor uns hin. Das wäre bestimmt eine Herausforderung für beide.

»Jedenfalls hab ich ihm daraufhin erzählt, dass ich eine lesbische Muslimin kenne, die aber ihren Eltern vorgaukelt, sie hätte einen Freund. Dagegen sind die Eltern zwar auch, aber *der* Kampf ist ihr immer noch lieber als der andere.« Sie schluckte schwer.

Zärtlich streichelte ich meiner Tochter über die Wange. »Auch wenn das alles jetzt sehr schmerzhaft ist, bestimmt findest du wieder jemanden.« Plötzlich fiel mir etwas ein. »Was ist eigentlich mit Josie?«, fragte ich. »Bist du ... seid ihr ...?«

Eine zarte Röte überzog Ellas Gesicht. »Ich glaube schon.«

Ich streichelte ihr über die Wange. Da liebte meine Tochter eine Frau. Irgendwie fand ich das großartig.

»Mein Schatz«, flüsterte ich zärtlich. »Das ist die beste Nachricht seit Langem.«

Zu Hause erwartete uns Anton in der Küche, vor sich eine Schale Müsli. Auf seinem Handy, das an der Milchpackung lehnte, lief mal wieder irgendein Video. »Na?«, fragte er kauend. »Habt ihr euch vertragen?«

Ella warf mir einen unsicheren Blick zu. Ich nickte ihr zu. Es war ihre Entscheidung, ob sie ihren Bruder ins Vertrauen zog.

»Ich bin übrigens mit Josie zusammen«, erklärte sie.

Antons Blick ging von mir zu seiner Schwester. »Cool«, sagte er. Dann tauchte er den Löffel ins Müsli und schaute wieder in sein Handy.

Ella und ich grinsten uns an. Es tat so gut, dass endlich nichts mehr zwischen uns stand. Sie hatte mir auf dem Rückweg sogar versprochen, sich am Montag um einen Rohrreiniger zu kümmern, der hoffentlich unser Klo wieder in Ordnung bringen würde. Heute musste sie zur Arbeit. Und ich hatte dringend ein paar Einkäufe zu erledigen.

Als ich zurückkehrte, schlug ich Emil und Anton einen Ausflug zum Forggensee vor. Ich konnte den Gedanken nicht ertragen, wenn die Jungs bei diesem schönen Wetter den Tag am Computer oder am Handy verbrachten. Am Ufer liegend würde ich mir eine Strategie wegen der ganzen Sache mit Marie überlegen.

Im Beruf half mir bei kniffligen Entscheidungen oft die Frage *Was wäre das Schlimmste, das geschehen könnte?* Was man auf einer Seite verlor, gewann man oft an anderer Stelle hinzu. Und umgekehrt. Manchmal versiebte man es aber auch auf der ganzen Linie.

Auf meiner Decke zwischen all den Familien mit Kindern sah ich vermutlich so aus, als würde ich arbeiten. Ich saß im Schneidersitz, einen Block auf dem Schoß, den Stift gezückt. Die Überschrift auf meinem Zettel lautete Worst-Case-Szenario. Minutenlang starrte ich auf die Buchstaben, bis sie vor meinen Augen verschwammen. Kurzentschlossen strich ich die Headline wieder durch und ersetzte sie durch Best-Case-Szenario. *Was wäre das Schönste, das geschehen könnte?*

- Die Kinder freuen sich über die Nachricht von einer kleinen Schwester

- Sie verzeihen mir sofort, dass ich ihre Mutter betrogen habe, als sie im Sterben lag
- Emilia kann bestens damit umgehen, wenn sie erfährt, dass ihr Papa Tom gar nicht ihr richtiger Papa ist, sondern ein wildfremder Mann aus Süddeutschland, der außerdem schon drei Kinder hat. Ihr Leben geht weiter wie zuvor.
- Tom Kroyer taucht nie bei mir auf
- Maja kann super damit umgehen, dass ich nicht nur drei, sondern vier Kids habe und ~~trotzdem~~ deshalb keines mit ihr will
- Sie versteht, dass ich ihr bisher noch nichts davon erzählt habe, auch nicht, als sie nach »Leichen im Keller« fragte
- Meine Schwester lacht über meine Dämlichkeit
- Meine Eltern–

Okay. Vermutlich kam ich doch nicht um die Worst-Case-Stichpunkte herum. Dass meine Eltern positiv mit dieser Sache umgehen würden, war noch unwahrscheinlicher als alles andere auf der Liste.

Zögernd begann ich die Negativliste. *Was wäre das Schlimmste, das geschehen könnte?*

- Die Kinder verlieren wegen dieser Geschichte jegliches Vertrauen zu mir
- Sie wollen zu Natalia nach Wiesbaden ziehen
- Maja macht endgültig Schluss

- Emilia verwandelt sich von einem fröhlichen in ein in sich gekehrtes kleines Mädchen, das die Welt nicht mehr versteht. Vor allem nicht, warum ihr richtiger Papa sie nicht mit zu ihren Geschwistern nehmen möchte. Ständig träumt sie von dieser anderen Familie und fühlt sich ungeliebt
- Tom Kroyer schreibt einen Leserbrief an die Allgäuer Zeitung über den bigotten Gymnasialdirektor Liebermann
- Meine Schwester lacht über meine Dämlichkeit
- Meine Eltern wenden sich von mir ab und kommunizieren nur noch über die Kinder mit mir

Zweifelnd verglich ich die beiden Listen.

Es gab Dinge, mit denen könnte ich leben. Wie meine Eltern reagieren würden, war mir ziemlich schnuppe. Doch nicht die Reaktion meiner Kinder. Sie waren das Wichtigste in meinem Leben. Wollte ich also die Beziehung zu ihnen nicht aufs Spiel setzen, durfte ich ihnen nichts von ihrer kleinen Schwester erzählen. Besonders Emil würde es zutiefst verstören. Deswegen konnte ich auch Natalia und meinen Eltern nicht die Wahrheit sagen. Früher oder später würde eine Bemerkung fallen, die alles ans Licht brachte.

Kam ich zur kleinen Emilia. Marie würde am besten wissen, was gut für unsere Tochter war. Die Lösung, der Lütten zu einem späteren Zeitpunkt von mir zu erzählen – dann, wenn es sie nicht mehr zu sehr verwirren würde –, erschien mir am besten. Doch ich würde mein Kind gerne sehen. Ab und zu von ihm hören. Aus der Ferne an seinem Leben teilhaben.

Und ich wollte mit Maja zusammen sein. Unbedingt. Doch die Voraussetzung dafür war absolute Ehrlichkeit. Ich würde sonst keine Beziehung auf Augenhöhe mit ihr führen können. Blieb nur die Möglichkeit, ihr reinen Wein einzuschenken. Unter der Prämisse, dass sie mein Geheimnis für sich behielt. Ungeachtet dessen, ob sie mich überhaupt noch liebte, wenn sie davon erfuhr.

Ich nahm mein Smartphone zur Hand, um ihr endlich zu antworten. Wollte ihr vorschlagen, sich morgen mit mir zu treffen. Ihr gestehen, dass ich ein paar Heimlichkeiten mit ihr teilen musste.

Doch Maja hatte mir schon längst wieder geschrieben. Diesmal lautete ihre Nachricht: **Lust auf eine Fahrt mit dem Ruderboot morgen auf dem Hopfensee? Ich möchte dir etwas von mir erzählen.**

Überrascht las ich ihre Zeilen. *Sehr gerne*, antwortete ich. *Geht mir genauso.*

Das hatte ich gehofft.

Wir verabredeten uns für vierzehn Uhr am Bootsverleih.

Am Abend rief ich Marie an. Sie meldete sich nach dem ersten Klingeln.

»Die Sache mit dem Familiengeheimnis«, sagte ich, »die klingt gut. Wenn Tom einverstanden ist, sagt ihr Emilia das mit der Samenspende, wenn ihr ohnehin vorgehabt hättet, ihr von der künstlichen Befruchtung zu erzählen. Und dass sie den Spendernamen erfährt, wenn sie achtzehn ist. Danach kann sie selbst entscheiden, ob sie Kontakt zu mir aufnimmt.«

»Okay.« Marie klang erleichtert.

»Bist du sicher, dass er mich in Ruhe lässt?«, fragte ich.

»Das wird er. Als ich zurückgekommen bin, hat er mir gesagt, dass er am liebsten möchte, dass alles bleibt, wie es ist. Emmi ist für ihn sein Kind, daran ändert sich nichts. Auch dann nicht, wenn wir uns trennen sollten. Aber ich glaube, das werden wir nicht.«

Ich schluckte den Kloß in meinem Hals hinunter. »Ich würde sie gern ab und zu sehen. Vielleicht einmal im Jahr. Aus der Ferne.«

Sie schwieg ein paar Atemzüge lang. »Wir arrangieren etwas, ja? Lauere uns nur nicht auf oder klingele unangemeldet an unserer Tür.«

»Versprochen.«

Als ich auflegte, fiel mir ein Stein vom Herzen.

26

*E*s war eine Weile her, dass ich zuletzt auf einem See gerudert war. Zwar trainierte ich oft auf dem Rudergerät im Fitnessstudio, doch ein simpler schwankender Kahn war anders. Das sanfte, regelmäßige Platschen der Paddel im Wasser hatte etwas Meditatives. Bei jedem Ruderschlag landeten Tropfen im Boot. Es schaukelte leicht, die Sonne blendete. Die umliegenden Berge spiegelten sich im See. Ein herrlicher Tag.

»Wieso willst du mir eigentlich ausgerechnet auf einem See etwas erzählen?«, fragte ich, nachdem ich etwa fünfhundert Meter hinausgerudert war. Maja, die mir auf dem einfachen Holzbrett gegenübersaß, sah wieder einmal bezaubernd aus. Sie trug einen Sonnenhut und ein rot-weiß kariertes Kleid. Unsere Begrüßung war herzlich ausgefallen. Mit einer Umarmung. Das ließ mich hoffen. Bewundernswert, wie wenig nachtragend sie war.

»Ich wollte, dass uns nichts ablenkt oder du dringend weg musst, wie zuletzt«, erwiderte sie und deutete auf die Ruder. »Ich kann dich mal ablösen, wenn du magst.«

Grinsend hob ich den Arm und ließ die Muskeln spielen. »Wird nicht nötig sein, danke.« Dann wurde meine Miene ernst. »Wann denn zuletzt?«

»Als ich dich nach Leichen in deinem Keller gefragt habe. Danach wollte ich dir etwas erzählen, aber du hattest keine Zeit mehr.«

Ich überlegte. Jetzt fiel es mir wieder ein. »Danach haben wir uns aber noch ein paarmal gesehen, bevor –« Den Rest sprach ich nicht aus. Bevor ich ihr beim Besuch meiner Eltern eine eiskalte Dusche verpasst hatte.

»Ja, wir haben uns noch ein paarmal gesehen. Aber ich wollte uns nie die Stimmung verderben«, antwortete sie.

»Was hast du denn Schlimmes angestellt?«, fragte ich stirnrunzelnd. Hoffentlich sah sie mir nicht an, dass mir das Herz bis zum Hals klopfte. Auch, weil obendrein mein eigenes Geheimnis auf sie wartete.

»Hast du schon einmal etwas getan, das du zutiefst bedauert hast?«, fragte sie.

Ich stellte das Rudern ein, ließ das Boot auf dem Wasser dahingleiten. Aufmerksam sah ich sie an. »Habe ich. Und du bist nicht die Einzige, die bei diesem Gespräch nicht alles gesagt hat.«

Maja lächelte. »Ach so? Dabei habe ich dich nur so gelöchert, damit du mich fragst, ob ich dir auch noch etwas zu sagen hätte. Aber das wolltest du nicht. Dein Vertrauen in mich war offenbar unerschütterlich.«

»Ist«, korrigierte ich. »Mein Vertrauen in dich *ist* unerschütterlich. Was solltest du getan haben, das daran etwas ändern könnte?«

»Was ich getan habe, ist nicht per se schlimm.« Sie schloss für einen Moment die Augen. »Ich habe mit siebzehn ein Kind abgetrieben. Ganz allein in Amsterdam, weil die Auflagen in Deutschland eine Zumutung waren.«

Ich schwieg einen Moment. »Hat dich niemand begleitet? Deine Eltern? Nicht mal der Vater?«

»Meine Eltern? Nein. Und der Vater ... wir waren noch halbe Kinder. Für ihn war es zu abstrakt, dass wir ein solches Pech haben sollten. Ich kannte mich damals mit meinem Zyklus nicht aus, dachte, es könnte nichts passieren – aber dann geschah es eben doch. Dadurch war es irgendwie meine Schuld.« Sie hob die Schultern. »Eine Zeitlang habe ich es erfolgreich verdrängt. Aber je älter ich wurde, desto weniger ließ es mich los. Immerzu habe ich mich gefragt, ob es ein Mädchen oder ein Junge geworden wäre. Wie es geworden wäre.«

»Ich finde es vollkommen okay, dass du mir bisher nichts davon erzählt hast«, beruhigte ich sie. »Für mich hat es keine Bedeutung, außer dass es mir wahnsinnig leidtut, dass du damit so allein gelassen wurdest.«

Maja legte den Kopf schräg. »Für dich hat diese ganze Sache insofern eine Bedeutung, als dass mein Kinderwunsch auch daher rührte, verstehst du? Ich wollte es ... wiedergutmachen. Ersetzen. Zwischen Ruben und mir war es ein großes Thema, ich habe dir ja schon davon erzählt. Und als ich dich schließlich kennenlernte, war ich anfangs auch noch davon überzeugt, dass ich es unbedingt will. Aber in dem Moment dachte ich: Vielleicht bist du ja mein Schicksal. Vielleicht waren ja deine Kinder plus meinem gemeint. Und damit war es dann plötzlich okay.«

Ihr Gesichtsausdruck sprach nicht dafür, als ob irgendetwas okay wäre. Und was wollte sie mir sagen? »Womit sollen meine Kinder gemeint gewesen sein?«, hakte ich nach.

Maja beugte sich über den Bootsrand und fuhr mit der Hand durchs Wasser. »Ich war doch bei Carola zum Engelsreading.« Sie kräuselte die Nase. »Natürlich ist so etwas reine Auslegungssache, darin waren wir uns ja schon mal einig. Aber Carola wusste nichts von meiner Abtreibung. Und trotzdem kam da diese komische Sache raus.« Sie setzte sich auf und streifte die feuchte Hand an ihrem Kleid ab.

»Ja?« Ich nahm das Rudern wieder auf, damit wir nicht ins Schilf abtrieben. »Was hatten die Engel denn zu sagen?«

»Angeblich sollte ich eines Tages vier Kinder haben.«

»Vier?«

Sie nickte. »Und da du nun mal drei hast, fing ich an zu rechnen ...« Ihre Grübchen zeigten sich.

»Vier Kinder also«, wiederholte ich. Ich hielt von Esoterik nicht das Geringste. Aber in diesem Augenblick fand ich diese zufällige Zahl merkwürdig zutreffend. Zwar meinte Maja mit dem vierten Kind ihr verlorenes. Ich hingegen dachte an ein anderes.

Mit kräftigen Schlägen ruderte ich weiter auf den See hinaus. Nicht weit von uns war eine Familie in einem Schlauchboot unterwegs. Die Kids hüpften übermütig schreiend ins Wasser und wurden vom Vater zurück an Bord gezogen.

»Also gut, nun wäre wohl ich an der Reihe«, fasste ich mir ein Herz.

In diesem Moment landete eine Ente neben uns auf dem Wasser. Sie meckerte mich laut quakend an. Als riefe sie mir zu, ich sollte bloß die Klappe halten.

Doch das kam jetzt nicht mehr in Frage. Ich musste ehrlich zu Maja sein.

»Du erinnerst dich sicher an die Anekdote, die mein Vater letzten Sonntag zum Besten gegeben hat?«, fragte ich. »Es ging um ein Mädchen in Wiesbaden, das Ella so verblüffend ähnelte. Etwa fünf Jahre alt.« Mir fiel ein, dass ich Marie gar nicht nach Emilias Geburtsdatum gefragt hatte. Das musste ich unbedingt nachholen.

»Was ist mit diesem Mädchen?«

»Es heißt Emilia und ist meine Tochter.«

Maja blinzelte. Ihr Mund öffnete sich leicht. Dann füllten sich ihre Augen mit Tränen.

So viel zu der Theorie, sie habe mit ihrem Kinderwunsch abgeschlossen. Natürlich war er noch da. Tief in ihr schlummerte der ganze Schmerz um ihren Verlust.

»Hast du ... hast du diese Frau geliebt?«, fragte sie leise. »Und wann –?«

Stockend fasste ich zusammen, zu welcher Zeit das Kind gezeugt worden war. Und seit wann ich von ihm wusste. Auch, dass Marie vor zwei Tagen bei mir gewesen war und was wir gemeinsam beschlossen hatten.

»Es würde den Kindern das Herz brechen, wenn sie davon erfahren, was ich ihrer Mutter angetan habe. Und für Emilia wäre es genauso traumatisierend. Niemand soll davon wissen«, schloss ich, »außer Maries Mann und du.«

Maja gestikulierte in Richtung Ufer. »Jetzt bedaure ich es doch, dass ich hier nicht wegkann«, lächelte sie unter Tränen. »Ich wäre jetzt irgendwie gern allein.«

Die Ente quakte zustimmend.

»Ich habe leider keine Badehose dabei, sonst würde ich eine Runde schwimmen«, sagte ich in dem zweifelhaften Versuch, einen Witz zu machen.

Maja wechselte die Sitzposition und drehte mir den Rücken zu, blickte still über den See in Richtung der Berge.

Was würde sie tun? Mich endgültig in den Wind schießen? Es wäre nur allzu verständlich. Meine Familie war nicht ohne. Und obendrein sollte sie nun noch ein Geheimnis bewahren, das ihr immer wieder vor Augen führen würde, was sie mit mir nicht haben durfte?

Nach einer Weile streckte sie die Hand nach hinten aus, und erleichtert griff ich danach. So blieben wir still sitzen, nur das Plätschern des Wassers an unserem Kahn und das fröhliche Kreischen der Kinder im benachbarten Schlauchboot war zu hören. Schließlich kramte sie ein Taschentuch aus ihrer Handtasche und schnäuzte sich. Dann hob sie die Beine zurück über die Bank.

»Du hast die Kleine also noch nie aus der Nähe gesehen?«

Ich schüttelte den Kopf.

»Würdest du mich mit nach Wiesbaden nehmen, wenn du sie besuchst? Ich würde gern an deiner Seite sein.« Lächelnd tupfte sie sich die Augenwinkel. »Wenn ich schon eingeweiht bin, dann richtig.«

Als ich an diesem Sonntagabend nach Hause kam, legte ich ein paar Würste auf den Grill und warf Pommes in die Heißluftfritteuse.

»Ich möchte, dass ihr eines wisst«, sagte ich beim Abendessen zu den Kindern. »Maja und ich hatten ein paar Anlaufschwierigkeiten. Das ist manchmal so, wenn man sich neu kennenlernt. Aber heute haben wir uns ausgesprochen und ein paar Dinge geklärt. Sie wird jetzt wieder öfter herkommen, damit ich euch nicht mehr so oft allein lasse.«

»Och«, sagte Anton, »das war jetzt nicht so schlimm.«

»Mag sie uns nicht?«, fragte Emil.

Ich tätschelte seine Hand. »Im Gegenteil. Sie mag euch sehr. Das macht es dann manchmal schwierig, weil sie ja ihr Herz nicht nur mir, sondern auch euch schenkt. Und das hat uns beiden ein bisschen Angst gemacht.«

Ella legte den Kopf schräg. »Ja. Wäre voll scheiße, wenn ihr euch dann irgendwann wieder trennen würdet. Für sie, für uns.« Sie hob die Schultern.

»Warum bekommt ihr nicht auch ein Kind zusammen, dann wäre es nicht mehr so ungerecht. Und wenn ihr euch echt irgendwann trennen würdet, hätten wir automatisch immer noch alle miteinander zu tun.«

Ungläubig starrte ich meine Tochter an.

»Ich fänd ein Baby auch voll süß.« Emils Augen leuchteten. »Hoffentlich ein Junge, dann könnte ich mit ihm spielen.«

Anton schnaubte abfällig. »Alter. Überleg mal. Mindestens zwölf Jahre Altersunterschied. Was wollt ihr denn da spielen?«

»Ach so.« Emil ließ die Schultern sinken. »Dann lieber doch nicht.«

Ich schmunzelte. »Ob Baby oder nicht, müsstet ihr schon Maja und mir überlassen.«

»Du bist allerdings nicht mehr der Jüngste«, warf Ella ein. »Wenn das Kind mit dem Abi fertig ist, wärst du mindestens«, erbarmungslos zählte sie an den Fingern ab, »fünfundsechzig. Vielleicht sogar siebzig, wenn es nicht gleich funktioniert.« Ihre Augen weiteten sich. »Ein Opa.«

»Leons Vater ist schon in Rente«, sagte Anton. »Merkt man gar nicht. Der ist ganz cool.«

In mich hineinlächelnd säbelte ich ein Stück Bratwurst ab. Dass meine Sprösslinge ein weiteres Kind nicht rundheraus ablehnten, freute mich immerhin. Auch wenn ich an meiner Entscheidung festhielt, ihnen nichts von Emilia zu sagen. Doch was Maja betraf, hätte ihr Urteil nicht eindeutiger ausfallen können.

Das machte mich unendlich glücklich.

27

D ie letzte Schulwoche brach an. Es galt, Liegengebliebenes zu erledigen und am Freitag die Schüler in die Ferien zu verabschieden. Als ich am Montagmorgen im Lehrerzimmer zu den Kollegen stieß, verstummten die Gespräche. Man warf mir amüsierte Blicke zu.

»Ist was passiert?«, fragte ich.

Frau Dr. Brode fischte ein Heftchen von einem Stapel und übergab es mir. Es handelte sich um die neueste Schülerzeitung. Die letzte Ausgabe dieses Jahres.

»Herzlichen Glückwunsch«, sagte sie zwinkernd. »Sie haben es geschafft.«

»Geschafft?«, murmelte ich und betrachtete die Titelseite. Darauf war noch nichts Verfängliches zu erkennen. Oder – Moment. Ein paar Headlines wurden angeteasert. Eine lautete »Interview mit einem Schüler- und Hühnerversteher«.

Verlegen bleckte ich die Zähne und tippte darauf. »Das lese ich vielleicht besser allein?«

Eilig begab ich mich zu meinem Büro, blätterte schon im Lauf die Seiten durch, bis mir das doppelseitige Interview in die Augen stach. Unbemerkt huschte ich an Frau Schmitz vorbei, die gerade telefonierte, und ließ mich auf den Bürostuhl fallen.

Den Fotohintergrund des Interviews bildete ein Schnappschuss im strohverwüsteten Foyer unserer Schule am Tag des Abistreichs. Ich hielt das leblos wirkende Huhn in Händen, kurz bevor ich das Tier in den Karton befördert hatte. Mein Gesichtsausdruck war beispiellos. Zwischen meinen Lippen zeigte sich die Zungenspitze. Meine Augen traten vor Konzentration hervor. Ich sah aus wie Gargamel, der böse Zauberer der Schlümpfe.

Auf der rechten Seite war eine Bildergalerie angeordnet. Der oberste Schnappschuss zeigte mich auf der Bühne der Aula am Tag meines Amtsantritts. Ich trug den dunkelgrauen Anzug mit der hellblauen Krawatte. Vor dem Mikro hielt ich mich gerade, lächelte freundlich. Damals hatte ich so einen albernen Seitenscheitel, weil ich es vorher nicht mehr zum Friseur geschafft hatte. Ein bisschen farblos sah ich aus.

Das nächste Bild war an Fasching entstanden. Wieder ich im Anzug – leider derselbe – inmitten von maskierten Schülern, die mich mit Konfettipistolen beschossen. Ich sah nicht sehr glücklich aus. Es folgte ein Foto von Luisas Beerdigung. Ich hielt mich gebeugt, meine Schultern hingen herab. Das entzündete Auge zeugte von echter Verzweiflung.

Der nächste Schnappschuss zeigte mich in Lederhose und lockerem Hemd beim Abiball. Maja und ich tanzten zusammen. Meine Frisur wirkte zerzaust. Wir waren ein schönes Paar, das konnte man nicht anders sagen. Zuletzt folgte ein Ausschnitt des Artikels in der Allgäuer Zeitung anlässlich des Abistreichs. Die Worte »der sympathische Schulleiter Sebastian Liebermann« waren gehighlightet. Auch das Interview las sich flüssig. Ich hatte gut daran getan, die Fragen der Schüler diesmal nicht allzu ernsthaft zu beantworten.

Lächelnd lehnte ich mich in meinem Stuhl zurück. Vielleicht hatte Frau Dr. Brode recht. Die Schüler hatten mich in ihr Herz geschlossen.

Am Mittwoch wurde zu Hause endlich das Abflussrohr gereinigt. Die verbliebenen im Siphon feststeckenden Karotten wurden mit schwerem Gerät geschreddert. Anschließend wurde alles abgepumpt. Der Gestank war nicht mehr so schlimm – dennoch hätte ich so früh am Morgen darauf verzichten können.

Der positive Effekt des Ganzen war jedoch, dass wir am Ende des Tages eine Putzhilfe hatten. Die Schwiegermutter des Rohreinigers besaß nicht nur ein riesiges Reinigungstalent, sondern auch ein Herz für chaotische Familien. Obendrein war gerade eine Auftraggeberin umgezogen, sodass sie einen halben Tag übrig hatte. Wir einigten uns per Handschlag auf den Freitag – das würde mir am Wochenende Freizeit verschaffen. Falls ich Ella dazu überreden konnte, die Wäsche zu übernehmen und Anton und Emil weiter im Garten mithalfen, hätte ich zukünftig mehr Zeit für alle.

Maja und ich sahen uns wieder täglich. Meist übernachtete sie bei mir. Meine Aufregung hinsichtlich unserer gemeinsamen Fahrt nach Wiesbaden wuchs mit jedem Tag. Nur Maja schien die Ruhe selbst.

»Das wird schon«, sprach sie mir immer wieder beruhigend zu, wenn ich mit angespannten Schultern in die Ferne sah.

Mit Marie hatte ich die erste Ferienwoche für unser Treffen abgestimmt. Wir verabredeten uns in einer Eisdiele, um dort »rein zufällig« gemeinsam an einem Tisch zu sitzen. Ich mit Maja, sie mit Emilia. Tom wollte sich das verständlicherweise nicht geben.

Meine Kinder hatten vor, an diesem Tag ein paar Freunde zu treffen. Bei Ella zählten Mika und Samira nicht dazu.

In der Eisdiele in der Wiesbadener Innenstadt waren alle Tische voll besetzt – alle bis auf einen. Marie hatte es irgendwie gemanagt, uns Plätze im Außenbereich zu reservieren. Maja und ich waren die Ersten. Wir setzten uns und nahmen die Karte in Augenschein. Wahrscheinlich würde ich nichts hinunterbringen, entschied mich aber dennoch für ein Spaghettieis. Maja wählte einen Eiskaffee. Unsere Bestellung stand gerade vor uns, als ich Marie mit Emilia an der Hand in der Fußgängerzone entdeckte. Eben beugte sie sich zu der Kleinen hinunter und deutete zur Eisdiele. Fragte sie offenbar, ob sie Lust auf ein Eis hätte. Meine Tochter hopste vor Freude auf und ab. Mein Herz machte ebenfalls einen Hüpfer. Ich griff nach Majas Hand. Meine

Freundin versuchte, nicht auch noch zu Marie und ihrer Tochter zu starren, die eben auf unseren Tisch zustrebten.

»Dürften wir uns dazusetzen?«, fragte Marie.

Maja schlürfte achselzuckend an ihrem Eiskaffee. »Kein Problem.«

Ich nickte stumm, mir blieben vor Aufregung die Worte im Hals stecken. Die Ähnlichkeit von Emilia und Ella war frappierend. Die Kleine sah aus wie ein Klon ihrer Halbschwester. Dieser Eindruck verstärkte sich noch, als ich ihre Stimme hörte. Es fühlte sich an wie ein Déjà-vu.

»Schöner Tag heute, was?«, brachte ich endlich hervor. Ich deutete auf mein Spaghettieis. »Lecker. Sehr zu empfehlen.«

Emilia würdigte mich keines Blickes. Sie schnappte sich die Eiskarte und blätterte zu den Eisbechern für Kinder. Entschied sich sofort für den Biene-Maja-Becher. Maja an meiner Seite kräuselte die Nase.

Marie winkte die Kellnerin herbei und gab ihre Bestellung auf. Sie stupste Emilia an. »Geh dir doch mal eben die Hände waschen, ja? Sie sind noch so sandig vom Spielplatz.«

Die Kleine rutschte ohne Protest vom Stuhl und begab sich prompt auf den Weg.

Als sie außer Sicht- und Hörweite war, verbarg Marie das Gesicht in ihren Händen. »Was war das eigentlich für eine bekloppte Idee?«, fragte sie kopfschüttelnd. »Wenn uns jemand sieht – dass ihr beiden miteinander verwandt seid, sieht doch ein Blinder!« Sie reichte Maja die Hand. »Marie übrigens. Freut mich, dich kennenzulernen.« Ich hatte ihr vorab mitgeteilt, dass ich in Begleitung kommen würde.

Eilig kramte ich meine Sonnenbrille aus dem Rucksack und setzte sie auf die Nase. »Besser so?«

Maja entfuhr ein leiser Schrei. Ihre Augen waren schreckgeweitet.

Überrascht sah ich sie an.

Mit dem Kinn deutete sie in Richtung Fußgängerzone. Mein Blick folgte ihrem. Und auch Marie wandte sich um.

Mir rutschte das Herz in die Hose. Da vorn war Ella. Mit zwei Freundinnen. Im selben Moment entdeckte sie uns ebenfalls. Ihr Blick hellte sich auf, sie gab den jungen Frauen ein Zeichen. An unserem Nachbartisch zahlten die Gäste. Meiner großen Tochter war anzusehen, was sie plante: sich und ihren Begleiterinnen zu einem kostenlosen Eis zu verhelfen.

Hilfesuchend sah ich zu Marie, die sich hektisch nach Emilia umsah. Doch es war bereits zu spät. Eben kam die Kleine aus dem Gebäude gelaufen und hopste zu uns, rutschte zurück auf ihren Stuhl und sah sich nach der Kellnerin um. »Wo bleibt denn das Eis?«

Meine große Tochter vollführte auf ihrem Weg zu unserem Tisch eine Vollbremsung. Sie starrte ihre kleine Schwester an, als sähe sie einen Geist. Anders als in den Weihnachtsferien, als sie Emilia nur von Weitem auf der Eisbahn gesehen hatte und die Ähnlichkeit zu ihr für einen verblüffenden Zufall hielt, konnte ich ihre Gedankengänge geradezu mitverfolgen. Die Verwirrung. Das Nachdenken. Die Erkenntnis. Ihr Kinn fiel. Sie sah zwischen uns hin und her, als versuchte sie, sich einen Reim auf das alles zu machen, während ihre Freundinnen am freigewordenen Nachbartisch Platz nahmen und meine Tochter erwartungsvoll ansahen.

»Ist was, Ella?«

Marie sah mich flehend an, Emilia fragte: »Was hat das Mädchen?«

Maja stieß mich in die Rippen, und endlich erwachte ich aus meiner Starre. Ich sprang auf und nahm Ella beim Arm. »Okay«, sagte ich fest. »Wir müssen reden.« Mit sanftem Druck schob ich sie zurück in die Fußgängerzone.

Ella konnte den Blick nicht von Emilia abwenden, sie reckte den Hals nach dem Mädchen, als wollte sie ihren Anblick für immer in sich festhalten.

»Was ist hier los?«, fragte sie schließlich, als ich sie auf eine Bank in der Einkaufsstraße drückte. Sie fuchtelte in Richtung Eisdiele. »Das ist doch die Kleine von der Eisbahn, oder?« Ihre Augen waren groß wie Teller.

Ich setzte mich neben sie und legte ihr eine Hand aufs Knie. »Bitte beruhige dich erst mal.«

In ihrem Gesicht spiegelte sich grenzenloses Unverständnis. »Ich komme mir so doof vor«, sagte sie dann. »Da versuche ich jahrelang, dich zu überzeugen, dass du dir ruhig eine neue Frau suchen sollst, dass du glücklich sein darfst, und dabei hat es anscheinend nicht besonders lange gedauert, bis du dich nach Mamas Tod getröstet hast.« Fragend sah sie mich an. »Wie alt ist die Kleine denn? Ich kenn mich ja nicht so gut aus, aber bist du direkt nach der Trauerfeier zu ... zu ... Wer ist denn die Mutter?«

Ich schluckte. Das lief hier gerade in eine merkwürdige Richtung. Was sollte ich tun? Sie in ihrem Glauben lassen?

»Eine ehemalige Kollegin«, krächzte ich rau und räusperte mich.

»Boah, und da triffst du die alle Jahre mal und gehst ein Eis essen?« Plötzlich starrte sie mich an. »Kennt Natalia die Kleine? Hat sie etwa auch Theater gespielt?«

»Nein.« Ich packte Ellas Hand. »Hör zu.« Mein Herz galoppierte mal wieder in der Brust, als wollte es mir aus dem Mund springen. »Ich muss dir etwas sagen. Du hast die Wahrheit verdient.«

Meine Tochter blies die Wangen auf. »Das will ich meinen!«

Also erklärte ich ihr den Sachverhalt. Die ganze ungeschönte Realität.

Ella legte die Hände vor den Mund. »Ich glaub es nicht. Du lügst und betrügst, aber von uns willst du, dass wir immer ehrlich zu dir sind, dass wir einander respektieren und schätzen. Dass wir dir immer alles sagen können«, flüsterte sie. »Aber selbst täuschst du uns auf die hinterletzte Art und Weise!«

Beschwichtigend nahm ich sie bei den Schultern und sprach auf sie ein. Immerhin gelang es mir, sie davon zu überzeugen, dass dies das erste Treffen mit ihrer kleinen Schwester war. Und dass ich selbst noch nicht allzu lange von ihr wusste.

»Aber Weihnachten auf der Eisbahn – da wusstest du es, oder?«

Alles Leugnen war zwecklos. »Zumindest hatte ich einen Verdacht.«

Plötzlich sah sie fast amüsiert aus. »Eins muss man

dir lassen, Papa, du bist für Überraschungen gut.« Sie breitete die Hände aus. »Und jetzt? Folgt demnächst ein fröhliches Familientreffen?«

»Wir wollen es für uns behalten«, versuchte ich mich an einer Erklärung. »Wegen Emilia. Und wegen Emil. Sie sind noch zu klein, wie sollten sie das verstehen können?«

»Ernsthaft, die Alte hat sie Emilia genannt? Das ist ja pervers.«

Ich hob die Schultern. Mich darüber zu wundern hatte ich bereits hinter mir.

»Ein Geheimnis also«, sagte Ella. Sie kratzte sich am Kinn. »Sprechen wir jetzt von ›bis ins Grab‹ oder ›für eine Weile‹?«

»Bis sie volljährig ist.«

Meine Tochter schob mit ihrem Fuß ein zerknülltes Papier auf dem Pflaster hin und her. »Ich stelle mir gerade vor, du hättest mir so was zu meinem Achtzehnten geschenkt. Ein Päckchen mit dem Foto meines richtigen Vaters.« Sie zwinkerte. »Geile Idee. So kurz vorm Abi ...«

Ich raufte mir die Haare. »Schlag was Besseres vor. Zum Fünfzehnten? Zum Dreißigsten?«

Meine Tochter zuckte die Achseln. »Das entscheidet besser ihr. Du und diese Mutti. Ich behalte es für mich, wenn du willst. Auch wenn ich es nicht gut finde. Echt nicht. Anton wird sich verarscht vorkommen. Emil, okay, du hast recht, könnte sein, dass er noch zu klein ist. Aber wenn du mit Maja wirklich noch ein Baby bekommen solltest – spätestens dann musst du es ihm sagen.«

Diese Idee schien mir vernünftig. Also lief es doch darauf hinaus, allen reinen Wein einzuschenken. Eines Tages. Vielleicht.

Auf dem Rückweg zum Tisch sahen uns Marie und Maja nervös entgegen.

»Hey, Kleine«, sagte Ella und streckte ihrer Schwester die Hand hin. Das Biene-Maja-Eis war gerade verspeist, mein Spaghettieis hatte sich in der Sonne in einen Brei verwandelt.

Das Mädchen nahm überrascht ihre Hand.

Ella ließ die Finger wieder los und griff sich lachend an die Stirn. Dann setzte sie sich zu ihren Freundinnen. Die beiden waren mit ihren Handys beschäftigt und hatten von der ganzen Angelegenheit nichts mitbekommen.

Ich sank auf meinen Stuhl zurück. Stellte fest, dass mir die Kleider am Leib klebten.

»Alles okay?«, flüsterte Maja.

»Wann gehen wir, Mama?«, wollte Emilia wissen.

»Gleich.« Marie sah mich unsicher an. Ihr Blick ging zu Ella, doch ich gab ihr zu verstehen, dass sie nichts zu befürchten hatte.

Was sollten wir nun miteinander reden? Ich war vollkommen aus dem Konzept. Ich starrte meine kleine Tochter an, die ich nun gar nicht hatte kennenlernen können. Die mir so fremd war.

Marie nahm ihre Tasche, kramte nach ihrem Portemonnaie und gab dem Kellner ein Zeichen.

»Wenn ich darf, würde ich euch gern einladen«, sagte ich schnell.

»Wie nett, danke«, antwortete Marie und verschloss

ihre Tasche wieder. Dann nahm sie Emilia bei der Hand und ging mit ihr davon.

Zwei Tage später begaben wir uns auf den Rückweg nach Füssen. Es war mir gelungen, mich in diesen beiden Tagen noch einmal abzuseilen und mit der Nerobergbahn auf die Kuppe zu fahren. Marie und Emilia waren ebenfalls Fahrgäste, die beiden saßen nur eine Reihe vor mir. Endlich hatte ich die Gelegenheit, wenn auch bloß für zehn Minuten, einen ungestörten Blick auf mein Kind zu erhaschen. Mitzuerleben, wie vertrauensvoll sie mit ihrer Mutter umging, und wie diese unbemerkt das Thema auf Tom lenkte. Die Kleine sprach voller Hingabe von ihrem Ziehvater, den sie für ihren richtigen Papa hielt. Es war klar, was Marie mir damit sagen wollte: dass ich mich bitte an die Spielregeln halten sollte. Und das würde ich. Solange ich ab und zu Gelegenheiten wie diese bekam, war ich zufrieden.

Zwar nagten Ellas Worte, Anton könnte sich verarscht fühlen, an mir. Doch ihr Bruder würde diese Sache niemals für sich behalten können. Nicht, dass er verschwatzt gewesen wäre. Aber diese Bürde wollte ich einem Vierzehnjährigen nicht zumuten. Irgendwann würde es aus ihm herausbrechen. Aus meiner Mutter genauso. Schon bald hätte diese Sache in Wiesbaden die Runde gemacht und Marie und damit der Kleinen geschadet. Und so weihte ich weder meine Schwester noch meine Eltern ein. Es erleichterte mich, dass immerhin Ella Bescheid wusste. Und Maja natürlich.

Dieses gemeinsame Geheimnis – das Erlebnis in der Eisdiele – schweißte uns drei auf eine seltsame Art und Weise zusammen. Gleichzeitig schloss es Anton und Emil mit ein, als hätten wir einen Schutzschild erschaffen. Auf einmal schien es gar nicht mehr verfrüht, dass Maja bei uns einzog. Sie gehörte zu uns. Und obwohl meine Jungs nicht das Geringste von der ganzen Sache ahnten, spürten sie, dass sich etwas verändert hatte. Alle packten beim Ausräumen meines Arbeitszimmers mit an. Es gelang uns sogar, den schweren Mahagoni-Schreibtisch von Majas Vater unters Dach zu hieven. Es folgten der lederne Schreib-tischsessel und der Computer, die Nähmaschine. Für die Stoffballen brachte ich Regale an. Die Fotoausrüs-tung bekam einen Platz, genauso wie die Fotoschirme und Scheinwerfer.

Dass Maja dieses ganze Equipment bei zukünftigen Aufträgen nach unten und wieder nach oben würde schleppen müssen, machte ihr nichts aus. Das hatte sie ja in ihrer letzten Wohnung auch getan. Ihre Nachmie-terin stand bereits in den Startlöchern. Eine junge Frau, die Maja im Seniorenheim ihrer Großmutter kennengelernt hatte. Die alte Dame würde ich demnächst zum ersten Mal mit Maja zusammen besuchen.

Davor jedoch luden wir zu einem Gartenfest ein. Inzwischen besaßen wir auch einen kleinen Kater, den Emil »Foxy« genannt hatte, weil er rot war wie ein Fuchs. Der kleine Kerl war uns allen sofort ans Herz gewachsen. Er schlief in Emils Bett und erledigte sein Geschäft im Garten.

Natürlich kamen meine Eltern und meine Schwester mit Gabriel. Carola mit Jakob. Daniel mit seinen Mädchen. Antonia und Conny. Max und Franzi mit den Kindern. Außerdem Josie und zwei andere Jugendliche, die Ella bei ihrem Aushilfsjob kennengelernt hatte.

Meine Tochter schmiedete bereits Pläne, was sie mit dem ganzen Verdienst anfangen würde. Sie wollte unbedingt mit Josie in den Süden ans Meer. Danach würde sie sich hoffentlich um eine Ausbildung, um ein Freiwilliges Soziales Jahr oder um ein Studium an einer FH bemühen. Sie hatte es mir zumindest versprochen.

Anton stand mit Conny und Daniel am Grill, fachmännisch wendete mein Sohn Steaks und Würstchen, Maiskolben und Folienkartoffeln. Emil schaukelte Daniels Töchter und die Kinder von Max und Franzi in der Hängematte.

Antonia unterhielt sich mit Ella und Josie übers Goldschmieden – ihr ursprünglicher Beruf – und gab später meinen Jungs Tipps für ihr Ferien-Sportcamp auf Sylt, wo sie zwei Jahre gelebt hatte.

Carola hatte Maja und mir »zur Hauseinweihung« ein Geweih geschenkt, da dieses ihrer Meinung nach in jeden bayerischen Haushalt gehörte. Das Gehörn war ein endgültiges Friedensangebot, das ich gerne annahm. Abgesehen davon passte das Teil ganz wunderbar übers Sofa. Auf den Regalen im Wohnzimmer standen nun – neben den Bildern von den Kindern und Ines – auch welche von uns.

Wir beide freuten uns schon auf die vor uns liegende Zweisamkeit, wenn Ella ans Meer fuhr und die Jungs zwei Wochen an der Nordsee verbrachten. Wir würden wandern und baden gehen, jeden Tag ein anderes Restaurant besuchen. Und viel Liebe machen. Nach Jahren der Trauer und Unsicherheit war ich genau dort angekommen, wo ich sein wollte.

Ich würde mir das durch nichts und niemanden wieder nehmen lassen.

28

EPILOG

*M*aja und ich näherten uns dem Gipfelkreuz am Neunerköpfle. Hand in Hand gingen wir den Pfad entlang, lösten die Hände nur voneinander, wenn es steiler wurde.

Unterwegs kam uns ein Paar mit Kind entgegen. Der junge Mann trug eine Babytrage auf dem Rücken. Der kleine Junge spähte mit wachem Blick über die Schulter des Vaters. Die Mutter lief nebenher und hielt den Kleinen an der Hand. Sie sang ihm leise etwas vor, er brummte mit.

Ich schielte zu Maja, die der Familie nur einen flüchtigen Blick zuwarf. Als hätte sie tatsächlich mit ihrem Kinderwunsch abgeschlossen. Selbst in dieser letzten Ferienwoche, in der die Kinder allesamt im Urlaub waren und wir Tag und Nacht miteinander verbrachten, hatte sie nie die Sprache darauf gebracht. In keiner Sekunde hatte sie versucht, mich doch noch zu überzeugen.

So war Maja. Wenn sie sich einer Sache sicher war, zog sie sie durch. Noch nie hatte jemand ein solches Opfer für mich geleistet.

Am Gipfelkreuz schauten wir wortlos in die Ferne. Für mich gab es nichts Schöneres als den Anblick der Alpen. Noch dazu mit einer Frau an meiner Seite, die das ebenso sehr liebte. Heimlich betrachtete ich Majas Profil. Sie war wunderschön. Und hier im Sonnenlicht erstrahlte sie regelrecht. Ich stellte mir vor, ich hätte auch so eine Babytrage auf dem Rücken, mit unserem Kind. Es würde die Arme nach ihr ausstrecken und Mama zu ihr sagen. Auf einmal schreckte mich dieser Gedanke überhaupt nicht mehr. Und Maja würde es unendlich glücklich machen. Sollte ich ihr nicht einfach diesen Wunsch erfüllen? In zwanzig Jahren würde ich in Rente gehen. Bis dahin war das Kind aus dem Gröbsten raus. Und ich lebte nun hier in meiner Traumgegend – das Argument, das viele anführten, ohne Kinder könne man leichter verreisen, zählte nicht. Der Job als Schulleiter war mir sicher, ich musste mich vor nichts fürchten.

Ich trat hinter Maja und umfing sie mit den Armen. Sie legte ihren Kopf an meine Brust, und ich küsste ihren Scheitel, wanderte mit meinen Lippen zu ihrem Hals und knabberte daran. Kichernd wand sie sich.

Ich entließ sie aus meiner Umarmung und trat ihr gegenüber. Mit den Füßen scharrte ich ein paar Kiesel beiseite.

Maja betrachtete mich mit schräg gelegtem Kopf. »Na? Alles okay?«

Ich räusperte mich, dann ging ich vor ihr auf die

Knie. Der steinige Untergrund bohrte sich in meine Haut, aber ich spürte es kaum.

Majas Augen wurden groß. »Was soll das denn werden?«, flüsterte sie.

Bestimmt dachte sie, ich wollte ihr einen Antrag machen. Dabei hatte sie mir gesagt, dass Heiraten für sie nie in Frage käme.

»Liebste Maja«, sagte ich und nahm ihre Hände in meine. »Ich weiß, du willst nicht heiraten, auch wenn ich es ohne zu zögern tun würde. Aber es gibt da etwas anderes, das uns auf ewig miteinander verbinden würde.« Ich räusperte mich. »Möchtest du, Maja Blum, noch immer ein Kind mit mir?«

Maja fasste sich an die Kehle. »Ich dachte, vier wären mehr als genug?«

Ich schüttelte den Kopf. »Nicht, wenn nicht eines davon dich Mama nennt. Alles andere wäre furchtbar ungerecht.«

Ich kam wieder auf die Beine. »Sagst du ja?«, flüsterte ich zärtlich. »Sollen wir ein Baby machen?«

Maja schlang die Arme um mich und verbarg ihr Gesicht an meiner Brust. Dann nickte sie stumm und wischte sich die Tränen von den Wangen. Sie nahm meine Hand und zog mich zurück zu dem Pfad, der hinunter ins Tal führte. Nun lachte sie übermütig. »Am besten, wir fangen sofort damit an!«

NACHWORT

*L*iebe Leserinnen und Leser,

ich hoffe sehr, dass Ihnen Sebastians Geschichte gefallen hat! Falls Sie nach diesem Roman noch mehr von ihm lesen möchten, empfehle ich Ihnen die Romane GIPFELpink, INSELhimmelblau sowie Vanille, Punsch und Winterzauber. Darin durfte er bereits eine Nebenrolle spielen. Sie treffen dabei außerdem noch einmal auf Antonia Zivo und auf Franziska vom Lechnerhof, sowie auf viele andere Figuren, die Ihnen hoffentlich genauso ans Herz wachsen werden wie mir.

Ich wünsche viel Vergnügen!

Ihre Stina Jensen

www.stina-jensen.de

LESEPROBE INSELHIMMELBLAU

SVEAS GESCHICHTE

*D*ie Stimme eines Jungen weckte mich. Sie drang durch das offenstehende Dachfenster zu mir in die Mansarde. »Das da muss es sein!«

Ein Mädchen antwortete. »Es ist ja wohl hoffentlich das linke.«

»Das hoffe ich auch«, brummte ein Mann.

Ich hob den Kopf. Waren das schon die von Frauke angekündigten Urlauber? Meine alte Nachbarin war heute von ihrer Enkelin abgeholt worden, es ging ihr nicht gut. Den Urlaubern der Dachgeschoss-Ferienwohnung hatte man so schnell nicht mehr absagen können. Sie würden bei mir lediglich die Schlüssel abholen – danach hatte ich mit dieser Angelegenheit nichts mehr zu tun. Blinzelnd spähte ich aufs Handydisplay. Es war schon elf. Ich war spät eingeschlafen, eine Doku über Finnwale hatte mich wachgehalten.

»Soll ich mal bei Schepker klingeln?« Noch eine neue Stimme. Sie klang nach einem Jungen im Stimmbruch. Der Mann erwiderte etwas, im nächsten Augenblick hörte ich das Knarren des Hoftors.

Ich schob die Beine von der Matratze und setzte mich auf. Mein Blick glitt an meinem Schlafanzug entlang. Mist. Als der Dreiklang der Klingel ertönte, stieg ich die Treppe hinab. Im Flur zog ich den Möwenanhänger vom Schränkchen und öffnete die Haustür einen Spalt, hielt den Arm hinaus und präsentierte den Schlüssel auf der flachen Hand. »Der mit der roten Einfassung ist für die Außentür, der andere für die Dachwohnung«, erklärte ich.

Der Mann fischte das Bund von meiner Hand. »Ähm. Okay. Danke sehr. Muss ich … gibt es irgendetwas zu beachten?«

»Nein. Einfach aufschließen.« Schon zog ich die Hand zurück und schloss die Tür.

»Alter!«, ertönte die Stimme des Jungen.

»Ruhe«, mahnte der Mann.

»Vielleicht haben wir die Frau aus der Dusche gescheucht«, mutmaßte das Mädchen, während sie sich entfernten.

Lauschend blieb ich stehen und hörte, wie nebenan die Rosen um Fraukes Eingangstür bewundert wurden. Schließlich klappte die Tür, und es kehrte Stille ein. Im selben Moment läutete in Opas Wohnzimmer das Telefon. Überrascht wandte ich den Kopf. Dieser graue Apparat mit Wählscheibe hatte ewig nicht geklingelt. Bisher hatte ich versäumt, Opas Anschluss abzumelden. Zögernd ging ich in den abgedunkelten Raum und nahm ab. »Svea Schepker.«

Am anderen Ende zog jemand erschrocken den Atem ein.

»Hallo, wer ist denn da?«

Ein Klicken unterbrach die Leitung. Verwundert legte ich den Hörer zurück auf die Gabel und sank in Opas Sessel, atmete den Geruch des alten Möbelstücks in mich ein. Die Mischung aus Maggi und Rasierwasser hatte sich im Laufe der Jahrzehnte darin festgesetzt und hing auch im Rest der Wohnung, als sei Opa bloß für einen Moment fort und würde gleich wieder zurückkehren. Ich sah mich im Halbdunkel des Raumes um. Wie sehr alles in die Jahre gekommen war. Das Mobiliar stammte aus den Achtzigerjahren. Eine Schrankwand aus Eiche Furnier mit dazu passendem Fernsehschränkchen. Der Couchtisch war mit Kacheln belegt. Opas modernste Anschaffung und ganzer Stolz war ein Radiorekorder mit Aufnahmefunktion, der noch immer bestens funktionierte und in der Küche auf der Fensterbank stand. Die Tasten waren abgegriffen und verfleckt. Jan hätte sich nach Opas Tod vorstellen können, unsere Wohnung im Wiesenweg aufzugeben und hierher zu ziehen. Dazu hätte er gern einiges verändert und es für uns beide hübsch hergerichtet. Doch ich war noch nicht bereit gewesen, alles auf den Müll zu bringen und das, was ich an Erinnerungen hatte, endgültig zu begraben. Als ich dann schwanger geworden war, hatte ich mich zum ersten Mal auch gefühlt, als könnte ich die alten Zöpfe abschneiden.

Das schien eine Ewigkeit her zu sein.

Schon wieder ertönte der Dreiklang der Haustür.

Barfüßig tapste ich zurück, öffnete die Tür wieder nur einen Spalt.

Es war der Mann von eben. »Entschuldigen Sie vielmals die nochmalige Störung. Der Schlüssel zur Wohnung oben passt nicht.« Er klimperte mit dem Bund. »Wir sind bloß ins Haus gekommen, weiter geht es nicht.«

Ich starrte auf die gepflegten Finger. »Haben Sie eben bei mir angerufen?«

Ein kurzes Zögern. »Nein.«

Nun öffnete ich die Tür ein Stück mehr und lugte hinaus. Ein hellbraunes Augenpaar traf meines. Der Mann hatte graue Schläfen, ich schätzte ihn auf Mitte vierzig. Falls ihn mein Aufzug wunderte, so ließ er es sich nicht anmerken.

»Da kann ich Ihnen leider auch nicht weiterhelfen«, sagte ich bedauernd, »ich habe keinen anderen Schlüssel. Am besten, Sie rufen mal bei der Enkelin der Vermieterin an. Vielleicht hat sie eine Idee.« Womöglich war das am Telefon Sanne gewesen, der ihr Irrtum aufgefallen war. »Haben Sie die Nummer?«

Der Mann zog ein Handy aus der Hosentasche. »Klar.«

»Papa, was ist denn jetzt? Sitzen wir hier fest, oder was?«

Ich streckte den Kopf hinaus, erblickte vor Fraukes Haustür ein etwa siebzehnjähriges Mädchen. Das glatte Haar fiel ihr über die Schultern. Sie trug Hotpants und Sneakers. Auf der Stufe saßen zwei Jungs nebeneinander und starrten auf Handydisplays. Ich schätzte sie auf zehn und dreizehn.

Der Mann hielt das Handy ans Ohr und lauschte in die Leitung. Schon erläuterte er Sanne die Situation. »Beide Wohnungen – oben und unten – sind abgesperrt«, schloss er, »der Schlüssel passt bei keiner.«

Kurz darauf reichte er mir das Gerät. »Sie würde Sie gern sprechen.«

Ich nahm es entgegen. »Hi.«

Fraukes Enkelin kam sofort zur Sache. »Wahrscheinlich hat Oma in ihrem wirren Kopf irgendwann mal die Schlüssel neu geordnet«, sagte sie. »Ich hab das leider nicht kontrolliert. Aber Hannes hatte doch bestimmt auch einen für alle Fälle.«

»Ich wüsste nicht wo.«

»Könntest du mal schauen? Ich weiß mir gerade keinen anderen Rat; vorm Wochenende kann ich auf keinen Fall noch mal rüberkommen, ich hab die Praxis voll.«

»Okay, ich sehe nach, ob ich was finde.« Ich reichte dem Mann das Gerät und bat ihn mit einer Handbewegung, zu warten.

»Papa, ich hab Durst!«, rief einer der Jungs. »Wann können wir denn endlich rein?«

»Moment noch, die Frau schaut nach, ob sie uns helfen kann.«

Ich öffnete die oberste Schublade des Flurschränkchens. Darin lag ein Sammelsurium an Krimskrams, darunter verschiedenste Schlüssel. Kein einziger war beschriftet. Wahrscheinlich gab es zu den meisten kein passendes Schloss mehr.

»Könnten Sie mal mitschauen?«, rief ich in Richtung Tür.

Der Mann trat zögernd ein. Der Versuch, seine Neugierde zu verbergen, gelang ihm nicht. Es war ja nicht nur der Schlafanzug, der um diese Tageszeit deplatziert wirkte. An der Garderobe im Flur, der bloß durch eine schwache Glühbirne beleuchtet wurde, hing noch Opas Strickjacke; an einem Haken sein Sonntagshut. Gleich daneben eine Windjacke von mir, und an der Wand lehnte ein uraltes Surfbrett von Jan.

»Sie surfen?«, fragte der Mann.

»Nein.« Ich deutete auf die Schublade. »Hier sind alle möglichen Schlüssel.«

Mein Besucher trat näher und streckte die Hand aus. »Liebermann übrigens«, sagte er. »Wir kommen aus Wiesbaden.«

Ich legte meine Hand in seine. Es fühlte sich überraschend an. Seit Ewigkeiten hatte ich zu niemandem Körperkontakt gehabt. »Schepker«, erwiderte ich und entzog sie ihm wieder.

Der Mann lugte in die Schublade und verglich einzelne Schlüssel mit denen in seiner Hand. »Das sind aber eine Menge.«

»Keine Ahnung, wozu die gehören«, gab ich zu. »So viele Schlösser gibt es hier gar nicht.«

»Mit Schlüsseln ist es wie mit Socken, nur umgekehrt«, scherzte er. »Die einen verschwinden, die anderen tauchen plötzlich auf.« Um seine Augen bildeten sich Lachfältchen.

Ich lächelte zaghaft.

Unsere Suche hatte keinen Erfolg.

Sebastian Liebermann stellte sein Smartphone auf Lautsprecher und bot Sanne an, das Schloss im oberen

Stockwerk vorsichtig aufzuhebeln – doch sie bat ihn, das nicht zu tun. Dabei würde ein zu großer Schaden entstehen. Inzwischen hatte sie ihrer Großmutter entlocken können, dass es noch einen Ersatzschlüssel in einem Küchenschrank gab – und zumindest zu diesen Räumen hatte Sanne ja mit ihrem eigenen Schlüssel Zugang. »Das müsste nur bis Samstag warten. Vorher schaffe ich es nicht, vorbeizukommen.«

»Und bis dahin?«, wollte der Feriengast wissen. »Heute ist Donnerstag.«

»Svea?« Sannes Stimme klang flehend.

»Ja?«

»Hör mal, ich weiß, es ist viel verlangt, aber könnten die Leute vielleicht für zwei Nächte bei dir unterkommen? Die Dachwohnung bei Opa Hannes steht doch leer, oder?«

Ich warf Herrn Liebermann einen unsicheren Blick zu. »Nicht direkt.«

»Wieso? Guck mal, die werden dich da unten gar nicht weiter stören. Es ist doch nur für zwei Nächte!«

Natürlich wusste sie nicht, dass ich oben schlief.

Sebastian Liebermann gab mir mit einem Wink zu verstehen, dass das alles nicht zu meinem Problem werden sollte und erklärte Sanne, dass er bis Samstag schon eine andere Lösung finden würde. Schließlich verabschiedeten sie sich.

»Papa!«, rief es von draußen. »Wann können wir denn endlich in unsere Ferienwohnung? Ich hab solchen Durst!«

»Ich auch!«, rief der Nächste.

Ich gab mir einen Ruck. »Kommt rein, ich gebe euch

erst mal was zu trinken.« Es war das Mindeste, was ich tun konnte.

Im Hausflur stellte mir Herr Liebermann seine Kinder vor. Das Mädchen hieß Ella, die Jungs Anton und Emil.

»Sind Sie krank?«, fragte der Kleine. Er musterte mich unverhohlen.

»Nein. Nur spät aufgestanden.«

Ich führte die vier ins Wohnzimmer und bat sie, sich zu setzen. Dann zog ich die schweren Vorhänge zurück und öffnete die Terrassentür, um frische Luft hereinzulassen. Staubkörner tanzten über dem Couchtisch. Der Jüngste, Emil, wippte auf Opas Sofa auf und ab, der Mittlere sagte »Lass das«, und das Mädchen sah sich von ihrem Platz im Sessel interessiert um. Mit vor Überraschung aufgeblähten Wangen betrachtete sie das Telefon mit Wählscheibe. Dann fragte sie: »Wohnst du hier in dieser Wohnung?«

Ich schüttelte den Kopf. »Sie hat meinem Opa gehört. Ich bin meistens unterm Dach.«

Ella hob den Hörer des Telefons und lauschte dem monotonen Tuten. Ihr Vater warf ihr einen warnenden Blick zu, und sie legte ihn wieder ab.

»Ich hab leider nur Wasser da«, sagte ich bedauernd und ging in die Küche, befüllte vier Gläser mit Leitungswasser und trug sie auf einem Tablett hinüber.

Die Familie nippte an den Gläsern, nur der Jüngste leerte seines in einem Zug. »Kann ich noch mehr?« Ich nickte und ging mit dem Becher zurück in die Küche.

Das Mädchen tauchte im Türrahmen auf. »Wo ist denn das Klo?« Plötzlich weiteten sich ihre Augen. Sie zeigte auf Opas Radiorekorder. »Wow. Von wann ist der denn?« Sie sah sich im Raum um, in dem alles in Beige und Braun gehalten war. »Das ist hier ja voll Achtziger!«

»Ella, lass die Frau in Ruhe!«, rief ihr Vater. »Du wolltest nach der Toilette fragen. Und einfach so duzen macht man auch nicht!«

»Gleich links vorm Eingang.« Ich wies mit dem Daumen durch den Flur.

Ella trollte sich, und ich trug das befüllte Glas zurück zu Emil.

»Sobald meine Tochter fertig ist, sind Sie uns wieder los«, versprach der Mann erneut.

Merkte man mir so deutlich an, wie ich mich fühlte? Der Schlafanzug sprach wahrscheinlich für sich, und bestimmt roch ich auch nicht gut. Mein Blick ging zu den verschmierten Fensterscheiben und dem dahinterliegenden Garten. Die Natur hatte ihn sich zurückerobert. Es hätte verwunschen aussehen können, weil die Rosen blühten. Stattdessen wirkte er verwahrlost. Das Unkraut überwucherte die Stauden und konkurrierte um den Platz im Beet wie ein Trampel, der sich mit ausgestellten Ellbogen durch die Menge drängt. Die Klospülung rauschte. In Opas Bad gab es noch ein Exemplar mit Schnur, an dem man ziehen musste. Kurz darauf erschien Ella. In ihren Händen trug sie eine Klopapierrolle, die in einer buntgemusterten Häkelhülle steckte. »Holy Shit.« Das Mädchen hielt Oma Inges Handarbeit in die Luft. »Die würd ich dir glatt abkaufen.«

Ich starrte sie an. »Die ist ... unverkäuflich.«

Ella zog einen Flunsch. »Schade.«

Ihr Vater verdrehte die Augen. »Bringst du die bitte wieder zurück, ja? Wir gehen dann mal.« Er stand auf und klatschte in die Hände. »Hopphopp.«

»Endlich«, murmelte Anton. Die Jungs stellten ihre Gläser auf dem Couchtisch ab. »Gehen wir jetzt vielleicht mal an den Strand?«, verlangte Emil. »Du hast uns versprochen, dass wir als Allererstes ans Meer gehen, Papa.«

Ohne Antwort scheuchte der Vater seine Kinder hinaus. Ella brachte mit Bedauern im Gesicht die Klorolle zurück – und endlich schloss ich die Tür hinter ihnen. Ich seufzte erleichtert. Dann öffnete ich die Tür zum Gästeklo und griff nach der umhäkelten Rolle, drehte sie zwischen den Fingern. Das Ding hatte Staub angesetzt. Überhaupt war Opas Wohnung das reinste Museum. Die Gegenstände – wie der Radiorekorder oder diese Toilettenpapierhülle hier – waren mir seit Jahren vertraut, ich hatte sie nur nicht mehr richtig wahrgenommen.

Ich trat in den Flur zurück und blieb unschlüssig stehen. Mein Blick glitt die schmale Treppe hinauf, die zur Dachwohnung führte. Die Matratze rief nach mir. Sie wollte, dass ich unter meine Decke kroch und in den Himmel starrte. Doch da regte sich auch etwas anderes in mir. Der Wunsch nach einer Dusche. Nach frischen Kleidern. Und danach, hier unten Licht in die Bude zu lassen, damit ich besser sehen konnte, was mir zumindest von Opa geblieben war.